GARDEZ L'ŒIL OUVERT

TOME 2

Édition : Caroline Hugny
Design : Christine Hébert
Infographie : Caroline Richard et Chantal Landry
Révision : Brigitte Lépine
Correction : Isabelle Pauzé et Jocelyne Cormier

Crédits photographiques :

Nous avons fait tous les efforts possibles pour retracer et indiquer correctement la source ou le détenteur des droits de chaque photo. Les Éditions de l'Homme s'excusent pour toute erreur ou omission à cet égard.

p. 81 : David Buttery, Wikimedia commons, https://commons.wikimedia.org/wiki/File:Bella_graffiti.jpg

p. 92 : Dre Caroline Wilkinson, Liverpool John Moores University

p. 125 : Patricia Stout Raether, findagrave.com

p. 137 : National Center for Missing & Exploited Children

p. 146-147 : Photo Yves Fabe/Les archives/Le Journal de Montréal

p. 170 : DAE Photo/Shutterstock

p. 253 : Anthonysthwd, Wikimedia commons, https://commons.wikimedia.org/wiki/File:Cache_Creek_2.jpg

Données de catalogage disponibles auprès de Bibliothèque et Archives nationales du Québec

03-21

Imprimé en France par N.R.I.s.a.s. (2100422)

ISBN (version papier) 978-2-7619-5634-5
ISBN (version numérique) 978-2-7619-5635-2

DISTRIBUTEURS EXCLUSIFS :

Pour le Canada et les États-Unis :
MESSAGERIES ADP inc.*
Téléphone : 450-640-1237
Internet : www.messageries-adp.com
*filiale du Groupe Sogides inc.,
filiale de Québecor Média inc.

Pour la France et les autres pays :
INTERFORUM editis
Téléphone : 33 (0) 1 49 59 11 56/91
Service commandes France Métropolitaine
Téléphone : 33 (0) 2 38 32 71 00
Internet : www.interforum.fr
Service commandes Export – DOM-TOM
Internet : www.interforum.fr
Courriel : cdes-export@interforum.fr

Pour la Suisse :
INTERFORUM editis SUISSE
Téléphone : 41 (0) 26 460 80 60
Internet : www.interforumsuisse.ch
Courriel : office@interforumsuisse.ch
Distributeur : OLF S.A.
Commandes :
Téléphone : 41 (0) 26 467 53 33
Internet : www.olf.ch
Courriel : information@olf.ch

Pour la Belgique et le Luxembourg :
INTERFORUM BENELUX S.A.
Téléphone : 32 (0) 10 42 03 20
Internet : www.interforum.be
Courriel : info@interforum.be

Gouvernement du Québec – Programme de crédit d'impôt pour l'édition de livres – Gestion SODEC – www.sodec.gouv.qc.ca

L'Éditeur bénéficie du soutien de la Société de développement des entreprises culturelles du Québec pour son programme d'édition.

Conseil des arts du Canada | Canada Council for the Arts

Nous remercions le Conseil des arts du Canada de l'aide accordée à notre programme de publication.

Financé par le gouvernement du Canada
Funded by the Government of Canada
Canada

Nous reconnaissons l'aide financière du gouvernement du Canada par l'entremise du Fonds du livre du Canada pour nos activités d'édition.

VICTORIA CHARLTON

GARDEZ L'ŒIL OUVERT

15 AFFAIRES CRIMINELLES JAMAIS RÉSOLUES

TOME 2

LES ÉDITIONS DE L'HOMME

INTRODUCTION

Et voici le deuxième tome de *Gardez l'œil ouvert*. Merci de vous être présenté au rendez-vous. Je vous attendais avec impatience !

Je suis très heureuse d'embarquer dans cette nouvelle aventure avec vous ! Vous remarquerez que ce livre est légèrement différent du premier. Dans celui-ci, j'ai décidé de ne pas me limiter aux cas de disparitions, mais aussi d'aborder des histoires de meurtres qui m'ont profondément marquée. J'ai toujours cru que le pire aspect des disparitions, c'est de ne pas savoir. Ne pas savoir où se trouve la personne, si elle est partie par choix ou si quelqu'un l'a forcée, si elle souffre, si elle est encore en vie... Mais je me suis vite rendu compte que, dans les affaires de meurtres irrésolus, même si la personne disparue est retrouvée, la douleur ne se dissipe pas. Les proches ne peuvent pas faire leur deuil tant que la ou le responsable n'est pas traduit en justice. Je trouve donc qu'il est important de partager aussi ces histoires tragiques, pour ne pas qu'elles soient oubliées.

Je vous mets en garde : dans ce livre, vous risquez d'être parfois choqué, parfois fâché, et souvent triste et déçu. Vous remarquerez, par exemple, le grand nombre de féminicides partout dans le monde et, surtout, à travers les époques. Ce n'est pas un phénomène nouveau, bien au contraire, et c'est ça le plus effrayant. Des vies continuent à être brisées injustement et cela ne va pas en diminuant. Vous vous questionnerez probablement sur l'action (ou l'inaction) des policiers dans certaines enquêtes. L'attitude de certains d'entre eux est à s'arracher les cheveux de la tête ! Vous en apprendrez plus sur l'enlèvement parental, mais aussi sur les disparitions à l'étranger et les problèmes logistiques éprouvés par les familles lorsqu'elles perdent un proche dans un autre pays. Vraiment, nous avons du pain sur la planche, beaucoup d'affaires nous attendent ! Mais n'ayez crainte, je vous guiderai pas à pas dans les coulisses du *true crime*. C'est loin d'être beau et rose, mais c'est important.

Comme dans le tome 1, je vous présenterai des cas qui me tiennent à cœur, que je souhaite voir résolus un jour. En leur dédiant un chapitre dans mon livre, je tente, à ma mesure, de contribuer à rendre justice aux victimes, et ce, peu importe l'année de leur disparition. Pour ce deuxième tome, j'ai collaboré avec trois familles qui ont eu la générosité de partager leur histoire avec moi pour que je puisse vous la transmettre. Il est primordial de garder ces affaires d'actualité et j'espère qu'elles vous habiteront comme elles m'ont habitée tout au long de l'écriture de ce livre.

Bonne lecture !

1. LA DISPARITION DE KARLIE GUSÉ

Imaginez-vous la scène suivante.

Vous avez 16 ans. C'est un vendredi soir et vous êtes à une fête dans le sous-sol des parents de votre ami. La musique est forte, vous l'aimez bien puisque c'est votre playlist *Spotify. Il y a beaucoup de gens de votre école secondaire dans ce petit sous-sol, tout le monde se connaît. Vous, vous êtes assez populaire et ce soir, tout le monde veut vous parler. Vous racontez des blagues, les gens autour de vous rient et sont impressionnés par votre rapidité d'esprit. Votre petit ami, Donald, n'est pas loin, avec ses amis à lui, il vous regarde de temps en temps pour s'assurer que tout va bien. Votre meilleure amie et vous avez acheté un peu de marijuana plus tôt, justement pour cette occasion spéciale. Elle allume le joint, en fume un peu, tousse et vous le passe. Vous en prenez une ou deux bouffées, toussez aussi et le passez à d'autres amis. Votre tête commence à tourner encore plus, Vous ne vous sentez pas trop bien, vous avez mal au cœur. Vous demandez à un ami de baisser le volume de la musique, car elle vous effraie. Est-ce que la musique vous veut du mal ? Vous commencez à paniquer. Donald s'approche de vous pour vous prendre la main, vous la retirez aussitôt.* Karlie, everything's all right ? *Vous le regardez avec horreur, lui aussi vous veut du mal. Vous montez les marches rapidement et sortez de la maison. Vous commencez à courir dans la rue, vous vous enfuyez de quelque chose. Vous avez peur, quelqu'un veut vous tuer ! Vous êtes en danger ! Vous appelez chez vous, en pleurs : « Viens me chercher, s'il te plaît ! »*

Vous ne le savez pas mais demain sera encore pire.

Le monde entier sera à votre recherche.

Une soirée mouvementée

Dans la voiture, Karlie et Melissa gardent le silence. Elles ont quelques kilomètres à faire avant d'arriver à la maison. C'est le 12 octobre 2018.

Karlie Lain Gusé, 16 ans, est une jeune adolescente qu'on pourrait qualifier d'ordinaire. C'est une brunette avec de beaux grands yeux bleus et un sourire magnifique. Elle habite à Bishop, en Californie, et étudie à l'école secondaire de son quartier. Considérée comme une fille assez populaire, Karlie a beaucoup d'amis, elle a un bon sens de l'humour et réussit à faire rire tout le monde. Elle a la chance d'être en couple avec un bon garçon, Donald. Il l'aime beaucoup et prend bien soin d'elle. Karlie est passionnée de danse et de vieux films comme *Grease* et *Sixteen candles*. Elle vit avec son père Zachary, la blonde de son père, Melissa, et ses deux petits frères. Les parents de Karlie sont divorcés depuis qu'elle a deux ans. Enfant, elle vivait au Nevada avec sa mère, Lindsay, mais ça fait maintenant huit ans qu'elle vit chez son père à temps plein. Même si elle préfère habiter en Californie, Karlie reste très proche de sa mère ; elles sont comme des meilleures amies, elles se disent tout !

Au volant de la voiture, Melissa regarde sa belle-fille du coin de l'œil. Karlie n'est assurément pas dans son état normal. Elle semble désorientée et répète qu'elle est effrayée et a peur de mourir dans la voiture. Quand Karlie l'a appelée plus tôt, Melissa a ressenti une forte vague de stress et d'inquiétude. Ce matin-là, Karlie a dit à son père et à Melissa qu'elle avait prévu aller à une partie de football en soirée. Jamais elle ne leur a précisé qu'elle comptait aller à une fête. Ainsi, quand Melissa a répondu au téléphone et que Karlie, en panique, lui a demandé de venir la chercher, elle a tout de suite su qu'elle passerait une soirée longue et difficile. En voyant Karlie monter à bord de sa voiture, Melissa a eu un choc. Sa belle-fille était pâle comme un drap et avait les pupilles dilatées. Elle avait aussi le regard furtif de quelqu'un de paranoïaque, qui craint pour sa vie. Avait-elle pris quelque chose ? Ce n'était pas la première fois que Karlie s'était mise dans le pétrin à cause de la marijuana. Une fois, elle s'était présentée en classe complètement *stone*. Ses parents avaient été avertis et Karlie, suspendue de l'école. À la suite de cet incident, Karlie avait cessé de consommer. C'était quelques mois auparavant.

Melissa se range dans son entrée vers 20 h 30. En entrant dans la maison, elle prépare le souper pour Karlie avant qu'elle ne se couche. Elle n'ira pas au lit dans cet état, l'estomac vide ! Karlie semble être une tout autre personne, elle dit des choses complètement insensées. Melissa place un bol de salade devant elle et, à son insu, décide de l'enregistrer sur son téléphone. Elle compte lui faire écouter ses propos le lendemain pour que ça lui serve de leçon. Après tout, quel meilleur moyen d'arrêter la drogue qu'en entendant les stupidités dites la veille ? L'enregistrement audio dure huit minutes et quarante-cinq secondes. Selon les journalistes de Fox News, qui l'ont écouté, Karlie a la voix qui tremble, elle semble très anxieuse. Elle parle d'aller à l'église et de lire la Bible. Melissa essaie de la rassurer d'une voix douce et bienveillante. Voici un extrait (la traduction est de moi) :

Karlie : ***Si quelque chose m'arrive, vas-tu appeler le 911 ?***

Melissa : **Absolument, si quelque chose t'arrive.**

Karlie : ***Et là, vas-tu appeler le 911 ?***

Melissa : **Non.**

Karlie : **Appelle ma mère !**

[…]

Karlie : ***J'ai vraiment foiré aujourd'hui…***

Melissa : ***Dans la vie, on fait tous des choses qu'on regrette. Surtout de la drogue.***

Karlie : ***Je t'aime.***

[…]

Karlie [en parlant de son souper] : ***C'est la laitue du diable !***

Melissa : ***Tu devrais vraiment aller te coucher.***

Karlie : **Non ! *Je ne veux pas aller dormir, tu vas me tuer !***

Melissa : ***Pourquoi je te tuerais ? C'est ridicule !***

Karlie (pleure) : ***Je n'arrête pas de penser à des trucs démoniaques, je ne peux pas m'en empêcher.***

Ces quelques mots sont les derniers que Karlie a prononcés avant de disparaître.

Un lit vide

Après avoir pris quelques bouchées de sa salade, Karlie se met au lit. Malheureusement, la nourriture ne l'a pas aidée, elle ne semble pas aller mieux. Melissa décide de dormir dans sa chambre pour lui tenir compagnie et essayer de la calmer. L'adolescente est agitée et n'arrive pas à dormir.

Melissa envoie des messages à une amie de Karlie pour savoir si elle a pris quelque chose de plus fort que de la marijuana. Son amie répond que non, juste du cannabis. À 3 h du matin, le père de Karlie remarque de la lumière dans la chambre de sa fille : Karlie ne dort toujours pas. Vers 5 h 30, Melissa se réveille, elle n'a dormi que quelques heures. Elle se retourne vers Karlie qui, couchée dans son lit, a les yeux grands ouverts. Elle n'a pas réussi à fermer l'œil de la nuit. À 5 h 48, ayant confiance que Karlie tentera de s'endormir un peu, Melissa décide d'aller dans sa propre chambre pour se coucher auprès de son mari avant que ses enfants ne se lèvent.

À 7 h 30, Melissa et Zachary se réveillent et commencent leur journée. IIs vont jeter un coup d'œil dans la chambre de Karlie afin de voir si elle va mieux. Ils trouvent le lit vide. Karlie n'y est plus. Ils regardent partout dans la maison, sur leur terrain, dans la rue, la jeune fille est introuvable. C'est à 9 h 30 que sa famille signale sa disparition à la police.

Interrogés, trois voisins disent avoir aperçu Karlie entre 7 h et 7 h 30. L'un d'eux, Kenneth Dutton, 49 ans, dit l'avoir vue à 7 h 30. Elle était en train de marcher près de l'autoroute principale, la U.S. Highway 6, située à moins de 2 kilomètres de chez elle, et elle tenait un bout de papier entre ses mains. Les deux autres voisins ne connaissaient pas Karlie avant sa disparition mais se rappellent que, vers 7 h, ils ont vu une jeune fille lui ressemblant qui marchait dans la rue. L'adolescente aperçue semblait égarée, elle avançait en regardant le ciel. L'un de ces voisins l'a aussi vue avec un bout de papier entre les mains. Ainsi, ces témoignages nous permettent d'établir une chronologie : Karlie aurait quitté sa maison entre 5 h 50 et 6 h 30 du matin.

L'enquête commence immédiatement. Chez les Gusé, il n'y a aucun signe d'entrée par effraction. Cela veut dire que rien ne prouve que Karlie aurait été victime d'un crime. Tout laisse croire qu'elle a décidé de quitter la maison de son plein gré. Derrière elle, elle a laissé ses vêtements, son téléphone cellulaire et ses lunettes de vue. Les parents demandent aux inspecteurs de lancer une alerte Amber pour que les habitants de la Californie *gardent l'œil ouvert* pour aider à la retrouver. Mais comme rien n'indique que Karlie ait été enlevée, elle ne peut pas faire l'objet d'une alerte Amber.

En fait, dès le départ, les policiers considèrent qu'il s'agit d'une fugue. Pourtant, les proches de Karlie se tuent à leur expliquer qu'elle n'avait aucune raison de quitter la maison comme ça. Bien sûr, Karlie est partie de son plein gré, mais son état mental était clairement altéré ! Tout indique qu'elle ne comptait pas partir longtemps, ou qu'elle n'était pas pleinement consciente de ses actes. En y réfléchissant bien, l'hypothèse de la fugue semble assez illogique : quel adolescent décide de quitter sa maison sans ses vêtements, son téléphone cellulaire et, surtout, ses lunettes de vue ? Des recherches massives sont immédiatement entamées, des centaines de volontaires, des chiens pisteurs et des hélicoptères cherchent Karlie pendant plusieurs jours. Le FBI s'implique rapidement dans l'enquête afin d'accélérer les choses. Les policiers reçoivent des centaines d'appels suggérant différentes pistes. Mais aucune de celles-ci ne s'avère solide.

Melissa, une suspecte ?

En faisant des recherches sur le sujet, je me suis fait cette réflexion : il me semble que dans des affaires de disparitions ou de meurtres, la belle-mère ou le beau-père est toujours le premier accusé. Je crois que les gens s'imaginent des scénarios à la Cendrillon, où tous les beaux-parents de ce monde sont profondément mauvais ou jaloux. Sauf que le simple fait de porter autant de soupçons sur une seule personne et de s'acharner sur celle-ci peut gravement nuire à l'enquête. Les beaux-parents peuvent, c'est vrai, parfois être coupables, comme dans certaines histoires que j'ai couvertes sur ma chaîne YouTube. Je pense entre autres à l'affaire québécoise classique d'Aurore, l'enfant martyre, à la disparition d'Alissa Turney, dont le beau-père a abusé sexuellement pendant plusieurs années, ou encore à la disparition de Kyron Horman – dans ce cas la belle-mère est la principale suspecte et de forts soupçons pèsent sur elle.

D'un autre côté, on peut aussi penser au cas de Jaycee Lee Dugard, qui a été enlevée en 1991, à l'âge de 11 ans, alors qu'elle marchait vers l'école. Son beau-père, Carl Probyn, a longtemps été suspect dans sa disparition. Jaycee Lee Dugard a été retrouvée 18 ans plus tard. Elle avait été séquestrée toutes ces années par le couple Phillip et Nancy Garrido. Dans ce cas-ci, le temps passé à enquêter sur Probyn aurait pu être investi pour trouver la pauvre Jaycee Lee bien avant...

Ainsi, évidemment, dans le cas de Karlie Gusé, les gens se sont empressés de pointer du doigt Melissa, la belle-mère. Cette disparition a été largement médiatisée depuis octobre 2018. Elle fascine énormément tous les Websleuths qui tentent de retrouver Karlie, mais surtout qui espèrent trouver la personne coupable de sa disparition.

Le phénomène des Websleuths

Le site Websleuth est un forum qui s'apparente à Reddit ou à 4chan. Il compte plus de 137 000 usagers et 12 millions de publications. La communauté Websleuth s'intéresse principalement aux crimes et aux personnes disparues. Depuis la création de ce site, le terme « Websleuth » est aussi utilisé pour désigner ses usagers, des internautes désireux de résoudre des mystères. On les appelle aussi *armchair detectives*.

Les Websleuths ont certainement leurs bons et leurs mauvais côtés. Dans plusieurs affaires criminelles, ils tentent de faire avancer des enquêtes et de résoudre des *cold cases* en décortiquant chaque bribe d'information disponible dans les médias traditionnels. De mon côté, pour mes vidéos, j'utilise beaucoup Websleuth. C'est intéressant d'analyser plusieurs théories et points de vue différents. Par contre, ce qui peut être dangereux dans ce type de pratique, c'est de faire rapidement de fausses accusations, même si j'ai vu plus de circonspection chez les Websleuths et Redditors, pour ce qui est des fausses accusations, que chez les usagers de Facebook, par exemple.

Pour revenir à Melissa, c'est vrai qu'à première vue, toute cette histoire semble louche. Dans les affaires de meurtres et de disparitions, les coupables sont souvent les derniers à avoir été vus en compagnie de la victime. Si on se rappelle bien, Melissa a passé la nuit entière avec Karlie et elle a été la dernière personne à voir l'adolescente avant qu'elle ne disparaisse. Et puis, sur l'enregistrement audio, Karlie dit: « Melissa, vas-tu me tuer? » Tout ça n'aide guère la cause de sa belle-mère.

Autre détail qui en trouble plusieurs: Melissa a donné deux versions des faits différentes de la nuit du 12 au 13 octobre 2018. La première fois qu'elle a parlé aux médias, elle a affirmé avoir passé la nuit avec son mari. Elle a raconté que, vers 5 h 30, elle est passée devant la chambre de Karlie et l'a vue couchée dans son lit, les yeux ouverts. Melissa s'est rendormie quelques heures pour se réveiller de nouveau à 7 h 30. C'est à cette heure qu'elle s'est rendu compte de la disparition de Karlie. Or, dans une autre entrevue, Melissa dit avoir dormi toute la nuit dans la chambre de Karlie.

Quand on lui a fait remarquer qu'il est suspect d'avoir donné deux versions différentes, elle a dit qu'elle regrettait de l'avoir fait, et que ce n'était pas très rusé de sa part. Melissa affirme que la seconde version est la bonne, qu'elle a bel et bien passé la nuit avec Karlie. Ella a donné une autre version des faits à la police car elle avait peur d'être considérée comme une suspecte dans cette affaire.

Personnellement, je crois qu'en effet il est possible que Melissa ait menti au départ pour se protéger, ne connaissant pas l'ampleur que cette disparition allait prendre. Peut-être qu'elle pensait que Karlie serait rapidement retrouvée et que le fait qu'elle ait dormi avec elle ou non n'avait pas d'importance.

Voici un autre détail que les Websleuths se sont empressés de dénoncer. Lorsque Melissa a donné une description des vêtements que Karlie portait avant sa disparition, elle a dit que sa belle-fille était vêtue d'un jean *skinny*. Pourtant, les voisins qui l'ont vue disent que Karlie portait un jogging. Encore une fois, plusieurs se sont insurgés devant l'erreur commise par la belle-mère. Melissa a dit s'être trompée, qu'elle avait tout simplement présumé que Karlie avait un jean serré puisqu'elle en portait tous les jours. De plus, il est très possible que Karlie ait changé de pantalon entre le moment où Melissa a quitté sa chambre et son départ. Pour moi, tous ces petits détails sur lesquels les internautes accrochent ne sont que des *red herrings,* ils n'ont pas beaucoup d'importance dans cette affaire.

Qu'est-ce que c'est, un *red herring*?

Le terme *red herrings,* qui signifie «harengs rouges», est souvent employé dans le *true crime* ou même dans les ouvrages de fiction. Il est basé sur une histoire du XIXe siècle où le criminel utilisait des harengs rouges ayant une forte odeur pour tromper les chiens pisteurs. Les *red herrings* désignent des distractions qui vont empêcher de retrouver le

vrai coupable. Dans le monde du *true crime*, les gens vont souvent s'attarder à de petits détails sans importance et perdre de vue l'objectif final.
Pourquoi a-t-elle dit qu'elle avait les cheveux bruns si elle a les cheveux roux ?
Pourquoi la victime a-t-elle appelé son frère un mois avant de disparaître ?
Est-ce que la victime allait au concert de Kiss ou de Led Zeppelin ?
Au final, ces détails ont, bien souvent, peu d'importance. Parfois, le fait de passer trop de temps sur des détails insignifiants va même compromettre les chances de retrouver quelqu'un, puisque ça ralentit l'enquête. Ne vous méprenez pas, les petits détails sont bien souvent essentiels à l'avancement d'une enquête, il est important de les considérer. Parfois, c'est grâce à des informations qui semblent insignifiantes à première vue qu'on peut résoudre des *cold cases*. Mais il faut savoir démêler ce qui est important de ce qui est trompeur. Dans le cas de Karlie, je pense que le fait que sa belle-mère se soit trompée sur l'apparence du pantalon qu'elle portait est probablement un *red herring*.

Internautes malveillants et théories fumeuses

Dans l'affaire de la disparition de Karlie Gusé, les internautes qui sont le plus impliqués sont loin des classiques Websleuths que je vois généralement dans des cas semblables. Non, ici, c'est différent. Les internautes qui commentent les publications sur Karlie sont en majorité immatures, mesquins, immoraux et parfois assez ridicules. Je ne sais pas si c'est parce que Karlie Gusé a disparu en 2018 et qu'elle avait seulement 16 ans, et donc que plusieurs jeunes se sont sentis interpellés par sa disparition… C'est possible. Peut-être aussi que la théorie Kate Yup (dont je vais parler plus loin) a attiré plusieurs curieux en soif de sensationnalisme. Pour vous donner un exemple, durant mes recherches pour ce chapitre, j'ai tapé le nom « Karlie Gusé » sur YouTube pour voir tout ce qu'il y avait sur le sujet. Parmi les premières vidéos qui sont apparues, celle d'un certain JoeyMac420 affichait 17 millions de vues. Le titre de sa vidéo: J'AI TROUVÉ UNE ADOLESCENTE DISPARUE DANS LE DÉSERT (J'AI APPELÉ LE 911). La miniature montrait clairement l'image de quelqu'un qui conduisait un motocross dans le désert (probablement JoeyMac420) et, au loin, une silhouette qui semblait être celle d'une jeune fille. Bien sûr, la jeune fille était entourée d'un cercle rouge et l'image était accompagnée de l'affiche de disparition de Karlie Gusé. J'ai regardé toute la vidéo de 26 minutes pour voir le youtubeur passer en vitesse devant une jeune fille inconnue, seule, dans le désert, sans s'arrêter. On ne sait pas si c'est Karlie Gusé. Probablement pas. On ne sait pas non plus si la jeune fille avait besoin d'aide. C'est sûrement un canular: il a probablement demandé à une de ses amies de jouer dans sa vidéo pour pouvoir écrire ce titre *clickbait*. Ce cas n'est qu'un des nombreux exemples d'internautes toxiques qui « cherchent » ou profitent de la disparition de Karlie Gusé.

Lindsay, la mère de Karlie, est aussi partie en guerre contre Melissa et Zachary, persuadée qu'ils ne disent pas toute la vérité. Elle a ouvert une page Facebook dédiée à l'enquête sur la disparition de Karlie et, pour l'avoir consultée, laissez-moi vous dire qu'elle ne vaut pas le détour. La page est complètement toxique: les internautes y font des accusations sans fondement contre la belle-mère, le père de Karlie et même ses petits frères!

Au final, toutes ces accusations et ces campagnes de haine nous détournent du but principal: retrouver Karlie.

Selon Lindsay, lorsque Melissa a vu Karlie, couchée dans son lit les yeux ouverts, elle était déjà morte. La théorie principale des internautes et de Lindsay est que Karlie aurait fait une surdose et que Melissa et Zachary auraient caché son corps. Cette théorie est, selon moi, complètement ridicule. Pourquoi auraient-ils fait cela ? De plus, cette hypothèse omet le fait que Karlie a été aperçue par trois personnes différentes la journée de sa disparition. À ce sujet, des internautes ont spéculé que ce n'était pas Karlie qui aurait été aperçue par des voisins, mais plutôt Melissa qui se faisait passer pour Karlie et qui marchait dans le voisinage pour qu'on croie que c'était l'adolescente. (Excusez mon manque de professionnalisme, mais *WHAT*?)

Melissa aimait Karlie autant que sa propre fille, ça faisait huit ans qu'elle l'élevait et qu'elle s'en occupait à temps plein, comme une deuxième mère. Je crois, personnellement, que jamais elle n'aurait pu faire quoi que ce soit pour la blesser. Et si on envisage vraiment que Karlie soit morte d'une surdose, pourquoi cacher le corps si ni Melissa ni Zachary ne sont coupables ? Ils collaborent avec le FBI depuis le début de l'enquête et font tout ce qu'ils peuvent pour la faire avancer. Pour moi, les accusations contre ceux-ci ne devraient tout simplement pas avoir lieu d'être. Toutes ces théories n'aident personne. Et puis, dans la majorité des cas de disparitions ou de meurtres irrésolus, la réponse est souvent l'hypothèse la plus simple.

Karlie, où es-tu ?

Lorsqu'on entend cette histoire pour la première fois, on se dit immédiatement : « C'est sûr que Karlie n'avait pas juste fumé du cannabis, elle avait pris autre chose ! » En effet, lorsqu'on pense à son comportement paranoïaque de la veille et à son manque de sommeil, Karlie semblait avoir consommé une drogue plus dure. Le jeune homme qui lui a vendu de la marijuana, Jaymes Dulin, 18 ans, a été arrêté pour vente de drogue à une personne mineure. Il affirme que le cannabis qu'il a vendu était pur et qu'il n'était pas mélangé avec une autre drogue. De plus, si Karlie avait fumé autre chose que du cannabis, ses amies auraient eu la même réaction qu'elle. Or, tout le monde présent à la fête s'en est bien sorti. Donald, quant à lui, est persuadé que le comportement de sa petite amie s'explique parce que ça faisait longtemps qu'elle n'avait pas fumé, ce pourquoi le joint l'avait autant affectée. En effet, il est prouvé que le cannabis peut provoquer des épisodes de paranoïa assez intenses ; il est donc possible que Karlie ait « juste » pris de la marijuana et rien de plus fort, malgré ce que ses parents pensent.

Une autre hypothèse serait que Karlie souffrait d'un trouble de santé mentale non diagnostiqué et que le peu de drogue qu'elle a pris a causé une psychose intense. Pensez-y bien, la soirée du 12 octobre, Karlie avait peur de mourir, elle ne cessait de dire à sa belle-mère d'appeler le 911. De plus, elle s'était enfuie de la fête où elle se trouvait pour aller courir dans la rue. Ce n'est pas étonnant qu'elle le refasse le lendemain matin après avoir passé une nuit blanche. En fait, quelques jours avant de disparaître, Karlie s'était confiée à une de ses amies en lui disant que quelqu'un espionnait son téléphone et que ça la terrifiait. Si Karlie avait peur et qu'elle était paranoïaque, c'est logique qu'elle se soit enfuie de sa maison, puisqu'elle s'imaginait y être en danger.

Et ensuite quoi ? Où est-elle passée ?

La maison de Karlie est située près de la route Bishop, qui mène au désert des White Mountains. Si Karlie, dans un état mental altéré, s'est perdue dans le désert, il est probable qu'on ne la retrouve jamais. Une simple recherche Google vous montrera l'ampleur de cet endroit, ça donne le vertige ! Le désert du Nevada est vaste et aride, il est facile de s'y perdre et de mourir de déshydratation. Quelque temps après la disparition, un témoin a affirmé avoir aperçu une jeune adolescente ayant le même profil que Karlie sur l'autoroute 6, dans le désert du Nevada. Elle était debout, derrière une clôture de fils barbelés. Il n'a jamais su si c'était bien elle et on n'a jamais pu l'identifier. Le désert grouille aussi d'animaux sauvages comme des serpents à sonnette et des coyotes. Sans parler des mines abandonnées, qui sont un vrai danger. Karlie aurait très bien pu y tomber et être incapable d'en sortir.

L'autre possibilité, c'est qu'elle ait fait une mauvaise rencontre. Perdue près de l'autoroute 6, qui accueille plusieurs camionneurs de tout le continent, il est possible que quelqu'un ait profité de sa vulnérabilité pour la faire monter à bord de sa voiture. Karlie était désemparée, c'était une proie facile. Trop facile, malheureusement.

Les longues recherches de la part des autorités et de nombreux volontaires sont malheureusement demeurées infructueuses. Je crois que personne n'ose le dire, mais que l'idée de retrouver Karlie vivante a, malheureusement, été abandonnée. Melissa, Zachary et Lindsay sont assez silencieux depuis la disparition de Karlie, ils ne se prononcent pas trop dans les médias, ni sur les réseaux sociaux. Je pense qu'ils tentent de se protéger.

#SaveKateYup

Je ne pouvais terminer ce chapitre sans vous parler de l'une des théories sur Karlie Gusé qui circule sur le Web. Une youtubeuse nommée Kate Yup, qui a plus de 900 000 abonnés, publie des vidéos de *mukbang*, où elle mange de grandes quantités de fruits de mer devant la caméra. Le *mukbang* est un style de vidéos d'origine coréenne, où les youtubeurs se filment en train de manger. Chaque jour, ce style gagne en popularité sur YouTube.

Sur sa chaîne, Kate Yup ne montre jamais son visage lorsqu'elle engloutit la nourriture. Ses abonnés se sont inquiétés lorsqu'ils ont vu que leur youtubeuse préférée avait des bleus sur les bras. Ils ont tout de suite émis l'hypothèse qu'elle était dans une situation d'abus physique. D'autres se sont empressés d'ajouter que Kate Yup avait toujours l'air affamée lorsqu'elle mangeait. Était-elle en captivité et son bourreau l'affamait? Dans une autre vidéo, ses abonnés croient avoir entendu quelqu'un crier: «Je vais te tuer!», nourrissant la thèse que Kate Yup était en danger. À un autre moment dans une vidéo, Kate Yup tape des doigts sur le bol devant elle, comme si elle voulait transmettre un message

par code morse. Des abonnés ont tenté de déchiffrer le message et, selon eux, ça disait: «J'ai besoin d'aide.»
Le hashtag #SaveKateYup est alors apparu, et Internet a décidé de résoudre ce qui lui apparaissait comme une énigme. Dans les commentaires, Kate Yup a réagi aux rumeurs en disant qu'elle n'était pas du tout en danger et qu'il était stupide de penser qu'un kidnappeur la laisserait faire le montage de ses propres vidéos. Même si certains pensent que le kidnappeur pourrait mettre lui-même les vidéos en ligne... Mystère...
Certains internautes ont trouvé qu'il y avait une ressemblance entre Kate Yup et Karlie Gusé. C'est difficile de le confirmer, puisque ses vidéos sont filmées de manière à ce qu'on voie seulement la bouche. Mais, en effet, on peut remarquer une certaine ressemblance. Les deux jeunes filles ont les cheveux bruns et les dents droites et blanches. Leurs mentons et leurs nez sont aussi assez semblables. La famille Gusé a pris ces spéculations au sérieux et a demandé aux enquêteurs de vérifier si Kate Yup et Karlie Gusé étaient la même personne. Malheureusement, cette piste s'est aussi avérée être un *red herring*.

***

En 2018, on a calculé qu'il y avait plus de 400 000 enfants portés disparus. Malheureusement, Karlie s'est ajoutée aux statistiques et depuis cette journée fatidique du 13 octobre, elle n'a jamais été revue. Aujourd'hui, la famille offre 10 000 $ de récompense contre toute information permettant de retrouver Karlie. Le FBI offre, lui aussi, 5000 $ de récompense. Comme l'a dit le responsable de l'enquête, le sergent Clark : « Dans cette enquête, la plus grande piste, c'est qu'il n'y en a pas. [...] Nous croyons que Karlie pourrait toujours être en vie. » Il est vrai que si elle a bel et bien souffert d'un épisode psychotique avant de disparaître, ça peut donner espoir qu'elle soit retrouvée. Qui sait, pourrait-elle être en train d'errer dans une grande ville ? À Las Vegas ? À Los Angeles ? À San Diego ? Il est possible qu'elle vive dans une situation précaire sans savoir où elle est, qui elle est. Ce n'est peut-être qu'une question de temps avant que quelqu'un ne reconnaisse ses beaux grands yeux bleus et qu'on ne la retrouve... Je l'espère. Ce serait sans aucun doute la meilleure issue de cette tragédie. Qui sait, peut-être pourriez-vous contribuer à une fin heureuse ?

#BringKarlieHome et surtout #Gardezl'oeilouvert !

2. PETER GIBBS – DISPARU DANS LE CIEL ÉCOSSAIS

Le *Great Mull Air Mystery* est le genre d'histoire qu'on se raconte autour d'un verre de scotch. On peut presque imaginer l'odeur de bois humide d'un pub, la musique traditionnelle en sourdine et le goût emboucané de l'alcool brun. L'affaire que je vais vous raconter pourrait ressembler à l'une de ces légendes qui flirte avec le paranormal mais, pourtant, tout ce qui suit est vrai et très vérifiable. J'en ai entendu parler en lisant un article sur les plus grands mystères d'Écosse. Juste en lisant le titre, j'étais déjà accrochée. Mystères ? Écosse ? *Count me in*[1] !

Les connaisseurs de *true crime* doivent commencer à réaliser que les plus grands mystères semblent venir d'Écosse (voir le tome 1 de *Gardez l'œil ouvert*). En ce qui me concerne, mon

1. Comptez sur moi !

arrière-grand-père était écossais : le goût pour les mystères est dans mon sang de Charlton ! Préparez-vous à entrer avec moi dans l'affaire Peter Gibbs qui, encore aujourd'hui, n'a pas été résolue. En fait, nous sommes très loin de connaître la vérité. Cette histoire a tellement d'aspects étranges, voire mythiques : une petite île isolée, le soir du réveillon de Noël, un ancien militaire qui aimait (trop ?) le risque, des rumeurs de gangsters…

À votre avis : un avion peut-il disparaître sans laisser de trace ?

L'homme aux multiples vies

La monotonie ? Très peu pour Peter Gibbs. Né en 1921 en Angleterre, il a toujours pleinement profité de la vie. Durant la Seconde Guerre mondiale, à l'âge de 25 ans, il faisait partie du 41e escadron et pilotait un Supermarine Spitfire dans la Royal Air Force. Un peu plus tard, en 1954, il est devenu musicien pour l'Orchestre philharmonique de Londres. C'était un violoniste très talentueux. Deux ans plus tard, il est devenu membre de l'Orchestre symphonique de Londres, où il excellait autant que lorsqu'il pilotait des avions de guerre.

***Mais malgré tous ses talents et ses exploits, c'est surtout son dernier jour de vie qui l'a rendu célèbre. À tout jamais, il sera connu comme l'homme du* Great Mull Air Mystery.**

En 1975, Peter est un homme d'affaires prolifique. Il possède une compagnie de développement de propriétés à Londres, Gibbs and Rae. Il est constamment à la recherche de nouvelles propriétés, de nouveaux terrains, de nouveaux défis. En plus de travailler dans l'immobilier, Peter est toujours passionné d'avions. Depuis juin 1957, il fait partie du club aérien Surrey Flying Club. L'avion est un moyen de transport fréquent pour Peter, qui compte plus de 2000 heures de vol à son actif. Il est très expérimenté et le pilotage n'a plus de secrets pour lui.

Le 20 décembre 1975, Peter Gibbs et sa conjointe Felicity Grainger arrivent à Mull, en Écosse. Cette île d'environ 2000 habitants est située dans l'archipel des Hébrides intérieures, c'est la quatrième plus grosse île en Écosse. Peter a prévu passer quelques jours sur l'île de Mull dans le but de repérer un hôtel à acheter. Durant son voyage, il a visité plusieurs îles à la recherche d'une future propriété qui pourrait être lucrative. Peter et Felicity ont choisi de loger au Glenforsa Hotel car l'établissement possède un avion de location et sa propre piste d'atterrissage. Cet avantage a plu à Peter, qui comptait louer l'avion et s'en servir tout au long de son séjour afin de se déplacer d'une île à l'autre. L'appareil appartient au gérant de l'hôtel, David Howitt. C'est un Cessna F150H rouge et blanc. Bien que la piste d'atterrissage soit utile pour les habitants du coin, elle n'est probablement pas comme vous l'imaginez. Elle est loin de ressembler à une piste des gros aéroports commerciaux. En fait, elle s'apparente plutôt à un vaste terrain de gazon vert, où il est possible de faire atterrir un avion. Il n'y a pas de panneau d'indications ni de lumière pour guider les pilotes. Parfois, la piste se remplit de moutons insouciants qui vont brouter de l'herbe près de l'hôtel. Les personnes responsables doivent sonner une cloche pour éloigner les animaux lors de décollages ou d'atterrissages. Il faut être attentif pour éviter les carnages.

Voici une anecdote illustrant bien le caractère de Gibbs. Lors de la location de l'avion, Peter Gibbs a menti en affirmant qu'il avait oublié sa licence de pilote à la maison. La vérité est que son permis avait expiré depuis octobre 1974. Probablement que si Howitt avait su la vérité, il n'aurait pas laissé Peter emprunter son avion. De plus, durant son dernier vol, l'instructeur de Peter lui avait ordonné de porter des lunettes lorsqu'il pilotait. Après tout, il n'avait plus la vision d'autrefois. Peter, têtu, refusait catégoriquement. Bien que très expérimenté en tant que pilote, le cinquantenaire prenait des risques inutiles qui pouvaient mettre sa vie en danger.

Un avion se volatilise

Durant la journée du 24 décembre, Peter et Felicity volent de l'île de Mull jusqu'à l'île de Skye, pour voir des propriétés potentielles. Le couple est heureux et impatient à l'idée d'un nouvel investissement rentable. Après une journée à l'extérieur, les joues rouges et les poumons rafraîchis, Peter et Felicity reviennent à Mull juste à temps pour les festivités du réveillon. L'ambiance est à la fête au Glenforsa Hotel, le vin et le whisky coulent à flots et l'esprit de Noël anime le bar. Malgré les températures froides de décembre, l'hôtel est plein à craquer. Durant le souper, Peter a une envie pressante de voler et décide d'aller faire un petit tour d'avion de 10 à 15 minutes. Les employés tentent de le décourager de partir : la piste n'est pas faite pour être utilisée de nuit, et d'ailleurs, la nuit, il est illégal de décoller ou d'atterrir sur l'île de Mull, qui n'est pas équipée pour cela. Mais, confiant, Peter a l'habitude de faire ce qu'il veut : « Je ne demande pas votre permission, j'ai juste la courtoisie de vous aviser. Je ne veux pas d'histoire. » Les autres clients de l'hôtel, excités à l'idée de le voir décoller, éteignent toutes les lumières du bar pour mieux voir à travers la fenêtre. Il est environ 21 h 30. Il explique son plan à sa conjointe : « Je vais voler un peu aux alentours, atterrir pour voir si c'est bien sécuritaire pour ensuite repartir plus longtemps. »

À ce stade, comme moi, vous devez vous demander pourquoi il voulait piloter un avion pour un si court trajet, en plein soir de réveillon. Est-ce que Peter avait toutes ses capacités ? Avait-il bu un peu trop de vin au souper ?

***En tout cas, un fait est certain :
Peter était décidé à piloter le Cessna ce soir-là
et rien n'aurait pu le faire changer d'avis.***

À l'hôtel, il emprunte deux lampes de poche et demande à sa conjointe de les utiliser pour l'éclairer lors de l'atterrissage. Dehors, c'est une nuit sans lune, fraîche et très sombre. Dans le ciel épais, Peter Gibbs s'envole, tel le père Noël avec ses rennes. Sauf que contrairement au père Noël, il ne reviendra pas, ni l'an prochain ni jamais.

Des investissements intéressants

Il ne faut pas oublier que le Londonien était un homme d'affaires qui pensait investir dans un hôtel de la région. Peut-être qu'il souhaitait tester la possibilité de voler la nuit? Mais à quoi bon, si les vols de soir étaient interdits sur l'île? Peut-être que Peter Gibbs voulait prouver que c'était possible de décoller même un soir sans lune, pour faire changer les règles? Et si oui, peut-être que ça faciliterait les déplacements en tout temps, ce qui rajouterait une certaine valeur aux propriétés de l'île…

Vous devez vous douter qu'avec les années, plusieurs rumeurs et théories ont fait surface concernant l'Affaire de l'île de Mull. Surtout que les clients du bar donnent des versions différentes de ce qu'ils ont vu à travers la fenêtre la fameuse nuit du 24 décembre 1975. Plusieurs témoins affirment qu'au moment du décollage, ils ont vu plusieurs lumières sur la piste. Felicity avait deux lampes de poche dans les mains. Pourtant, plusieurs personnes sont persuadées d'avoir vu plus de deux lumières, comme s'il y avait quelqu'un d'autre sur la piste pour guider Peter. Felicity Grainger, elle, affirme qu'elle était seule à guider son mari avec les lampes, qu'il n'y avait personne d'autre sur le terrain. Il ne faut pas oublier que plusieurs clients de l'hôtel étaient en mode festif, il est possible qu'ils aient mal vu ou que ce qu'ils ont vu n'était qu'un reflet d'une lumière du bar. Toutefois, d'autres témoins affirment qu'au moment de décoller, Peter Gibbs a attendu longtemps dans l'avion. Certes, le pilote devait patienter pendant que le moteur se réchauffait, mais l'attente a été anormalement longue. Et, avant de partir, Peter a allumé et éteint les lumières quelques fois. Était-il en état d'ébriété? Doutait-il de ses capacités à décoller sur cette piste? L'avion présentait-il une défaillance?

Y avait-il quelqu'un d'autre à bord de l'avion?

Après le décollage, Felicity et tous les clients de l'hôtel sont sur le qui-vive, attendant impatiemment le retour de Peter. Dix minutes passent, aucun signe du pilote dans le ciel. Quinze minutes, toujours rien. Vingt minutes, les cantiques de Noël ont arrêté de jouer, les spectateurs à la fenêtre, nerveux, commencent à s'imaginer le pire. Depuis le décollage, la météo a changé du tout au tout. Le ciel s'est couvert et il a commencé à grêler. Vers 22 h, David Howitt, inquiet, se demande si Peter n'a pas eu un accident. Sous la pluie verglaçante, il se dirige vers sa Ford Cortina pour partir à la recherche du pilote. S'il s'est écrasé, il ne le retrouvera pas trop loin. En faisant le tour de l'ile, il s'attend à tout moment à tomber sur son petit avion écrasé et son client, mort dans l'impact. À l'aide des phares de l'automobile, Howitt illumine l'océan, mais rien. La mer, agitée par la pluie et le vent, ne montre aucun signe de l'appareil.

Dès le lendemain, des recherches sont lancées sur l'île afin de retrouver Peter. Les battues durent toutes les vacances de Noël, l'île entière et ses environs sont fouillés de fond en comble. Il n'y a pas une pierre qui ne soit pas retournée. Malheureusement, aucune piste ne mène à Peter Gibbs. Les autorités sont estomaquées.

Vous devez être en train de penser: « Ce n'est pas une énigme du tout! L'avion s'est probablement juste écrasé dans la mer! » En effet, c'est une possibilité.

Sauf que des plongeurs ont bien exploré les eaux, sans succès. Un avion ne peut quand même pas disparaître juste comme ça?

Des avions qui disparaissent

Il semble impossible qu'un avion puisse disparaître dans la nature (d'où le grand mystère entourant cette affaire). Pourtant, nous avons bien vu, en 2014, que ça pouvait arriver. La disparition du vol commercial MH370 de Malaysia Airlines, qui transportait 227 passagers, a intrigué le monde entier. Encore à ce jour, ni l'avion ni aucune des 239 personnes à bord n'ont été retrouvés. Cette affaire est assurément l'une des disparitions les plus mystérieuses du XXIe siècle.

Si on remonte plus loin dans le passé, le 5 décembre 1945, l'escadrille 19, comportant cinq petits avions américains, a disparu au-dessus du Triangle des Bermudes dans l'Atlantique. Ni les avions ni les 14 pilotes n'ont été revus après ce jour. À la suite de leur disparition, l'armée américaine a envoyé un hydravion de 13 passagers à leur recherche. L'hydravion et les 13 passagers ont, eux aussi, disparu.

Étonnamment, il y a plusieurs histoires de disparitions d'avions et elles sont toutes aussi étranges les unes que les autres.

Que s'est-il passé?

Quatre mois plus tard, en avril 1976, un berger du nom de Donald McKinnon fait une découverte désolante: le corps de Peter Gibbs, dans un état de décomposition avancée. À moins de 2 kilomètres de l'hôtel, Peter gît sur une petite colline au milieu d'un grand terrain vert. Le pilote est couché en travers du tronc d'un arbre tombé. La police doit couper une branche de l'arbre afin de pouvoir retirer le corps. Il porte encore ses vêtements et ses bottes d'aviation, dans lesquels il avait été vu la veille de Noël. Comment les chercheurs ont-ils pu passer à côté du corps durant les battues? Depuis Noël, des fermiers et des bergers ont traversé cette colline à plusieurs reprises sans jamais remarquer le cadavre du pilote. Le corps de Peter est complètement exposé, il est même plutôt difficile à manquer. Alors pourquoi a-t-il seulement été découvert en avril ?

Vous devez être en train de spéculer que Peter serait peut-être mort ailleurs et qu'on l'aurait déplacé à cet endroit par la suite... Je vais donc vous référer à son autopsie qui nous dit que cette hypothèse est peu probable. Les médecins légistes n'ont malheureusement pas pu déterminer les causes de sa mort, mais ils sont certains d'une chose :

Peter est mort sur cette colline quatre mois plus tôt et son corps n'a pas été bougé.

Donc, bien sûr, la théorie logique qui s'ensuit est que Peter soit tombé de son avion lors d'un *crash*. Mais là encore, cette hypothèse laisse perplexe. En fait, son corps ne présentait aucune blessure qui aurait pu être fatale : quelques blessures mineures, comme une petite coupure à la jambe droite, mais rien de grave. Or, il serait strictement impossible d'être impliqué dans un écrasement d'avion et de s'en sortir avec quelques blessures superficielles. Et j'ajouterai : s'il avait eu un accident d'avion, nous aurions probablement retrouvé l'appareil, n'est-ce pas ?

À la suite de la découverte du corps, de nouvelles recherches ont été effectuées afin de retrouver l'avion et d'en savoir un peu plus sur ce qui a pu arriver à Peter. Mais, encore une fois, sans aucun résultat. Les médecins responsables de l'autopsie ont donc conclu que l'état énigmatique dans lequel Peter avait été retrouvé indiquait qu'il avait succombé aux éléments, ce qu'on appelle en anglais « *death by exposure* ».

En lisant cette histoire pour la première fois, j'ai pensé à la théorie suivante (je suis sûre que vous êtes en train d'y penser, vous aussi !).

Peter aurait pu, en effet, perdre la maîtrise de son avion, qui aurait sombré dans la mer. Je vous peins la scène : Peter survit à l'impact. Il défonce une fenêtre de l'avion et, de peine et de misère, réussit à nager jusqu'à la rive. Ensuite, confus et détrempé, il traverse la rue et monte la colline. En haut de la colline, la vision brouillée par la pluie et la neige, il s'effondre et meurt, paisiblement. Cette hypothèse semble certes très réconfortante, mais plusieurs détails clochent. L'endroit où Peter a été retrouvé est plutôt loin de la mer. En fait, il aurait dû nager jusqu'à la rive, marcher plusieurs mètres, traverser la route principale, monter la colline, pour finalement se coucher sur le sol. Il est possible qu'en cherchant de l'aide, confus, il ait marché dans cette direction et, incapable de continuer, qu'il se soit couché dans la nature. Toutefois, un détail semble contredire cette hypothèse. Lorsque l'autopsie a été pratiquée, les médecins légistes ont pu déterminer qu'il n'y avait de trace de sel de mer ni sur sa peau ni sur ses vêtements. Vous pourriez rétorquer que le sel aurait pu être effacé par la neige et la pluie. Et moi de répondre : ce n'est pas impossible. Mais il reste que cette hypothèse est trop tirée par les cheveux pour être vraie.

Le 5 octobre 1975, à quelques kilomètres de l'hôtel Glensfora, un fermier de la région fait une importante découverte. Crachée par les vagues de l'océan, une pièce d'avion qui semble appartenir au Cessna 150 s'est échouée sur la rive. Malheureusement, il est impossible de prouver que cette pièce appartient bien à l'avion disparu.

En septembre 1986, soit près de dix ans après les faits, deux pêcheurs de l'île de Mull affirment avoir retrouvé l'avion sous l'eau. Il serait situé non loin de la ville d'Oban, à 200 ou 300 mètres de Mull. Les pêcheurs décrivent un petit avion rouge et blanc aux deux ailes cassées, échoué dans le sable. Le moteur aussi s'était détaché de l'appareil. Les deux portes de l'appareil étaient verrouillées de l'intérieur et le pare-brise avait été brisé, laissant sous-entendre que Peter aurait pu sortir par là (peut-être que notre théorie tient la route, finalement !). Les pêcheurs avisent tout de suite les autorités de leur découverte en leur fournissant la localisation exacte et les détails de celle-ci. L'affaire aurait pu s'arrêter là... Or, le plus déroutant est que, lorsque les autorités partent à la recherche de l'épave, elles ne trouvent rien. L'avion n'a pas pu être localisé ! Les pêcheurs ont-ils menti ? Ce ne serait pas la première ni la dernière fois qu'on verrait ce genre de mensonges dans des histoires de disparitions.

Nouveau rebondissement en 2013 : des plongeurs de la marine en opération de repérage sur la côte d'Oban pensent, eux aussi, avoir trouvé l'avion. Ils disent avoir vu un Cessna à une trentaine de mètres sous l'eau. Celui-ci n'avait pas les deux ailes cassées, seulement une. Il serait alors impossible que ce soit le même avion que celui aperçu en 1986... Alors, qui dit vrai ? Là encore, on ignore si c'était bel et bien l'avion piloté par Peter Gibbs puisque... il n'a jamais été retrouvé non plus !

Mais vraiment... que s'est-il passé ?

Comme vous le constatez, Peter Gibbs était un homme qui, aux yeux de tous, avait réussi dans la vie. Il avait servi son pays durant la guerre, il avait des talents artistiques comme pas un, il pratiquait des sports extrêmes, il avait une petite amie de 20 ans plus jeune que lui mais, surtout, il réussissait en affaires. Se peut-il que, dans le courant de ses réussites, il se soit impliqué dans des affaires pas très nettes ? Et si le soir du 24 décembre, il allait rencontrer quelqu'un sur la piste ? Cela expliquerait les lumières multiples aperçues par les clients de l'hôtel et, surtout, son envie impulsive et pressante d'aller piloter un avion durant une dizaine de minutes seulement. Ainsi, quelqu'un aurait pu embarquer dans l'avion avec Peter dans le but de faire une transaction rapide, ce pourquoi il aurait attendu plusieurs minutes avant de décoller. Ou bien, est-ce que quelqu'un l'attendait, caché à l'intérieur de l'avion ? Fusil sur la tempe, Peter aurait été obligé de piloter vers une destination quelconque. Il aurait atterri en toute sécurité, pour ensuite se faire assassiner par un ennemi. Par la suite, le tueur se serait débarrassé du Cessna et aurait discrètement placé Peter sur la colline.

Plusieurs rumeurs prétendent que Peter aurait été impliqué dans des affaires criminelles concernant un vol de diamants qui avait eu lieu à Oban. Tout ça semble plutôt abracadabrant et très compliqué.

Et s'il n'avait même pas eu le temps d'embarquer dans l'avion ? En marchant jusqu'à la piste, quelqu'un l'aurait enlevé et tué. Un autre se serait chargé de piloter l'avion. C'est un plan plus logique et plus facile à mettre en action. Il y a tellement de possibilités, c'est facile de s'y perdre ! L'une d'elles vous fait-elle dire : « Mais oui ! Voilà la solution ! C'est probablement ce qui s'est passé » ? Hop, hop, hop, pas trop vite ! Rappelez-vous notre rapport d'autopsie officiel : *death by exposure*. Si Peter avait été victime de meurtre, les experts l'auraient vu durant l'autopsie et, au risque de me répéter, il ne présentait aucune blessure mortelle.

Avec les années, les rumeurs ont continué à se propager comme une traînée de poudre. Qu'est-il arrivé à Peter Gibbs ? Que s'est-il passé durant les dernières minutes le menant à sa mort ? A-t-il souffert ?

***

Depuis le début de ma courte carrière dans le *true crime*, j'ai fait face à quelques histoires comme celle-ci, qui m'ont laissée totalement perplexe. J'ai eu la chance d'en partager quelques-unes avec vous dans mon livre précédent ou sur ma chaîne YouTube. La majorité du temps, je réussis à me faire une petite idée sur la question. Mon instinct est très fort et me guide toujours vers LA théorie qui me semble la plus sensée, logique. Or, dans le cas du *Great Mull Air Mystery*, je n'ai aucune idée de ce qui s'est passé. Chaque hypothèse émise est immédiatement suivie d'un « mais ». C'est sans doute pourquoi cette histoire est si populaire en Écosse : depuis toutes ces années, les gens qui tentent de résoudre cette affaire finissent par frapper un mur de briques... et je ne fais pas exception !

Ce soir, voici ce que je compte faire. Je vais aller me servir un verre de whisky, m'asseoir dans le salon, continuer à écouter Mumford and Sons et vous laisser réfléchir à cette histoire. Peut-être que votre instinct sera meilleur que le mien !

3. L'ENLÈVEMENT DE TAKAYA TETON

Sakuragicho, Yokohama, le 18 janvier 2013

Il est tôt le matin et Henrik est dans la douche. Sous l'eau brûlante, il fait une liste mentale des dernières choses à faire avant son retour au Canada, le 20 janvier. Après un voyage de quelques semaines au Japon avec sa famille, il est impatient de retourner à la maison. Le séjour a été plaisant. C'était la première fois que la famille de sa femme, Chieko, rencontrait leur fils d'un an et demi, Takaya. Sa belle-famille était complètement sous le charme des belles risettes de Takaya. Aujourd'hui, Chieko et lui ont prévu de faire quelques courses de dernière minute. Le lendemain, le 19 janvier, ils iront visiter le Disneyland de Tokyo pour Takaya. Henrik ferait n'importe quoi pour voir son fils sourire, c'est sa raison d'être. En sortant de la douche, il se sèche en vitesse. La serviette autour de la taille, il sort de la salle de bain embuée pour dire quelque chose à sa femme. Le silence de la chambre d'hôtel le perturbe. « Chieko? Takaya? », demande-t-il. Il n'obtient aucune réponse. Du regard, il cherche une note laissée par sa femme. Où pourraient-ils être? Portant toujours sa serviette, il regarde rapidement à l'extérieur de la chambre, dans le couloir de l'hôtel: personne. Henrik appelle Chieko pour savoir où elle est partie.

Le numéro que vous avez composé n'est pas en service.

Henrik raccroche et s'assoit sur le lit défait. *Mais où sont-ils?*

Mes échanges avec Henrik Teton

C'est pendant mes recherches pour le Doe Network (voir le chapitre 8, Little Miss Nobody) que j'ai découvert cette affaire pour la première fois. Les petites fossettes de Takaya m'ont immédiatement fait craquer. Qu'est-il arrivé à ce petit garçon si mignon? Pourquoi est-il porté disparu? J'ai cherché à en savoir plus sur le sujet mais il n'y avait que très peu (trop peu) d'informations sur cette disparition, seulement quelques fiches sans détails. Cela m'a surprise, parce que la disparition d'un bébé d'un an est une affaire très inquiétante qui, normalement, intéresse les médias et les grands titres. Intriguée, je suis tombée sur le compte Twitter d'Henrik Teton, le père de Takaya. Par message privé, je lui ai montré mon soutien en lui mentionnant à quel point la disparition de son fils m'a touchée. Il m'a suivie en retour sur Twitter et m'a confié qu'il est à la recherche de son fils depuis 2013. Vous verrez par vous-même que cet homme est extrêmement courageux. J'ai parlé à Henrik de mon projet de livre et de mon envie de partager son histoire avec mes lecteurs. Très reconnaissant de mon offre, il a tout de suite accepté de m'aider en me fournissant toutes les informations dont j'allais avoir besoin. Les passages en italiques de ce chapitre sont tous extraits de nos courriels. De son côté, Henrik a aussi écrit un livre afin de raconter son histoire, *Kidnapped in Japan – Child Abduction in Japan (A true story).*

Je suis tombée dans un véritable* rabbit hole *qui m'a fait trembler de colère.

C'est à travers les paroles d'Henrik et les miennes que vous pourrez, vous aussi, vivre les douleurs d'un père égaré et délaissé par la justice.

Chieko et Henrik, un coup de foudre

Henrik Teton est un homme honnête et sans histoire. Il est né au Danemark, où il a vécu une bonne partie de sa vie. Diplômé en médecine de l'Université de Copenhague, il a ensuite commencé à pratiquer sa profession. Durant ses études, il faisait de la natation de compétition, un sport où il excellait également. Henrik a voyagé partout dans le monde et a vécu dans plus de cinq pays différents. En 2003, il a choisi le Canada comme lieu de résidence et a obtenu un emploi comme évaluateur médical pour le gouvernement de l'Ontario. Divorcé et père d'une fille adulte, on pourrait dire que Henrik a réussi dans la vie et qu'il ne manquait de rien. Or, après son installation au Canada, il était enfin prêt à profiter de la vie avec une nouvelle femme à ses côtés. C'est en janvier 2009 que la vie a exaucé son souhait. Son désir le plus cher est apparu sous la forme d'une belle femme japonaise qui buvait tranquillement son café dans un *coffee shop* du centre-ville de Toronto. Selon Henrik, ce fut un coup de foudre instantané entre Chieko et lui.

Chieko Royama avait 32 ans au moment de leur rencontre. Née à Hiroshima, au Japon, elle vivait à Toronto depuis quelques mois. Chieko est diplômée en éducation de l'Université de Chiba, au Japon. Dans son pays d'origine, elle a travaillé quelques années dans son domaine, mais son emploi lui causait beaucoup de stress.

Elle a ensuite obtenu un emploi où elle faisait un travail de bureau un peu moins exigeant. Elle s'est lassée très vite de cet emploi également. Au Canada, Chieko avait un permis « vacances-travail ». Quand Henrik l'a connue, elle travaillait quelques heures par semaine dans un centre pour personnes âgées japonaises résidant au Canada.

À leur premier rendez-vous, Henrik et Chieko sont allés souper au restaurant. Ils se sont ensuite très rapidement engagés dans une relation sérieuse. Le couple s'est marié quelques mois plus tard, en août 2009, à Vancouver. La relation des amoureux était relativement bonne depuis leur rencontre, ils avaient développé une routine bien à eux. Chieko surprenait constamment Henrik, elle était si différente des autres femmes qu'il avait connues. Bien sûr, comme chaque couple, Henrik et Chieko vivaient des hauts et des bas. Par exemple, Chieko était incapable de montrer son affection envers Henrik. Elle était froide et plutôt distante. Leurs différences culturelles créaient parfois quelques frictions. Heureusement, après chaque petite dispute, le couple réussissait à se réconcilier assez rapidement. Les points positifs de Chieko l'emportaient largement sur les quelques aspects qui pouvaient déplaire à Henrik. Et puis, il devait se faire à l'idée que sa femme n'était pas très démonstrative et apprendre à vivre avec ce côté de sa personnalité. Mais Henrik ignorait à quel point l'arrivée de son fils bouleverserait sa vie.

Lost in Translation[2]

Le cœur battant à toute vitesse et les mains tremblotantes, Henrik s'habille de peine et de misère. Les cheveux encore dégoulinants, il fouille la chambre d'hôtel, à la recherche de signes de violence, d'un indice, de quelque chose ! Déjà, il s'imagine le pire ; est-ce que quelqu'un aurait enlevé sa femme et son enfant ?

C'est là que j'ai réalisé que mon cerveau était devenu confus. Je n'arrivais plus à penser clairement. Je voulais partir à leur

2. Perdu dans la traduction.

recherche, mais j'ai réalisé qu'il était déjà trop tard. La station de train n'était qu'à quelques pas de l'hôtel, mais il y avait aussi plusieurs autobus et taxis disponibles – il y avait même un accès au métro dans un centre commercial près de l'hôtel.

Chieko et Takaya pouvaient être n'importe où, perdus dans un pays de 126 millions de personnes.

Henrik reprend ses esprits et commence à réfléchir. Il observe minutieusement la chambre d'hôtel en désordre. La poussette de Takaya ainsi que sa peluche préférée ne sont plus là. Certains produits essentiels ont également disparu. Henrik appelle à nouveau sa femme. *Le numéro que vous avez composé n'est pas en service.* Il ne cesse de s'imaginer un scénario d'horreur. Un inconnu aurait pu entrer dans la chambre d'hôtel et kidnapper sa femme et son enfant. Peut-être qu'ils étaient déjà morts ! Pourtant, il n'y avait aucun signe de violence ou d'entrée par effraction dans la chambre. Paniqué, Henrik appelle la mère de Chieko. La dame âgée répond et ne cesse de pleurer en s'excusant dans un anglais cassé : « *Sorry ! Sorry ! I sorry !* »

Le reste de la journée et celle d'après sont encore flous dans ma mémoire. Ce dont je me souviens clairement, c'est d'être en contact avec la famille de Chieko, sans obtenir de résultat. J'ai interviewé des employés de l'hôtel en leur demandant l'accès aux caméras de surveillance. Le tout m'a été refusé. Le personnel était tout sauf aidant. Je suis allé au poste de police de Yokohama, les policiers ont refusé de faire un rapport de disparition ou même de m'aider, ils m'ont référé à l'ambassade canadienne. Or, l'ambassade était fermée ce jour-là et mes appels à répétition étaient toujours transférés à la ligne d'urgence d'Ottawa. Encore là, il n'y avait jamais de réponse. Tous mes appels ainsi que ceux faits à la police japonaise tombaient dans le vide. Je me suis rendu à la compagnie de téléphone de Chieko pour obtenir son registre d'appels, mais ça ne m'a avancé à rien, sauf à obtenir une promesse qu'on me l'enverrait plus tard par courriel. J'ai fouillé l'hôtel en entier ainsi que le secteur dans lequel il était situé, à la recherche d'indices, mais je n'en ai trouvé aucun.

Henrik appelle ensuite d'autres personnes de sa belle-famille en espérant avoir une réponse à ses questions, qu'on calme ses inquiétudes, mais elles ne lui fournissent aucune aide. Il continue à appeler sa femme sans arrêt, lui envoie des courriels, des messages texte, sans jamais obtenir de réponse.

Henrik finit par demander de l'aide auprès d'Interpol Tokyo. Après plusieurs jours d'attente, voici la réponse qu'il reçoit :

> Malheureusement, nous n'avons pas pu établir de contact... Notre police locale a contacté TETON Chieko au téléphone, mais elle nous a dit qu'elle ne voulait pas fournir d'information à la police. Nous n'avons pas pu confirmer la localisation des sujets.
> Merci,
> Salutations,
> Interpol Tokyo

Après plusieurs semaines, sans nouvelles, et sans aide de la police, Henrik a dû se faire à l'idée qu'il obtiendrait plus de résultats en retournant au Canada. Seul dans l'avion, il n'arrivait pas à comprendre ce qui lui arrivait. Ce fut le vol le plus long de sa vie. En arrivant à Toronto, Henrik s'est rendu au Service de police, où il a enregistré un rapport de disparition pour sa femme et son fils. La police de Toronto a contacté la police japonaise pour qu'elles travaillent ensemble afin de retrouver Chieko et Takaya Teton. Après cinq mois de recherches, la police japonaise réussit enfin à les localiser. Henrik reçoit à nouveau la même réponse que lui a faite Interpol :

Chieko et Takaya sont sains et saufs...
mais Chieko ne souhaite pas être retrouvée.

Dépossédés

Henrik Teton n'est malheureusement pas le seul parent à vivre un enlèvement parental. En fait, c'est beaucoup plus fréquent qu'on le croit. La majorité des kidnappings d'enfants sont faits par un proche. Selon le National Incidence Studies of Missing, Abducted, Runaway, and Thrownaway Children (NISMART), les chercheurs estiment que 875 000 enfants par année sont kidnappés par un membre de leur famille. Au Canada, l'enlèvement parental est le type d'enlèvement le plus fréquent. Au Québec seulement, on parle d'une centaine de cas par année, commis tant par les femmes que par les hommes, soit une proportion de 50/50. C'est soulageant de savoir que la majorité des affaires d'enlèvements parentaux se terminent bien, par une réunification de la famille. Mais nous ne sommes jamais à l'abri des drames. En France, on a recensé 500 enlèvements parentaux en 2019. Plusieurs ont eu lieu à l'étranger (30 % en Europe, 30 % au Maghreb et 30 % ailleurs dans le monde). Heureusement, au Canada, nous avaons accès à l'alerte Amber, qui a été mise en place afin de récupérer les enfants le plus rapidement possible. En France, l'alerte-enlèvement a été créée en 2006.

En toute transparence, je dois avouer que, personnellement, chaque fois que je reçois une alerte Amber sur mon téléphone et qu'on parle d'un enlèvement parental, j'ai la fâcheuse habitude de penser : *Ah, mais l'enfant a été enlevé par son père ou sa mère, il est en sécurité,* ou bien : *Ce n'est qu'une dispute de garde partagée, ça va se régler*. Mais en entendant l'histoire traumatisante d'Henrik Teton et en voyant la détresse qu'il vit chaque jour depuis huit ans, ma vision a complètement changé.

Au Japon, toutes les trois minutes, un enfant perdrait contact avec un de ses parents à cause d'un divorce. On appellerait même ce pays « le paradis du kidnapping ».

Les lois au Japon ne sont pas les mêmes qu'au Canada, en France ou aux États-Unis. Là-bas, en cas de divorce, le droit de garde partagée n'existe pas. Dans 80 % des cas, c'est la mère qui obtient le droit de garde et c'est à elle de décider si elle permettra au père de voir ses enfants. Si elle décide qu'elle n'accorde pas le droit de visite au père, la décision est finale. À aucun moment la justice ne peut intervenir, puisque ce type d'affaire n'est pas considérée comme un kidnapping, ni même un crime, mais plutôt un simple malentendu familial. Le plus inquiétant est qu'au Japon, l'enfant n'est pas considéré comme un individu ayant des droits, mais plutôt comme un meuble qu'on se dispute, comme la *propriété du foyer*. Lorsqu'il y a un enlèvement, l'enquête est très courte et peu efficace. Selon l'avocat Akira Ueno : « La police dispose d'un an pour enquêter. Si au bout de cette période, on estime que les enfants ne sont pas en danger dans leur nouveau foyer, la garde est automatiquement accordée au parent kidnappeur. » Ainsi, au Japon, plusieurs pères et mères souffrent de l'interdiction de voir leur propre enfant. Et plusieurs parents étrangers, mariés à des Japonais, sont victimes de ce genre de situation.

Un cas parmi tant d'autres...

Le cas d'Alex Khaney, père de deux fillettes, m'a particulièrement bouleversée. Le Britannique était marié à une Japonaise et le couple était établi à Tokyo. Depuis quelque temps, les disputes se multipliaient et la relation en souffrait durement. Et puis, un jour, en rentrant chez lui après le travail, Alex a trouvé sa maison complètement vide. Sa femme et ses enfants n'y étaient plus; ses comptes en banque avaient été vidés. Lorsqu'il s'est rendu à la police de Tokyo pour rapporter l'enlèvement de ses filles, les agents se sont mis à rire et ont répondu qu'ils ne pouvaient rien faire pour l'aider. L'homme a tout fait pour ravoir la garde de ses filles, mais sans l'aide du gouvernement, c'était peine perdue. Dans le documentaire *Sayonara Baby*, réalisé en 2012, on voit Alex Khaney, à la sortie de l'école de ses filles, qui tente de leur parler : *« Hey girls, look at me, it's me, daddy! »* C'est terriblement déchirant de voir les deux fillettes ignorer leur père et se sauver en courant, comme on s'enfuit d'un criminel dangereux. Il est possible que leur mère ait dit du mal de lui et leur ait demandé de ne pas lui parler s'il s'approchait d'elles.

Le problème est si commun qu'un groupe de soutien a été créé, *Left behind parents*, où des parents dont on a enlevé l'enfant se réunissent fréquemment pour s'entraider dans leurs démarches. Quelques fois par année, ces derniers vont marcher dans les rues de Tokyo afin de faire connaître leur groupe et de conscientiser les gens sur les dangers des enlèvements parentaux et la tragédie dont ils sont victimes. Plusieurs membres du groupe sont japonais.

Des signes avant-coureurs?

J'ai demandé à Henrik s'il avait vu des signes avant-coureurs, des mauvais présages. Est-ce que Chieko et lui avaient une bonne relation? Comment étaient les derniers jours qu'ils avaient passés ensemble? Avait-il senti quelque chose d'étrange qui aurait pu laisser croire que sa femme commettrait ce geste? Voici une partie de sa réponse:

Pour résumer, je décrirais notre relation comme très bonne. Par contre, je sentais que Chieko était incapable de démontrer beaucoup d'affection ou d'attachement émotionnel. Donc, étrangement, même si nous étions très proches, il y avait toujours une distance émotionnelle entre nous deux. Elle était très secrète. Bien sûr que ça me dérangeait, mais je sentais que ses bons côtés équilibraient le tout. Elle avait un don pour profiter des bonnes choses de la vie, elle était très gentille et, quand elle le voulait bien, me cuisinait des mets japonais délicieux. Elle aimait les choses luxueuses mais, durant toute notre relation, elle n'a jamais travaillé

ni gagné d'argent. Donc c'était à moi de me charger des dépenses et de m'occuper de toutes nos responsabilités.

Plus le temps passait, plus Henrik s'inquiétait de l'instabilité émotionnelle de sa femme. Il était aussi préoccupé par le fait qu'elle n'ait pas de relations en dehors de leur couple, pas d'amis, pas de connaissances, personne. Bien sûr, ce n'est pas toujours facile de se faire de nouvelles amitiés dans un pays étranger. Or, Chieko ne parlait jamais avec sa famille ou ses amies du Japon. Quand Henrik lui en a fait la remarque, Chieko a repris contact avec les membres de sa famille.

C'est en 2011, l'année de naissance de Takaya, que le comportement de Chieko a changé abruptement, du tout au tout. Henrik ne reconnaissait plus sa femme, celle de qui il était tombé amoureux deux ans plus tôt.

Selon lui, elle montrait tous les signes d'un trouble de personnalité limite : multiples relations instables dans le passé, menaces de suicide, sautes d'humeur, colères intenses, etc.

Le frère de Chieko a d'ailleurs confirmé que sa sœur avait pris des médicaments antipsychotiques au Japon. Henrik fermait les yeux sur plusieurs comportements problématiques. Au début d'une relation, on a tendance à voir tout en rose et à ignorer ces détails dérangeants. Quand il a réalisé que sa femme avait possiblement un trouble de santé mentale, pour lui, tout est devenu plus clair, tout s'expliquait enfin.

C'était comme si elle se fichait de notre relation. Son seul intérêt était d'avoir l'air d'une mère parfaite aux yeux de tous. Le changement soudain était effrayant. Son instabilité émotionnelle avait empiré, avec des colères explosives et, parfois, des fantasmes de suicide.

Elle était incapable de former un attachement émotionnel avec Takaya, elle le voyait plus comme sa propriété. Elle lui faisait rarement des câlins, le poussait à marcher avant qu'il ne soit prêt et ne démontrait aucune empathie lorsqu'il tombait et se blessait. Ce n'était un secret pour personne que Chieko voulait que Takaya devienne un soldat dans l'armée japonaise et, selon elle, la douleur le rendait plus fort.

Malgré tout, le couple ne se disputait que très rarement. Henrik avait développé une sorte d'inertie émotionnelle face aux changements radicaux de comportement de sa femme. Il refusait de reconnaître que leur relation battait de l'aile et que, bientôt, elle ne pourrait survivre. D'ailleurs, Henrik a souvent proposé à Chieko de retourner vivre au Japon : peut-être qu'ils y seraient plus heureux. Mais même si Chieko disait souvent à son mari qu'elle restait au Canada juste pour lui, elle ne voulait pas non plus retourner dans son pays d'origine. Elle n'avait pas le courage ni la patience de remplir tous les papiers d'immigration et de reconstruire leur vie à l'autre bout de la planète.

J'ai ensuite demandé à Henrik de me raconter comment s'était passé leur séjour au Japon, avant l'enlèvement de Takaya.

Durant ce voyage de décembre 2012 et janvier 2013, Henrik n'a rien vu d'anormal. Même avec du recul, même après plusieurs nuits blanches à se repasser en boucle les quelques jours avant l'enlèvement de Takaya, il n'arrive pas à voir s'il y a eu des signaux, des avertissements. Chieko et Henrik ne se sont pas disputés de tout leur voyage. Tout semblait bien aller ou, plutôt, le comportement de Chieko n'avait pas changé. Leurs vacances avaient été une réussite : ils étaient allés skier au nord de Hokkaido, ils s'étaient prélassés dans les eaux thermales des Alpes japonaises et ils s'étaient même rendus jusqu'au sud, sous le soleil et la chaleur d'Okinawa. Dans les quelques vidéos filmées avec le téléphone d'Henrik, on voit Chieko, Takaya et le reste de la famille célébrer le Nouvel An. Chieko tient Takaya dans ses bras en le faisant danser. Toute la famille rit et tape des mains en regardant le petit avec admiration, attentive à ses rires et à ses expressions. Sur une autre vidéo, on voit Henrik et Takaya sur la plage. Au bord de la mer, Henrik tient la main de son garçon. Takaya est vêtu d'une simple couche et avance courageusement dans l'eau salée tout en riant aux éclats. Une autre photo montre Chieko, Henrik et Takaya devant un décor de Noël. Tout sourire, la petite famille canado-japonaise semble heureuse et en paix.

La soirée du 17 janvier, la veille de l'enlèvement, le couple a partagé un bon souper au restaurant près de l'hôtel. Chieko ne semblait pas différente, elle avait une discussion animée avec son mari et savourait un repas délicieux.

Le matin du 18 janvier, Henrik s'est réveillé de bonne humeur, prêt à profiter de son avant-dernière journée au Japon. Il se rappelle avec bonheur avoir joué avec Takaya sur son lit. Son fils riait de plaisir tout en charmant son père avec ses yeux foncés, innocents. Henrik se rappelle Chieko, assise, qui semblait jalouse de cette complicité entre Takaya et lui. *Mais ce n'était pas un comportement inhabituel.* Selon Henrik, il avait l'habitude des jalousies déplacées de sa femme. À aucun moment Henrik n'aurait pu penser que cet instant bref, ce petit bonheur matinal quotidien, serait la dernière fois qu'il verrait les deux personnes les plus importantes dans sa vie.

Je n'ai jamais pu expliquer pourquoi Chieko a kidnappé Takaya, donc ce qui suit n'est qu'une supposition.

Comme tu le sais déjà, l'enlèvement parental au Japon est un grave problème et, malheureusement, il est assez commun là-bas. C'est souvent les mères qui kidnappent leur(s) enfant(s) et les autorités japonaises vont presque automatiquement leur donner la garde exclusive. Les pères vont très rarement revoir leur(s) enfant(s) après un enlèvement parental et les enfants sont souvent cachés dans un endroit inconnu. Avec la mondialisation, ce problème s'est propagé en dehors des frontières du Japon. La plupart des victimes ignorent ces dangers avant qu'il ne soit trop tard.

La belle-sœur d'Henrik croit que le petit Takaya s'est fait enlever parce qu'il était très mignon. En effet, Takaya était un heureux mélange entre les racines danoises d'Henrik et celles japonaises de

Chieko. De plus, Takaya était le seul enfant au sein de la famille de sa femme, l'unique personne pouvant assurer une descendance à la famille Royama. Mais, en vérité, nous ignorons pourquoi Chieko a commis un tel acte et peut-être que nous ne le saurons jamais.

> ***Chieko avait cet incroyable talent pour garder des secrets et ne pas laisser de trace. Elle pouvait te mentir en plein visage sans même cligner des yeux.***

Un dévouement paternel

Depuis la journée fatidique du 18 janvier 2013, les démarches d'Henrik pour retrouver son fils n'ont donné aucun résultat. Pourtant, ces recherches sont pratiquement devenues un travail à temps plein pour lui. Henrik croit que sa femme vit à Hiroshima, puisque c'est l'endroit où habite sa famille et que c'est la ville où elle est née, mais il n'a aucun moyen d'en être sûr. À l'aide d'un avocat, il a donné de multiples rendez-vous à Chieko pour tenter une médiation de couple ; il est prêt à faire beaucoup de compromis pour revoir son fils. Mais Chieko ne s'est jamais présentée aux rendez-vous.

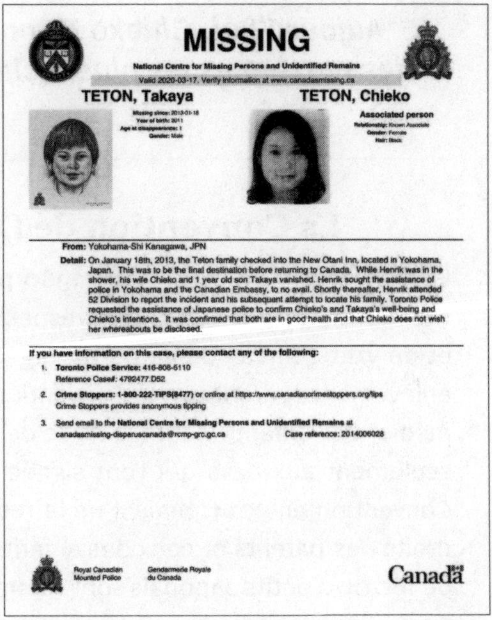

Henrik travaille de près avec l'ambassade canadienne au Japon située à Tokyo, le Service de police de Toronto, Affaires mondiales Canada et la Gendarmerie royale du Canada. L'enquête est toujours en cours et le papa n'abandonnera pas sa quête avant de pouvoir serrer son fils dans ses bras. Il a contacté plusieurs politiciens, des secrétaires parlementaires et des ministres. Le kidnapping de Takaya Teton a été évoqué par l'ancienne ministre canadienne des Affaires étrangères, Chrystia Freeland, durant une réunion avec des ministres japonais. C'est rassurant de voir l'appui du gouvernement canadien dans cette affaire.

Je suis reconnaissant de tout le soutien et l'aide que j'ai reçus, mais je n'ai pas eu de résultat jusqu'à présent. J'ai voyagé au Japon à plusieurs reprises, y compris à Hiroshima et à Yokohama, j'ai rencontré l'ambassadeur du Canada au Japon, Ian Burney, à l'ambassade de Tokyo. J'ai médiatisé l'affaire, travaillé avec des organismes de soutien et même déposé une plainte d'atteinte aux droits de la personne à l'ONU contre le Japon. J'ai communiqué avec les autorités japonaises, engagé des détectives privés et des avocats, j'ai appliqué l'assistance mandatée de la Convention de La Haye et mené deux affaires légales au Canada et au Japon. J'ai tout fait ce qui d'après moi pouvait aider, il n'y a aucune pierre que je n'ai pas retournée.

Quand je vous disais à quel point cet homme était courageux, en voilà la preuve.

Aujourd'hui, Chieko Teton est dans le top 10 des personnes les plus recherchées au Canada.

La Convention de La Haye

La Convention de La Haye de 1980 porte sur les droits civils des enfants et vise à faire respecter les droits de garde et de visite en cas de garde partagée. Pour ce qui est des enlèvements parentaux, la Convention garantit le retour immédiat des enfants victimes de ce délit. Cette loi s'applique seulement aux pays qui l'ont signée. Le Japon a ratifié la Convention en 2014, mais il ne la respecte pas et viole les droits des parents et ceux des enfants. Chaque année, plus de 160 000 petits Japonais sont victimes de ce non-respect.

***

Il est possible qu'en ce moment même, le petit Takaya soit heureux. Maintenant âgé de neuf ans, il est auprès de sa mère et de sa famille maternelle dans un pays sécuritaire. Il doit déjà avoir sa vie, sa culture, ses amis, ses voisins, etc. Malheureusement, il est très probable qu'il ne se souvienne même pas de son père, avec qui il n'a partagé qu'un an de sa vie. Après tout, ce que l'on ignore ne nous fait pas mal. Et s'il a un souvenir flou d'Henrik, il est possible que sa mère ait tenté de faire en sorte qu'il ne garde qu'une idée négative de son père.

Mais il ne faut pas oublier que Takaya et les milliers d'autres enfants qui subissent des enlèvements parentaux sont brimés d'une partie de leur identité. Et le pire dans tout cela, c'est que même si Henrik retrouve son fils, Takaya ne parlera pas la langue de son père ni celle de sa famille paternelle. La moitié de son passé et de son héritage lui a été arrachée sans qu'on lui demande son avis.

Auprès d'Henrik, Takaya aurait pu apprendre à parler l'anglais et même le danois. Auprès d'Henrik, il aurait reçu l'amour inconditionnel de son père, sa protection, sa tendresse, ses *jokes* de papa et ses conseils. Une chose est sûre, Henrik n'abandonnera pas son combat avant de réentendre les rires de son fils. Et plus on continue à partager cette histoire, plus grandes sont les chances qu'un jour, Takaya voie sa propre photo sur le site d'Interpol et qu'il commence à poser des questions sur son passé, son présent et son futur.

4. LES JAMISON – UNE FAMILLE ENTIÈRE DISPARAÎT

Les images captées par les caméras de surveillance semblent surréelles. Un homme et une femme font des allers-retours de leur maison à leur *pick-up*. La mauvaise qualité de l'enregistrement, le peu de pixels et les mouvements saccadés ne permettent pas de lire les expressions sur leurs visages, mais leurs déplacements se multiplient. On compte en tout environ une vingtaine de va-et-vient. À quelques reprises, ils font le trajet de la maison au camion sans même transporter quoi que ce soit, les mains vides. Ils ressemblent à des *Sims* qu'on contrôle par ordinateur ; ou à des zombies dans une scène de *The Walking Dead*, qui marchent sans penser où ils vont. L'homme et la femme semblent être en pleins préparatifs de déménagement. Toutefois, à aucun moment ils ne se parlent. C'est étrange quand on sait à quel point les déménagements peuvent être stressants, demandent de l'organisation et de la bonne communication. Ici, le couple effectue ces mouvements saccadés sans se regarder. Parfois, l'un d'eux s'arrête sans raison et, debout, fixe le vide. L'homme et la femme semblent être dans une sorte de transe inexplicable. Les policiers ont pu observer cette scène angoissante grâce aux caméras de surveillance installées près de la maison du couple. Lorsque ces images ont été diffusées sur le Web, les internautes, eux, sachant ce que cet homme et cette femme avaient vécu dans les derniers mois, en sont venus à se demander si ces deux personnes sur les caméras de surveillance n'étaient pas possédées.

La disparition des Jamison a grandement intrigué les médias et le public. Un couple, son enfant et son chien s'évanouissent dans la nature après avoir quitté d'urgence sa maison : ce n'est pas tous les jours qu'on entend une histoire comme celle-ci ! Et la vérité est que plus on enquête sur cette affaire, plus elle devient étrange.

À l'époque des faits, les habitants de l'Oklahoma et plusieurs autres internautes ont suivi l'enquête en temps réel, avec un peu d'inquiétude, un peu de tristesse et beaucoup de fascination. Une véritable énigme était en train de se dérouler sous leurs yeux. De la même façon, je vais vous entraîner, cher lecteur, dans l'une des affaires les plus mystérieuses et intrigantes de mes deux tomes de *Gardez l'œil ouvert*. Il est possible que vous connaissiez déjà cette histoire, puisqu'elle est assez populaire dans le monde du *true crime,* mais continuez à lire : je risque de vous surprendre avec des théories dont vous n'avez jamais entendu parler ! Dans ce chapitre, il y aura du paranormal, des affaires de famille, de drogues et finalement, une énigme résolue mais... pas vraiment ?

J'espère que vous êtes bien réveillé, car cette affaire n'est pas de tout repos ! Maintenant, remontons dans le temps et observons la descente aux enfers de cette jeune famille du sud des États-Unis.

Un changement impulsif

Bobby et Sherilynn Jamison forment un couple depuis quelques années. Bobby a 44 ans et sa femme 40 ans. Ils habitent dans une charmante maison en briques située en Oklahoma, aux États-Unis.

Ensemble, ils ont une fille de six ans, la petite Madyson Jamison. Sherilynn a aussi un autre enfant, Colton, issu d'un mariage antérieur. Sur les photos, on peut voir que les Jamison forment une belle famille. Les parents ont un beau physique, ils semblent être des gens honnêtes et la petite Madyson est mignonne comme tout. Bobby, Sherilynn et Madyson habitent un quartier accueillant et familial. Leur maison est belle et spacieuse.

Or, quelque chose semble troubler les Jamison; quelque chose qui les pousse à vouloir déménager rapidement.

Je vous ai parlé des images déroutantes de leurs préparatifs. Mais que sait-on des raisons qui ont mené à cet événement ? Les éléments ne sont pas nombreux, mais ils semblent tout aussi étranges. Pour commencer, leur idée de déménager paraît plutôt impulsive. D'après ce qu'ont raconté leurs proches, leur décision a l'air soudaine mais, aussi, très irrationnelle. Deux semaines avant leur disparition, Sherilynn a passé du temps avec Colton, son fils, et à aucun moment elle ne lui a parlé d'un possible déménagement. Il me semble pourtant que lorsqu'on songe à changer de maison ou de quartier, on en discute avec ses enfants avant de passer à l'acte, non ? Eh bien, figurez-vous que Colton ignorait totalement que sa mère pensait déménager en octobre. Du moins, c'est ce qu'il a raconté plus tard aux détectives…

Mais ce n'est pas tout, car l'endroit où les Jamison prévoient déménager est pour le moins hors du commun. Ils possèdent un conteneur d'entreposage qui est situé sur le terrain de leur maison. Rien de bien luxueux ni de très esthétique, mais cette grosse boîte en fer est toutefois utile pour y entreposer des objets dont on ne veut se départir ou des meubles en trop. Bien que le conteneur soit d'une taille adéquate pour y garder des choses, jamais qui que ce soit ne pourrait songer à vivre à l'intérieur. Toutefois, pour Bobby et Sherilynn, c'est une option viable. Des voisins racontent que le couple souhaite acheter un terrain isolé dans les bois, où il installerait son conteneur d'entreposage afin de s'y faire un chez-soi et d'y vivre. Une idée plutôt farfelue lorsqu'on considère qu'ils ont déjà une maison très confortable, où ils vivent depuis quelques années déjà. Lors de leur recherche d'un terrain potentiel, Bobby et Sherilynn ont été très clairs sur le fait qu'ils ne voulaient pas faire affaire avec un agent immobilier, mais souhaitaient s'occuper de tout eux-mêmes.

Ainsi, le 8 octobre 2009, Bobby et Sherilynn se réveillent et décident de partir à la recherche de leur futur terrain. C'est une journée froide d'automne typique de l'Oklahoma. Comme l'ont montré plus tard les caméras de surveillance, ils remplissent l'arrière de leur *pick-up* de différents objets et quittent leur résidence avec leur fille Madyson et leur petit shih tzu, Maisy.

Après cela, la famille Jamison n'a plus jamais été revue.

CCTV Footage

L'enregistrement des caméras de surveillance donne véritablement des frissons. Je vous invite à aller le visionner sur YouTube, c'est assez facile à trouver. Comme j'ai dit plus tôt, Bobby et Sherilynn semblent être dans une sorte de transe. Seraient-ils sous l'effet de la drogue? Seraient-ils possédés? Vivraient-ils un épisode de maladie mentale? Plusieurs théories ont été émises.

Dans les articles portant sur la famille Jamison, un élément qui n'est que rarement mentionné est le suivant: sur l'enregistrement, nous voyons bien Sherilynn, qui est vêtue de jaune, et Bobby, de blanc. Il y a aussi un autre homme qui semble aider Bobby et Sherilynn à faire les allers-retours. Cet homme mystérieux, habillé en brun, est inconnu du public. Qui est-il? La qualité de l'image est si mauvaise qu'il est difficile d'en savoir plus sur cet individu. Nous pouvons seulement constater qu'il semble plus grand et bâti que Bobby Jamison. De plus, sachant que les Jamison ne possèdent qu'une voiture, le *pick-up* blanc, pourquoi y a-t-il deux autres voitures et un bateau sur la vidéo? À qui appartiennent-ils? Est-ce que les policiers le savent? Je n'ai pas réussi à trouver la réponse à ces questions.

Histoires de fantômes ou paranoïa?

Qu'est-ce qui pourrait expliquer une décision aussi bizarre? Y avait-il des signes avant-coureurs? Bien sûr, comme beaucoup de familles, les Jamison n'échappent pas aux problèmes du quotidien. Et dans les quelques mois précédant leur disparition, le couple a vécu des moments difficiles. Six ans auparavant, en 2003, Bobby a été victime d'un accident de voiture qui lui a causé de graves problèmes de dos. Ses douleurs chroniques affectent durement son moral; il a de grosses sautes d'humeur et sa famille commence à les ressentir. De son côté, Sherilynn souffre de troubles bipolaires. Ne prenant pas ses médicaments de manière assidue, la mère de famille vit des épisodes de dépression sévère. Depuis quelque temps, elle se fâche régulièrement et surtout, intensément. À cause de leurs handicaps, ni Bobby ni Sherilynn ne peuvent travailler. Ils réussissent à survivre grâce à l'aide financière gouvernementale. En fait, dans la maison des Jamison règne une ambiance sombre et négative qui, bientôt, leur fera perdre la tête.

Préparez-vous, nous entrons dans l'aspect un peu loufoque de cette histoire... Outre leur envie impulsive de déménager, un autre détail inquiétant est que Bobby et Sherilynn étaient persuadés que leur maison était hantée. Le couple avait toujours été assez croyant, il allait régulièrement à l'église. Or, selon des proches, depuis quelque temps, Bobby et Sherilynn s'isolaient de plus en plus ; ils étaient persuadés que des esprits maléfiques les hantaient. Bobby en avait même parlé à son pasteur tellement cela l'inquiétait. Selon lui, il y avait de deux à quatre fantômes qui vivaient sur le toit de leur maison. Bobby avait demandé à son pasteur où il pouvait se procurer des balles spéciales afin de tirer sur les esprits qui hantaient son domicile. À la maison, le couple possédait *La Bible satanique* d'Anton LaVey. Sherilynn se l'était procurée pour rire quelques années plus tôt. Mais récemment, Bobby l'avait lue au complet, afin de tenter d'exorciser les mauvais esprits chez lui.

Voici une anecdote très significative à ce sujet. Selon les amis des Jamison, Madyson avait commencé à avoir une amie imaginaire, Emily, à qui elle parlait souvent. Ce n'est pas anormal pour un enfant de six ans ; plusieurs psychologues et psychiatres ayant étudié ce phénomène ont remarqué que, la plupart du temps, les enfants se créent des amis imaginaires à la suite de changements bouleversants à la maison (la mort d'un proche, la naissance d'un frère ou d'une sœur, un déménagement, etc.). Avec du recul, nous pouvons comprendre les raisons ayant poussé la jeune Madyson à avoir une amie imaginaire. Ce n'était pas toujours la joie dans le foyer ; Bobby était frustré à cause de son dos et Sherilynn était d'humeur instable. Emily aidait Madyson à se sentir en sécurité, moins seule.

Cependant, pour Bobby et Sherilynn, l'amie imaginaire de leur fille ne voulait dire qu'une chose : un esprit maléfique essayait de s'emparer d'elle.

Quelques proches des Jamison semblent appuyer la théorie selon laquelle la maison était hantée. Des membres de leur famille disent que, lorsqu'ils visitaient Bobby et Sherilynn, il y avait effectivement quelque chose de négatif et de lugubre qui flottait dans l'air (est-ce que cette négativité pouvait être causée par la dépression de

Sherilynn et la paranoïa de Bobby?) D'autres proches affirment aussi avoir vécu des événements paranormaux lorsqu'ils rendaient visite à la famille. C'est évidemment possible que les croyances des Jamison aient influencé celles de leurs proches. Une amie de Sherilynn raconte avoir pratiqué quelques séances de Ouija avec elle; bien qu'elle ait considéré ces pratiques comme du pur divertissement, Sherilynn, elle, les prenait très au sérieux.

Les voisins remarquaient que quelque chose ne tournait pas rond chez les Jamison, ils les évitaient le plus possible. Un événement en particulier les a troublés. Peu avant leur la disparition, les Jamison avaient perdu leur chat de compagnie. Sherilynn s'était confiée à une voisine en lui disant qu'elle croyait être une sorcière, et que quelqu'un lui voulait du mal et empoisonnait son chat. Or, un matin, quelques voisins s'étaient réveillés et avaient constaté que le conteneur d'entreposage des Jamison était barbouillé de graffitis étranges, dont la phrase: *Les sorcières n'aiment pas qu'on tue leur chat.* C'était Sherilynn qui avait fait ces graffitis. Elle avait affirmé que c'était une manière de se protéger contre les personnes malveillantes.

Après les événements, une hypothèse a été émise par la mère de Sherilynn Jamison. Celle-ci était persuadée que sa fille était entrée dans une secte satanique de l'Oklahoma. Les policiers ont pris cette piste au sérieux en faisant des recherches au sujet des sectes en Oklahoma, mais ils n'ont rien trouvé pouvant les aider à résoudre cette affaire.

Les théories paranormales dans les affaires de *true crime*

Étant une grande sceptique des phénomènes paranormaux, j'ai toujours un peu de difficulté à croire en ces histoires. Bien sûr, comme tout le monde, j'ai vécu un ou deux épisodes de fantômes que j'aime bien raconter lors de soirées «contes et légendes», mais je n'aime pas mélanger les choses. Les

affaires criminelles et le surnaturel sont, pour moi, deux choses différentes. Essayer de les faire cohabiter pour des vues, des clics ou des écoutes, c'est faire du sensationnalisme et je ne cautionne pas ce genre de pratique.
Dans le cas des Jamison, les manifestations paranormales, qui s'ajoutent à l'étrangeté de l'enregistrement vidéo de la journée de leur disparition, peuvent laisser croire à un cas de possession. Certains se demandent si, durant leurs 20 allers-retours filmés par la caméra de surveillance, Bobby et Sherilynn étaient possédés par un esprit maléfique. Cette hypothèse est séduisante pour les fans de paranormal, mais est-elle crédible?
En me renseignant sur les quelques mois précédant la disparition des Jamison, je ne peux m'empêcher de penser que Sherilynn était peut-être, en fait, en plein épisode de bipolarité et qu'elle avait grandement besoin d'aide. Les symptômes d'une manie peuvent inclure un sentiment d'euphorie, une fuite des idées (souvent grandioses), une confiance en soi démesurée, un comportement excessif, des décisions impulsives pouvant avoir des conséquences désastreuses, des hallucinations pouvant mener à un épisode de psychose, etc.
Si on pense aux déclarations de Sherilynn qui prétendait être une sorcière, ou à la décision impulsive de déménager, peut-on imaginer qu'elle était en pleine psychose? Peut-être même que les événements paranormaux qui la hantaient étaient en fait des hallucinations causées par sa maladie mentale?
Mais alors, qu'en est-il de Bobby?

À ce stade de l'enquête, voici ce que nous pourrions envisager... Avez-vous déjà entendu parler de *folie à deux*? C'est un terme scientifique décrivant un épisode de psychose partagée, ou une psychose collective. Les gens isolés du monde extérieur sont plus vulnérables à ce genre d'épisode. Nous savons que durant les quelques mois qui ont précédé sa disparition, le couple semblait s'isoler de plus en plus. Ils ont, pour ainsi dire, créé leur propre bulle : Bobby, Sherilynn et Madyson. Si Sherilynn était en plein épisode maniaque et qu'elle vivait une psychose intense, se peut-il qu'elle ait entraîné Bobby dans son délire ? À ce stade, pour moi, cette théorie est la plus probable et la plus logique... Pensez-y : le couple invitait des proches chez lui et réussissait à convaincre certains d'entre eux que la maison était hantée, tellement les Jamison étaient persuadés eux-mêmes de ce fait. Bon, loin de moi l'idée de poser un diagnostic sur leur état, mais il est intéressant d'envisager toutes les possibilités. Attention cependant, nous ne sommes qu'au début de l'histoire ! Ce qui suit va soulever encore plus de questionnements...

Une voiture, un chien et 32 000 $

Huit jours après la disparition des Jamison, alors que certains de leurs proches ont commencé à s'inquiéter de ne pas les voir revenir chez eux, des chasseurs trouvent leur *pick-up* dans le comté de Latimer, à environ une heure de leur maison. Le véhicule est en bon état et ne porte aucune trace d'accident. En s'approchant de la voiture verrouillée, les policiers sont surpris par la présence d'un chien à l'intérieur : le petit shih tzu, Maisy, s'y trouve, affamé, assoiffé et, étonnamment, toujours vivant (ouf !). D'autres objets ont été laissés dans l'auto : les téléphones cellulaires de Bobby et de Sherilynn, les portefeuilles et manteaux de chacun, une lettre, le sac à main de Sherilynn et une grande quantité d'argent. Cela nous révèle des indices sur ce qui se serait passé cette fameuse journée du 8 octobre 2009. Analysons ensemble chaque élément retrouvé afin d'en tirer des hypothèses.

Maisy, la chienne : la famille Jamison était partie cette journée-là dans le but de visiter un terrain qu'elle pensait acheter. S'ils ont pris soin d'amener Maisy avec eux, les Jamison devaient avoir l'intention de la sortir du *pick-up* pour qu'elle se dégourdisse les jambes un peu, non ? Ainsi, pourquoi la laisser seule dans la voiture ?

Les téléphones cellulaires : évidemment, en 2009, nous utilisions beaucoup moins nos téléphones cellulaires qu'aujourd'hui. Ce n'était pas anormal de quitter un lieu sans emporter son téléphone avec soi. C'est possible que le couple ait décidé de les laisser dans la voiture pour la « promenade ». Or, dans l'un des téléphones se trouvaient des coordonnées GPS indiquant l'endroit où la famille comptait aller. Elles menaient en haut d'une petite colline, non loin de l'auto. En s'y rendant, les policiers ont trouvé des traces de pas qui semblaient appartenir à Madyson, mais rien d'autre. Les policiers ont aussi trouvé, dans le téléphone de Bobby, une photo de la petite Madyson prise le jour de la disparition (nous y reviendrons).

Les manteaux : cette journée-là était un après-midi froid d'octobre. Pourquoi emporter des manteaux pour la journée, pour ensuite les laisser dans la voiture ?

La lettre : les policiers ont trouvé une lettre de 11 pages, très inquiétante, écrite par Sherilynn. Elle était adressée à Bobby, son mari. Dans la lettre, Sherilynn crachait son venin envers son mari en listant tout ce qu'elle détestait de lui. Elle démontrait une haine incroyable, le traitait entre autres d'ermite, de solitaire. Selon Sherilynn, le couple avait clairement des problèmes. À la fin de la lettre, elle déclarait à Bobby qu'elle voulait divorcer. Mais pourquoi Sherilynn a-t-elle apporté cette lettre dans la voiture ? Comptait-elle la lui remettre ce jour-là ?

L'enveloppe avec l'argent liquide : une enveloppe contenant 32 000 $ en argent comptant a été retrouvée sous le siège du conducteur. Les proches des Jamison ne savent pas du tout comment le couple aurait pu réunir autant d'argent puisque ni Sherilynn ni Bobby ne travaillaient au moment de leur disparition. Les policiers ont aussi pu éliminer le cambriolage comme cause de leur disparition. Après tout, qui vole une famille en laissant 32 000 $ derrière lui ? Ce qui est aussi étrange dans cette affaire, c'est que cet argent a tout de suite été donné à la mère de Bobby Jamison. Or, plusieurs internautes se sont demandé pourquoi ne pas plutôt offrir cet argent en récompense pour faire avancer l'enquête.

Après cette découverte, des recherches intenses sont effectuées dans la région. Le FBI s'implique aussi dans l'enquête. Notez bien ici que plus de 100 policiers ont été envoyés sur place, que des volontaires aidaient pour les fouilles, que des chiens pisteurs reniflaient, à la recherche de l'odeur des Jamison, et que des hélicoptères survolaient la zone. Mais rien n'a été trouvé. Cela laisse planer un immense mystère, lorsqu'on connaît la suite.

Retour sur la photo de Madyson

Plusieurs internautes ont souligné le caractère étrange de la photo de la petite Madyson. Premièrement, celle-ci a été prise la journée de la disparition des Jamison. Ainsi, on sait qu'ils sont sortis de la voiture avant de disparaître. Par ailleurs, la fillette se croise les bras et semble mal à l'aise. A-t-elle froid? Pourquoi est-elle en manches courtes s'il faisait froid cette journée-là? Plusieurs notent qu'en effet, Madyson n'a pas l'air bien, même son sourire est plutôt tordu. Quelques-uns ont émis l'hypothèse que, sur la photo, Madyson est en train de se faire photographier par son tueur. Cette théorie est plutôt extrême, car on ne sait même pas s'il y a bel et bien eu un tueur. Elle semble mal à l'aise,

certes, mais cela peut être causé par plusieurs facteurs. Peut-être que ses parents l'ont prise en photo alors qu'elle était en train de parler, peut-être qu'elle était debout sur une roche glissante, peut-être qu'elle avait froid... Nous ne le saurons jamais.
Un autre fait intéressant est que Madyson n'était pas naturellement blonde; on peut clairement voir sa racine plus foncée sur la photo. Par ailleurs, sur une autre photo qui a circulé dans les médias, on voit Madyson avec du papier d'aluminium sur la tête, en train de se faire teindre les cheveux. C'est assez prématuré pour une fillette de six ans de se faire teindre en blonde. Sherilynn a déjà été coiffeuse, mais pourquoi colorer les cheveux d'une enfant si jeune? Par coquetterie innocente? Ou ce geste cache-t-il quelque chose de plus sérieux?

La disparition des Jamison a amené les internautes à de nombreuses spéculations assez rocambolesques. Plusieurs ont avancé que Bobby et Sherilynn avaient orchestré leur propre disparition et s'étaient enfuis au Mexique. La famille possédait deux appartements en *timeshare* (location en temps partagé) au Mexique, et plusieurs autres aux États-Unis. Ces appartements auraient très bien pu leur servir de refuges pendant quelques mois.

D'autres internautes étaient persuadés que les Jamison faisaient partie d'un programme de protection des témoins, puisqu'ils prévoyaient déménager. De plus, quelques jours plus tôt, l'école de Madyson avait été avertie que la fillette ne fréquenterait plus l'établissement en raison d'un déménagement imprévu. La journée du 8 octobre, les caméras de surveillance ont filmé les Jamison en train de remplir leur camion d'effets personnels. Parmi les objets, une valise a été mise dans la boîte du *pick-up*; étrangement, cette valise n'a jamais été retrouvée. Sherilynn possédait aussi un fusil de calibre .22, qui n'a jamais été retrouvé non plus. Les internautes se demandaient donc s'ils s'étaient enfuis en apportant la valise et le fusil avec eux.

Mais posez-vous les questions suivantes: pourquoi amener le chien familial pour ensuite le laisser mourir dans la voiture? Pourquoi laisser autant d'argent derrière soi? Et puis, s'ils avaient été envoyés dans un autre pays sous une nouvelle identité, la police ne laisserait pas leurs proches s'inquiéter autant.

Rien ne prouve la piste criminelle

Le 15 novembre 2013, quatre ans après la disparition des Jamison, une ultime découverte vient ajouter une nouvelle couche à ce mystère qui est, disons-le, assez épais. Des chasseurs tombent sur des ossements dans les monts Sans Bois, en Oklahoma: trois squelettes, alignés côte à côte, qui gisent face contre le sol. Près du plus petit squelette se trouve une fleur séchée. Les ossements sont identifiés, ce sont bel et bien ceux de Bobby, de Sherilynn et de Madyson Jamison. Ils ont été retrouvés à près de cinq kilomètres de leur voiture, dans un endroit très boisé et isolé. Lors de l'autopsie, les médecins légistes ne peuvent déterminer la cause de leur mort. Rien ne prouve la piste criminelle, puisqu'aucun des crânes n'a subi de traumatisme. Celui de Bobby a un petit trou, laissant croire qu'il aurait reçu une balle dans la tête mais, après enquête, cette piste est éliminée. Il n'y a donc aucune preuve que les Jamison aient été victimes d'un crime.

Mais alors, que s'est-il passé?

Analysons tout ça ensemble... À première vue, l'hypothèse la plus logique serait que la famille Jamison ait succombé aux éléments, ce que l'on appelle, en anglais, *death by exposure*. Imaginons-nous la scène: ils sont peut-être allés marcher dans les montagnes et s'y sont perdus, tout simplement. Ils seraient morts de froid, de faim, de soif. Effectivement, plusieurs résidents du coin croient que cette théorie n'est pas qu'une simple hypothèse mais bien une évidence. Il est très facile de se perdre dans la chaîne de montagnes

Sans Bois, ça ne serait pas la première fois. Par contre, les proches des Jamison ont une opinion différente. Bobby, à cause de ses problèmes de dos, avait de la difficulté à marcher de longues distances. Or, les ossements ont été retrouvés à plus de 5 kilomètres de la voiture. Il aurait été très pénible, voire impossible, pour Bobby de se rendre aux coordonnées indiquées par le GPS. De plus, si Madyson, Sherilynn et Bobby étaient morts de cause « naturelle », leurs squelettes n'auraient pas été retrouvés alignés, face contre le sol. Et ils ne seraient probablement pas tous morts en même temps.

Alors, s'agit-il d'un triple meurtre ? Là encore, plusieurs questions se posent. Comme l'autopsie a été faite sur des squelettes, si les Jamison ont été asphyxiés, poignardés ou ont eu la gorge tranchée… impossible de le voir à l'autopsie. Par contre, on aurait probablement retrouvé du sang sur la scène de crime. À moins que les corps aient été déplacés ? Mais il y a encore un hic : si Bobby, Sherilynn et Madyson ont été assassinés et alignés l'un à côté de l'autre, pourquoi les chiens pisteurs, les hélicoptères et les centaines de volontaires ne les ont-ils pas retrouvés lors des battues ?

Laboratoires de méthamphétamine dans les montagnes

Creusons un peu plus loin… Quand les enquêteurs ont noté les noms de tous les ennemis possibles des Jamison, ils se sont retrouvés face à une liste assez longue. La petite famille s'était mis quelques personnes à dos. Premièrement, beaucoup pensaient que Bobby et Sherilynn étaient des professionnels de l'arnaque. Au moment de leur disparition, le couple gagnait sa vie grâce aux chèques d'invalidité qu'il recevait du gouvernement. Selon le shérif Israel Beauchamp, ils réussissaient à recevoir beaucoup plus en entamant des poursuites judiciaires. Le couple avait déjà poursuivi trois personnes dans le comté de l'Oklahoma depuis l'accident de voiture de Bobby en 2005. Avant de disparaître, ils planifiaient poursuivre la garderie de la petite Madyson pour des raisons que le public ignore.

Est-ce que quelqu'un aurait voulu se venger?

Voyons une autre théorie avancée par le shérif Beauchamp, chargé de l'enquête, qui semble assez intéressante. L'hypothèse est que les Jamison aient été impliqués dans une affaire de drogue, malgré eux (ou pas). Revenons à l'enregistrement où l'on voit Bobby et Sherilynn en train de faire plusieurs allers-retours entre leur maison et leur *pick-up*; plusieurs personnes ont noté l'état de transe dans lequel ils semblaient être. Il est possible que les Jamison étaient en fait sous l'effet de la drogue lors de leur « déménagement ». C'est difficile de le confirmer avec une vidéo aussi saccadée et pixélisée, mais on peut certainement remarquer l'aspect étrange de leurs mouvements. En regardant des photos plus récentes, les policiers ont également remarqué que Bobby et Sherilynn semblaient avoir beaucoup maigri dans les derniers temps. Est-ce le stress du quotidien qui aurait causé cette importante perte de poids, ou bien autre chose? Au début de l'enquête, le shérif Beauchamp avait exprimé ses doutes sur leur consommation de méthamphétamine. Selon lui, les Jamison en prenaient chaque jour. Cette thèse pourrait aussi expliquer les événements paranormaux qui hantaient les Jamison, dont je vous ai fait part plus haut. Ainsi, ces événements n'étaient-ils pas plutôt des hallucinations causées par de la drogue? En d'autres mots, est-ce que les Jamison étaient en plein *bad trip*? Je ne sais pas d'où viennent ces spéculations de la part du shérif Beauchamp puisque, lorsque la police a fouillé leur maison et leur *pick-up*, aucune trace de drogue n'a été trouvée. Seuls quelques contenants de pilules vides se trouvaient sur les lieux. Personnellement, je trouve que ce sont des accusations plutôt graves et diffamatoires... Le shérif sait-il quelque chose que le public ignore?

Et si les Jamison étaient allés dans les montages pour faire du trafic de drogues? Allaient-ils rencontrer des clients? Encore là, ça pourrait très bien expliquer l'enveloppe pleine d'argent retrouvée dans leur véhicule. Par contre, pourquoi emmener leur fille de six ans dans un *deal* de drogue? Ça semble plutôt dangereux et risqué...

La Familia

Quinze jours après la disparition des Jamison, le 23 octobre 2009, les autorités d'Oklahoma City ont procédé à l'une des plus grosses arrestations aux États-Unis. Plus de 300 personnes ont été arrêtées dans une opération de démantèlement d'un puissant réseau de trafic de drogues mexicain, *La Familia*, qui vendait surtout de la méthamphétamine. C'est un drôle de hasard! Est-ce que les Jamison auraient eu des démêlés avec *La Familia*?

Une autre hypothèse est qu'en marchant dans les montagnes, Bobby et Sherilynn auraient été témoins d'un trafic de drogues. Auraient-ils aperçu quelque chose qu'ils n'étaient pas supposés voir? Selon les locaux, il y a des laboratoires de meth dans les montagnes Sans Bois. Par ailleurs, plusieurs rumeurs circulent sur Bobby Jamison. On dit qu'il aurait déjà dénoncé quelqu'un qui tenait un laboratoire de méthamphétamine. Aurait-il été victime d'une vengeance?

Là encore, c'est un scénario probable, pensez-y bien: la journée du 8 octobre 2009, le couple avait rendez-vous dans les montagnes. En route, il se fait intercepter par deux ou trois hommes qui, armes à la main, l'obligent à sortir de la voiture. Cela pourrait expliquer pourquoi ils ont laissé autant d'objets importants derrière eux, Maisy, leurs portefeuilles, leurs téléphones, 32 000 $, etc. Mais en même temps, cela voudrait dire que les hommes en question n'auraient même pas pris cinq minutes de leur temps pour fouiller la voiture par la suite? Ça me semble assez irresponsable…

Les affaires de famille

Lorsqu'on enquête sur une disparition, il est important de bien interroger les proches des victimes : conjoints, amants, meilleurs amis, parents, enfants, frères et sœurs, associés, etc. Parfois, les proches des victimes sont accusés injustement. Mais il est très important, voire essentiel, de les interroger ; je ne sais pas si, comme moi, vous avez grandi avec l'émission *Un tueur si proche,* mais le coupable est souvent bien connu de la victime. Bref, dans le cas des Jamison, il y avait un nom qui revenait sur les lèvres de tous leurs proches : Bobby Dean Jamison, le père de Bobby.

Bobby et son père étaient loin d'être en bons termes. Depuis une dispute survenue quelques années plus tôt, ils avaient coupé les ponts à cause d'une affaire d'argent. Moins de six mois avant la disparition, Bobby Dean Jamison, âgé 67 ans, avait menacé de tuer Bobby, Sherilynn et Madyson. Bobby Jr. avait pris cette menace très au sérieux et avait obtenu une ordonnance restrictive contre son père. Il avait aussi fait installer des caméras de surveillance chez lui pour assurer la sécurité de sa famille, car ce n'était pas la première fois que Bobby Dean tentait de tuer son fils. Apparemment, le 1er novembre 2008, il aurait frappé son fils en voiture et, en avril 2009, il aurait fait une autre tentative. Le père de Bobby était aussi soupçonné d'être impliqué dans des affaires de gangs, de trafic de meth et de prostitution. Les proches des Jamison sont tous unanimes : Bobby Dean Jamison était un homme dangereux. Mais, en interrogeant Bobby Dean, les policiers ont pu l'éliminer comme suspect puisque l'homme avait un alibi très solide et qu'il était gravement malade au moment des faits. Bobby Dean Jamison est décédé deux mois après la disparition de son fils, à la suite d'une longue maladie. Ainsi, cette piste est tombée à plat plutôt rapidement.

Victime de suprémacistes blancs

Maintenant, je vais vous présenter une théorie qui va probablement vous surprendre... Enfin, moi, elle m'a laissée sans mot ! OK, je vous mets en contexte : lorsqu'on regarde la photo des Jamison, souriants et sans soucis, il est difficile de s'imaginer qu'ils aient pu être victimes de suprémacistes blancs. Pourtant, cette piste a été soutenue par les policiers. Elle provenait d'un appel anonyme : une femme faisant partie d'un groupe de *white supremacists* de l'Oklahoma est tombée un jour sur un carnet noir. À l'intérieur étaient listés tous les ennemis du groupe dont on devait « s'occuper » bientôt. Elle a lu les noms rapidement et essayé de les mémoriser. Elle a réussi à se souvenir de quelques-uns, dont ceux de Bobby et de Sherilynn Jamison. En arrivant chez elle, elle a fait une recherche Google des noms en question et a été choquée de découvrir le profil de disparition de la famille Jamison. Les autres noms qu'elle avait mémorisés étaient aussi ceux de personnes portées disparues. Elle a immédiatement appelé la police en lui faisant part de sa découverte mais, malheureusement, n'a pas pu prouver ses affirmations puisqu'elle n'avait pas le carnet entre les mains.

Mais alors, pourquoi les Jamison étaient-ils sur la liste de suprémacistes blancs ? Ils étaient Blancs eux aussi... non ?

En enquêtant sur leur passé, les proches des Jamison ont pensé à un incident qui aurait pu les placer sur la *black list* des suprémacistes blancs. En fait, plusieurs l'ignoraient, mais Sherilynn avait un héritage autochtone[3] dont elle était fière. Quelques mois avant la disparition, la famille louait une chambre à Kenneth Bellows, un « homme à tout faire » qui les aidait à la maison. Sa présence était plutôt utile depuis la blessure au dos de Bobby. Quand Bellows a appris que Sherilynn avait des ancêtres chez les Premières Nations, il lui a

---

3. Le terme « autochtones » désigne les premiers peuples d'Amérique du Nord et leurs descendants.

clairement fait savoir que ça lui posait problème en lui disant qu'il détestait les « Indiens » et les « gens qui ne sont pas blancs ». À la suite de ces paroles racistes, Sherilynn a sorti son fusil et l'a pointé directement sur lui, l'obligeant à quitter sa maison. Cette altercation pourrait assurément placer Kenneth Bellows très haut dans la liste des suspects. Faisait-il aussi partie du groupe de suprémacistes blancs dont parlait la piste anonyme ? Après avoir interrogé Bellows pendant plusieurs heures, les policiers ont conclu qu'il n'était pas un suspect puisqu'il avait un alibi très solide. Et pour ce qui est de la piste anonyme, les policiers n'ont pas encore pu prouver les déclarations reçues par téléphone. Selon vous, cette théorie est-elle plausible ? Personnellement, je trouve que c'est une drôle de coïncidence, mais il y en a tellement que c'est difficile de s'arrêter sur une seule ! Aurait-il été capable de tuer une famille au complet ? Je n'en suis pas si sûre...

* * *

Avez-vous, comme moi, la tête qui tourne avec toutes ces théories ? Le shérif qui parle de dépendance à la méthamphétamine, la mère de Sherilynn qui sous-entend l'influence d'une secte sataniste de l'Oklahoma, l'ex-colocataire *white supremacist* et l'histoire d'un important cartel de drogues... Ouf ! Ce n'est pas de tout repos !

Cette histoire tragique l'est surtout parce qu'encore aujourd'hui, elle reste irrésolue. Et si les meurtres avaient été commis à l'interne, sans aucun autre participant ? Et si Bobby et Sherilynn avaient poussé leur *folie à deux* jusqu'au bout en procédant à un suicide collectif ? Qu'ils aient été tellement absorbés dans un épisode de folie à deux qu'ils aient perdu tout contact avec la réalité ? Et si Sherilynn, n'étant plus elle-même, remplie d'un sentiment de haine et de négativité, avait froidement assassiné son mari et son enfant ? C'est plutôt logique lorsqu'on pense à la lettre de onze pages qu'elle avait écrite... Mais les mêmes interrogations demeurent toujours. Où est le sang ? Où est l'arme du crime ? Pourquoi les corps étaient-ils tous alignés côte à côte ?

C'est incompréhensible de penser qu'avec tous ces indices et toutes ces pistes, l'affaire reste encore irrésolue. Il y a tellement de questions sans réponses ! A-t-on prélevé de l'ADN dans la voiture, sur les corps et dans la maison ? Qui est le deuxième homme sur les caméras de surveillance ? Est-ce que chacun des proches des Jamison a un alibi ? La vérité est que la plupart de ces informations restent confidentielles et non disponibles au public puisque l'enquête est toujours active.

Voici en tout cas une vérité difficile à avaler : l'affaire Jamison s'est passée dans la vraie vie. Ce n'est pas un épisode de *CSI*. Il existe des meurtres parfaits et plusieurs d'entre eux restent irrésolus.

5. LE SECRET DE BELLA

Ça fait maintenant 77 ans que les graffitis hantent la ville. Ils surgissent chaque fois sans qu'on sache qui les a écrits, puisqu'il s'agit toujours d'une main différente. Ils apparaissent sporadiquement, afin de rappeler aux habitants de Birmingham que justice n'a pas été faite. Et qu'elle doit l'être. Après tout, qui a pu avoir l'esprit assez tordu pour cacher une femme dans un tronc d'arbre ? Pour la laisser étouffer, mourir, décrépir ?

Le village de Hagley, en banlieue de Birmingham, renferme beaucoup de secrets et certains sont plus ténébreux que d'autres. Parmi cette multitude de mystères irrésolus se cache celui de Bella.

L'histoire qui suit est sombre. Très sombre. Une Angleterre brumeuse, une guerre mondiale, un arbre monstrueux, de la magie noire, des ossements éparpillés… et un meurtre irrésolu.

Who put Bella in the wych elm[4] ?

---

4. Qui a mis Bella dans l'orme des montagnes ?

Certains jeux sont dangereux

Nous sommes en avril 1943, à Birmingham, dans l'ouest de l'Angleterre. Le pays entier est ravagé par la Seconde Guerre mondiale. Les temps sont durs : les gens meurent de faim, ils ont peur, ils sont en deuil. Les enfants, eux, ne savent plus quoi faire pour s'amuser. Des activités toutes simples deviennent de vraies sources de divertissement. Ainsi, les quatre amis Robert, Thomas, Bob et Fred, qui se réunissent souvent pour jouer, ont un nouveau passe-temps : ils cherchent des nids d'oiseaux pour pouvoir en voler les œufs.

Cette journée du 18 avril 1943, ils ont décidé d'aller dans la forêt de Hagley pour capturer leurs proies. La forêt est située derrière le Hagley Hall, une propriété majestueuse du XVIIIe siècle, l'ancienne maison de la célèbre famille Lyttelton. Bien sûr, le terrain est privé, mais les garçons aiment le côté dangereux et interdit d'aller courir dans les nobles plates-bandes.

Alors qu'ils s'égayaient dans la forêt, un arbre a attiré leur attention. Cette chose monstrueuse qui trônait au milieu des autres était un orme des montagnes, dont les bourgeons n'avaient pas encore poussé. Ses branches dénudées donnaient l'impression que l'arbre avait d'innombrables bras maigrichons. Un lit de feuilles mortes brunâtres l'entourait ; l'orme gigantesque semblait tout droit sorti de la forêt hantée dans *Blanche-Neige et les sept nains*. D'ailleurs, le mot anglais pour désigner cet arbre laisse sous-entendre un mauvais présage *: a wych elm* se prononce comme *witch*, le mot anglais pour « sorcière ».

Le jeune Bob Farmer, le plus courageux du groupe, a décidé de grimper entre les branches pour regarder dans une ouverture qui laissait voir une cavité à l'intérieur du tronc. Il pensait y trouver un ou plusieurs nids. Après tout, l'orme était si large, avec plus d'un mètre de circonférence, il devait très certainement renfermer plusieurs trésors. Perché sur une branche, Bob a en effet aperçu un objet blanchâtre dans le tronc. Content, il était persuadé d'avoir repéré des œufs...

La forêt de Hagley était plutôt silencieuse ce jour-là. Quelques oiseaux chantaient l'arrivée du printemps, le vent faisait bruisser les branches des arbres et, soudain, un cri perçant, terrifié, est venu déranger l'atmosphère paisible. Bob, 15 ans, venait de découvrir un crâne humain à l'intérieur de l'arbre.

Réunissant son courage, le jeune garçon a pris le crâne entre ses mains et est descendu de l'arbre. Ses amis et lui, curieux, l'ont observé avec intérêt. *Est-ce que c'est un vrai ?*

Sachant qu'ils n'avaient pas le droit d'être sur la propriété de Hagley, les jeunes ont pris soin de remettre le crâne dans l'arbre, à l'endroit où ils l'avaient trouvé, avant de quitter les lieux en vitesse. Bob, Fred, Robert et Thomas ont alors fait un pacte :

Nous ne dirons jamais ce que nous avons vu à qui que ce soit.

Cependant, le soir même, Thomas Willetts, le plus jeune des quatre amis, n'a pas pu s'empêcher de raconter l'événement à ses parents. La découverte des ossements l'avait complètement traumatisé et il ne pouvait la garder pour lui. Les Willetts, jugeant qu'il était important d'aviser les autorités, ont immédiatement appelé la police locale.

Parmi les feuilles mortes…

La police de West Mercia s'est rendue sur place afin de vérifier l'information qu'on venait de lui donner. Peut-être que l'enfant avait confondu un crâne humain avec un crâne animal. Après tout, selon les règles de la logique, il serait impossible de retrouver un humain à l'intérieur d'un tronc d'arbre. Prêt à découvrir des restes de raton laveur, l'inspecteur a suivi les pas du jeune Bob Farmer et, à son tour, a grimpé sur l'arbre gigantesque. À sa grande surprise, le crâne qui se trouvait à l'intérieur de l'orme était bel et bien celui d'un humain. En fait, en nettoyant l'intérieur de l'arbre, en dégageant les feuilles mortes et la terre, le policier a découvert qu'un corps humain entier s'était décomposé dans le tronc, laissant derrière lui un maigre squelette sans identité. Quelques lambeaux de vêtements, une chaussure et un anneau de mariage en or ont aussi été retrouvés dans l'arbre. Dans l'heure suivante, un périmètre de sécurité a été érigé autour de la forêt, laissant aux policiers la liberté de fouiller la propriété en profondeur. À quelques mètres de l'arbre, les ossements d'une main ont également été retrouvés. Les policiers en sont naturellement venus à la conclusion que des animaux sauvages l'avaient sans doute déplacée.

Au départ, les policiers avaient bon espoir de retrouver l'identité du squelette car il était encore relativement en bon état. Quelques cheveux étaient attachés au crâne et les dents semblaient intactes. De plus, la dentition pouvait énormément leur servir, puisque les deux incisives centrales du haut étaient uniques : l'une avait poussé par-dessus l'autre. C'est un signe distinctif plutôt rare, donc riche en information.

Les restes ont été remis au professeur James Webster pour qu'il en fasse l'autopsie. Voici les informations qu'il a pu réunir.

JANE DOE HAGLEY

Sexe : **Féminin**

Âge : **35 à 40 ans**

Taille : **1 m 52 (5 pi)**

Poids : **Inconnu**

Couleur des cheveux : **Châtains**

Couleur des yeux : **Inconnue**

Vêtements :	**Jupe jaune avec jupon en taffetas de couleur pêche, ceinture bleu pâle, cardigan rayé en laine bleu foncé, chaussures bleues et anneau de mariage en or bon marché**
Particularité :	**La victime a déjà eu un enfant. Incisives centrales de travers**
Date du décès :	**Après octobre 1941**
Cause du décès :	**Probablement suffocation (un bout de tissu de type taffetas a été retrouvé dans sa bouche)**

Ainsi, selon le rapport d'autopsie, cette « Jane Doe », comme on nomme les femmes dont on ne connaît pas l'identité (voir le chapitre 8, Little Miss Nobody), avait entre 35 et 40 ans, était possiblement mère et serait morte depuis au moins 18 mois. La thèse du meurtre a tout de suite été privilégiée, puisqu'un bout de tissu a été trouvé dans le crâne, au niveau de la mâchoire, ce qui l'a probablement étouffée. Le professeur Webster a conclu que la femme avait été placée dans le tronc d'arbre avant la *rigor mortis*. C'est-à-dire que son ou ses meurtriers avaient caché le cadavre alors qu'il était encore « mou », avant qu'il ne se raidisse, ce qui aurait rendu toute manipulation du corps quasi impossible. Ses meurtriers ? En effet, on peut supposer qu'il y avait plus d'un malfaiteur : habituellement, plusieurs bras sont nécessaires pour bouger un corps inerte, c'est très lourd. Tous ces éléments étaient essentiels pour retrouver l'identité de Jane Doe et, par le fait même, ses assassins.

Lorsqu'on a trouvé le squelette, l'Angleterre était plongée dans la Seconde Guerre mondiale. Entre les multiples défunts et les déserteurs, le nombre de personnes disparues était si élevé qu'il était presque incalculable. Bien sûr, en cherchant une femme plutôt qu'un homme, on réduisait les possibilités de moitié. Malheureusement,

aucune femme disparue de la région ne correspondait au squelette retrouvé. Les enquêteurs ont contacté tous les dentistes du pays afin d'identifier le crâne retrouvé grâce aux informations dentaires. Ils s'imaginaient que ce serait facile, avec l'irrégularité des incisives de Jane Doe, mais les policiers sont arrivés face à un cul-de-sac. Le squelette a été offert à l'Université de Birmingham pour qu'il soit conservé précieusement.

Un nom avant qu'elle ne tombe dans l'oubli

Près d'un an après la macabre découverte du squelette, les enquêteurs se dirigeaient tout droit vers un *cold case*. La Jane Doe de Hagley allait-elle rester sans identité à tout jamais ? Les policiers devaient probablement commencer à se faire à l'idée que le dossier serait classé parmi les centaines d'autres corps sans identité.

Comment auraient-ils pu se douter que l'enquête serait bientôt relancée, de la plus étrange des façons ?

En mars 1944, les habitants de Birmingham se sont réveillés un matin pour découvrir qu'on avait vandalisé un mur de pierres sur la rue Upper Dean. Une phrase choc est venue déranger le quotidien des Anglais comme une tasse de thé bouillante jetée en plein visage :

Who put Bella down the Wych Elm – Hagley Wood[5]

---

5. Qui a mis Bella dans l'orme des montagnes – Forêt de Hagley

Ces mots écrits noir sur blanc rappelaient aux habitants qu'un meurtrier était toujours en liberté – et qu'on ne savait rien de lui. Ils ont probablement dû provoquer un profond malaise dans la ville.

Mais la bonne nouvelle, c'était que ce graffiti semblait enfin répondre à l'autre question qui brûlait toutes les lèvres : le nom de la victime était Bella.

Or, pas si vite... Était-ce son vrai nom ? Ou plutôt un surnom ?

Est-ce que cela signifiait que la personne qui avait écrit le graffiti connaissait la victime ? Ou le meurtrier ? Pourquoi n'allait-elle pas directement à la police ? Était-ce simplement l'œuvre d'un petit plaisantin ?

Quoi qu'il en soit, le graffiti a produit l'effet désiré : il a suscité une multitude de réactions et, surtout, un besoin de justice. Les policiers ont reçu plusieurs pistes intéressantes de gens qui croyaient avoir connu la victime, Bella. Certes, un prénom pouvait assurément aider les policiers dans leur enquête mais, d'un autre côté, comment étaient-ils en mesure de s'assurer que le graffiti disait la vérité ? La personne qui l'avait écrit suggérait avoir connu la victime ou son assassin. Toutefois, cette information était impossible à vérifier.

C'est en tout cas à la suite de ce graffiti que, la même année, la première rumeur concernant l'identité de Bella a vu le jour. La Jane Doe de Hagley aurait en fait été une prostituée de Birmingham nommée Bella. Celle-ci avait l'habitude de travailler sur la route Hagley mais, depuis 1940, elle manquait à l'appel. Cette hypothèse était plutôt intrigante, mais quelque chose clochait, les dates ne correspondaient pas tout à fait. Jane Doe serait morte en 1942 alors que Bella, la prostituée, avait disparu en 1940. De plus, l'anneau de mariage retrouvé près du squelette suggérait que la victime était mariée. Bien qu'une travailleuse du sexe puisse exercer son métier tout en étant mariée, porterait-elle son anneau de mariage au travail ?

Personne n'a jamais pu confirmer si cette rumeur était fondée. La piste de la prostituée a vite été mise de côté pour laisser place aux nombreuses autres théories sur cette affaire.

Bella : victime de sorcellerie ou espionne allemande ?

Le meurtre de Bella a beaucoup fait parler dans le village de Hagley. Et cela continue encore aujourd'hui. Bien évidemment, une histoire aussi horrible dans un si petit coin de pays a de quoi faire jaser. Néanmoins, comme dans toute affaire criminelle irrésolue, les théories se chevauchent, s'entremêlent et polarisent. Dans ce cas-ci, les habitants n'arrivent pas à s'entendre sur ce qui aurait pu arriver à Bella. Ils sont principalement divisés en deux camps. Certains habitants, plus crédules pourra-t-on dire, croient que Bella aurait été victime de magie noire, de sorcellerie. Pourquoi donc cette théorie si tirée par les cheveux ?

Eh bien, cette hypothèse a principalement vu le jour deux ans après la découverte du corps. Le 14 février 1945, à Lower Quinton, Edith Walton découvre le corps mutilé de son oncle, Charles Walton, un fermier de 75 ans. Walton a été assassiné de manière sauvage : il a été frappé avec sa propre canne, il avait la gorge tranchée, plusieurs bleus coloraient sa poitrine et ses côtes étaient cassées. Des coupures parsemaient ses deux mains, laissant penser que le vieillard avait tenté de se défendre lors du meurtre. Walton était employé sur la ferme d'Alfred John Potter qui, encore à ce jour, est le suspect principal dans cette affaire. La victime était un homme veuf, solitaire, qui ne socialisait pas beaucoup mais qui n'était pas détesté non plus. Pourquoi quelqu'un avait-il voulu sa mort ?

Dès le départ, Fabian, l'enquêteur principal, a laissé sous-entendre que le meurtre de Walton était le résultat de pratiques de sorcellerie :

« Je conseille à tout le monde qui est tenté d'utiliser de la magie noire, de la sorcellerie, du shamanisme – appelez cela comme vous voulez – de se souvenir de Charles Walton et de penser à sa mort qui fut le résultat horrible d'un rite païen. Il n'y a pas d'argument plus fort pour vous tenir le plus loin possible des mauvaises personnes et de leurs épées, leur encens et leur baragouin. Votre future tranquillité d'esprit et même votre vie peuvent dépendre de votre prudence. » (Traduction libre de *The Anatomy of Crime* par Robert Fabian.)

Qu'est-ce qui avait bien pu convaincre un homme de loi qu'un meurtre brutal était causé par la sorcellerie ? C'est difficile à dire...

Depuis quelque temps, la rumeur circulait que Walton avait été retrouvé avec une croix tracée sur sa poitrine, mais cette information s'était révélée fausse. À ce jour, le seul argument crédible était celui reliant Charles Walton à une ancienne supposée sorcière, Ann Tenant, l'arrière-grand-mère de Walton, qui avait été assassinée en 1875.

Quel est le lien entre le meurtre de Charles Walton et celui de Bella, s'ils n'ont même pas été assassinés dans la même ville ? En fait, c'est en 1945 qu'une anthropologue nommée Margaret Murray a avancé que Bella aurait pu être victime d'un crime lié à des pratiques de sorcellerie. La femme, professeure au Collège de Londres, en est venue à cette conclusion en raison de la main retrouvée près de l'arbre. Selon la D^re^ Murray, on appellerait ce rituel « la main de la gloire ».

Il consiste à couper la main d'un criminel pour ensuite la laisser mariner dans du sel et de l'urine. Puis, la main est pendue afin qu'elle puisse sécher.

Ainsi, le fait que la main de Bella ait été séparée de son corps a entraîné plusieurs spéculations.

Les théories paranormales et sataniques sont souvent les plus séduisantes, mais rarement les plus véridiques. Pourtant, même si on n'a jamais pu prouver que Bella a été tuée lors d'un rite de magie noire, cette supposition sera à tout jamais associée à cette affaire. Depuis les années 1970, les graffitis continuent d'apparaître sur l'obélisque de Hagley, mais le message qui revient chaque fois est formulé différemment depuis sa première apparition : *Who put Bella in the witch elm ?* La question joue désormais sur le mot *witch* qui signifie « sorcière ». Ainsi, dans l'imaginaire collectif, Bella a été assassinée par des sorcières.

Maintenant, visitons une autre théorie encore plus intrigante et on ne peut plus complexe !

En 1953, l'année du dixième anniversaire de la découverte du squelette, les journaux locaux ont reçu une information fascinante. Une dénommée Anna souhaitait révéler aux journalistes la vraie identité de Bella. Curieux, les policiers ont rencontré la femme pour en savoir plus. Voici les éléments du témoignage.

Selon Anna, Bella aurait été tuée par un réseau d'espionnage allemand très prolifique durant la Seconde Guerre mondiale. Parmi les espions du groupe, on trouvait un officier anglais, un Néerlandais et un musicien. Bella, elle-même néerlandaise, aurait fait la connaissance des membres du groupe à son arrivée en Angleterre. Elle aurait donné plusieurs informations confidentielles à la Luftwaffe, une composante de l'armée de l'air allemande, en lui disant où étaient situées les usines d'armes locales. Bella aurait ensuite été assassinée car elle en « savait trop ».

Cette hypothèse était plutôt réconfortante pour les Anglais, puisque ça signifiait que Bella avait été assassinée par sa faute à elle ! Elle s'était alliée avec les ennemis et, en plus, c'était une immigrante illégale ! *Elle l'avait cherché.*

Plusieurs livres ont été écrits pour étayer cette hypothèse. En 1968, l'écrivain Donald McCormick a publié un livre intitulé *Murder by witchcraft,* dans lequel il étudiait les meurtres ayant eu lieu à Lower Quinton et à Hagley. Bien sûr, l'auteur s'est longuement arrêté sur les meurtres de Bella et de Charles Walton.

Dans ses recherches, McCormick aborde la théorie que Bella s'appellerait en fait Clarabella Dronkers et serait une Néerlandaise mariée à un espion allemand du nom de Johannes Marinus Dronkers. Selon l'auteur, Clarabella Dronkers aimait les choses luxueuses. Elle poussait toujours son mari à se lancer dans des missions d'espionnage risquées pour pouvoir continuer à vivre dans la richesse. Marinus Dronkers a été condamné à la pendaison le 31 décembre 1942. Il est donc possible que, quelques mois plus tard, Clarabella Dronkers se soit fait assassiner à cause des trahisons de son mari. La théorie était plutôt intrigante, puisqu'elle confirmait le nom de Bella et qu'elle corroborait les informations de l'informatrice des enquêteurs, Anna.

Néanmoins, en 2017, l'auteur canadien David Tremain a longuement étudié le parcours de Johannes Marinus Dronkers. Il a découvert que l'espion allemand était marié à une femme du nom d'Elisa Antoinette Eleanora Seignette, morte en décembre 1944 à Amsterdam. Ainsi, la théorie de Donald McCormick était basée sur... pas grand-chose.

En mars 2013, le journal *The Independant* a ramené la théorie de l'espionnage sur la table en enquêtant à nouveau sur l'affaire du *wych elm*.

Le journaliste en est venu à la conclusion que Bella aurait été la chanteuse et actrice allemande Clara Bauerle.

Celle-ci était l'amoureuse d'un agent de la Gestapo, Josef Jakobs, qui s'était fait arrêter par la police anglaise en 1941, alors qu'il était entré illégalement au pays en parachute. Quand Jakobs s'est fait interroger, il avait une photo de l'actrice dans sa poche.

Selon les informations, Clara parlait anglais avec un accent de Birmingham et *The Independant* dit que le nom Clara Bauerle aurait pu être confondu avec celui de Clarabella. Selon les archives, elle serait morte le 16 décembre 1942 en Allemagne.

Plusieurs internautes ont remis en cause les spéculations du journal *The Independant* en soulignant que l'actrice Clara Bauerle avait les dents bien droites, contrairement à celles de Bella. De plus, à l'époque, on la décrivait comme une femme très grande de 1 m 78 (5 pi 10) alors que, selon le Dr Webster, Bella était beaucoup plus petite, puisqu'elle ne mesurait que 1 m 52 (5 pi).

Un visage pour Bella

En février 2018, la D^re^ Caroline Wilkinson a réussi à faire un portrait-robot de Bella. Grâce aux nouvelles technologies, la professeure de l'Université de Dundee lui a donné un visage, en prenant soin de bien dessiner les dents de travers de la défunte. Ce processus est très impressionnant: la D^re^ Wilkinson n'a même pas pu utiliser le crâne de Bella

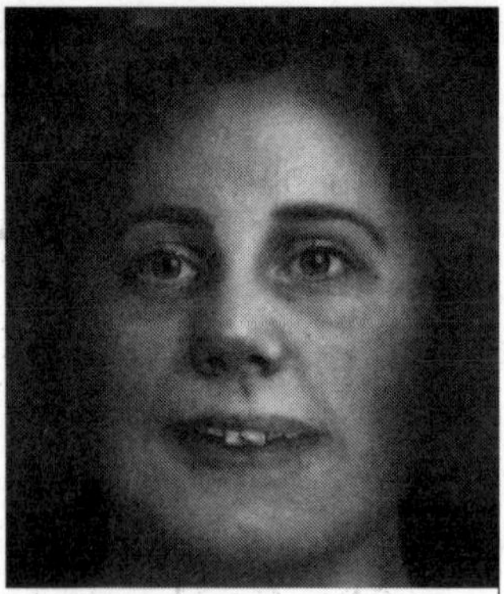

puisqu'il a été perdu par la police. Elle a seulement pu se fier au rapport d'autopsie et à son expertise. C'est intéressant puisqu'ici, si on compare le portrait dessiné par la D^re^ Wilkinson à celui qu'on a fait de Little Miss Nobody (voir le chapitre 8), on se rend compte qu'il est complètement différent. C'est si difficile de donner un visage, une identité à une enfant qui meurt si jeune. Bella, décédée entre 35 et 40 ans, avait au contraire certains traits qui la distinguaient, qui reflétaient son passé et sa personnalité.

Cette théorie abracadabrante, celle de l'espionne allemande, venait donc s'ajouter à celle des sorcières. Selon leurs convictions respectives, les gens de Birmingham choisissent laquelle des deux versions croire. L'hypothèse plus spirituelle ou celle plus complotiste ? Je pense personnellement que les deux versions sont beaucoup trop poussées et compliquées pour être vraies. Encore une fois, je crois que dans des affaires de ce genre, l'hypothèse la plus simple est toujours la bonne.

Un meurtre toujours irrésolu

Malgré tous ces essais-erreurs, le mystère du *wych elm* est toujours irrésolu, et il existe encore bien d'autres théories ! Pour revenir à ce que je disais plus haut, l'une de celles qui selon moi est la plus triste mais la plus plausible, c'est celle du féminicide. Selon une autre version de l'histoire, en 1953, quand les policiers ont voulu rencontrer cette fameuse « Anna » qui avait dit aux journalistes que Bella était une espionne allemande, ils ont démasqué cette femme qui s'appelait en réalité Una Mossop. Una a enfin pu dénoncer son ex-mari, Jack Mossop, qui était décédé une dizaine d'années plus tôt. Avant de mourir, Mossop avait confessé à ses proches une « bêtise » qu'il avait faite : il avait mis une femme dans un arbre.

Mossop et son ami, Van Ralt, s'étaient réunis dans un pub de Hagley, Lyttelton Arms, pour prendre un verre. Sur place, les deux hommes ont fait la connaissance d'une femme qui avait aussi passé la soirée au bar. Elle était dans un état d'ébriété si avancé que les deux comparses ont décidé d'aller la reconduire chez elle. Dans l'auto, la femme s'est endormie. C'est alors que les deux hommes ont voulu lui « donner une leçon » en espérant que, le lendemain, elle décide de faire plus attention et d'arrêter de boire autant. Mossop et Van Ralt ont donc eu la brillante idée de placer la femme endormie dans un tronc d'arbre vide. Ils auraient accompli leur méfait en croyant que, le lendemain, la femme se réveillerait, réaliserait qu'elle devait arrêter de boire et remercierait le ciel d'avoir mis deux hommes sur son chemin pour la sauver de l'alcoolisme (à quoi ont-ils pensé, sérieusement ?). Après ce jour, la culpabilité s'est emparée de Mossop et son état mental s'est dégradé à une vitesse fulgurante - il faisait des cauchemars à répétition. Finalement, il s'est retrouvé interné à l'hôpital psychiatrique de Stafford.

Chaque nuit, il rêvait d'une femme, dans un arbre, qui le fixait sans relâche.

Jack Mossop est décédé avant que le corps de Bella ne soit retrouvé. Ce récit était la réponse que les enquêteurs attendaient. Il tenait la route et semblait réel. Mais il était impossible à prouver, puisque le suspect principal, Jack Mossop, était mort. De plus, une bonne récompense était offerte pour trouver l'assassin de Bella, et cette femme, Anna/Una, avait déjà inventé deux histoires assez abracadabrantes en l'espace d'un an : elle était loin d'être un témoin de confiance.

Selon moi, cette théorie reste la plus probable. Bella, si tel était son prénom, était probablement une touriste ou une immigrante illégale qui serait morte sans que sa famille en soit avertie. N'avait-elle pas un mari ? Des enfants ? Des parents ? Des amis ? Puisque cette Jane Doe est décédée durant la guerre, dans un pays étranger, son corps n'a jamais été identifié. Si cette piste est la bonne, Bella ne fait que s'ajouter, de façon tragique, à la longue liste des crimes sexistes.

* * *

Aujourd'hui, l'affaire de Jane Doe, ou Bella, retrouvée dans un arbre, reste l'un des plus grands mystères de l'Angleterre. Les parents racontent l'histoire à leurs enfants pour les empêcher d'aller courir dans les bois sans surveillance. La légende est transmise comme une mise en garde : *Ne grimpe pas dans les arbres, il peut y avoir un corps qui se cache à l'intérieur*. Ce meurtre est si macabre et si tragique que même les plus grands fans d'horreur n'auraient pu inventer une histoire pareille. Et je crois, j'ose espérer, que jusqu'à ce qu'on retrouve la véritable identité de Bella et de son meurtrier, des graffitis continueront d'apparaître sur les murs de Birmingham… Comme un mauvais souvenir ou un mal de tête persistant, ils resteront jusqu'à ce que justice soit faite à Bella, cette probable victime de féminicide. Encore une.

LE MYSTERE DE L'ENFANT VOLÉE

On continue à rechercher les ravisseurs de la petite Pauline Picard

M. Labouerie, chef de la brigade mobile de Rennes, revenu dans notre ville, a pu acquérir par lui-même la conviction que la fillette trouvée à Cherbourg est bien, comme nous le supposions, la petite Pauline Picard.

La fillette, qui a déjà meilleure mine, se familiarise à Goas-el-Ludu, avec les gens qui l'entourent ; elle a reconnu un vieux domestique et a joué avec lui, lui passant la main sur le crâne. On espère que l'amnésie cérébrale dont souffre encore l'enfant, ne sera que passagère.

Toutefois, la question continue à subsister.

6. PAULINE PICARD – UNE FILLETTE ET SON SOSIE

Vous êtes-vous déjà demandé si, quelque part dans le monde, dans une autre ville, un autre pays, un autre continent, existait votre *doppelgänger* ? Une autre version de vous, si semblable que même vos proches vous confondraient. Une légende dit que chaque personne dans le monde aurait son double, quelqu'un qui a les mêmes yeux, le même sourire, la même taille, la même manière de se coiffer, de s'habiller… C'est amusant de penser qu'un jour, au milieu d'un voyage en Chine, d'un périple au Brésil ou même en achetant du pain frais au coin de la rue, vous pourriez tomber sur votre sosie. Ça semble rigolo et ça ferait une belle anecdote à raconter dans les fêtes de famille. Mais pour Pauline Picard, son sosie l'a probablement menée tout droit vers sa perte.

Lorsqu'on fait des recherches sur des affaires criminelles si vieilles (datant de presque 100 ans !), il est important de lire tous les articles qui ont été écrits à l'époque pour être sûr de ne rater aucun détail. Dans le cas de la petite Pauline, l'histoire était si intrigante que plusieurs journaux français se sont arraché l'enquête pour que chacun puisse relayer à sa sauce des bribes d'informations. Parmi ceux-ci, *Le Petit Parisien, L'Ouest-Éclair, Le Matin, Le Gaulois, Le Courrier du Finistère, Le Petit Breton, Le Journal, L'Humanité, La Dépêche, Le Temps* et même le *New York Times* ont couvert cette affaire mystérieuse. Il n'y a pas à dire, Pauline Picard a intrigué le monde entier ! Pourtant, fait étrange : plus j'épluche les articles consacrés à cette affaire, plus je suis confuse ! En effet, chacun des journaux donne une version différente des faits. Et ce ne sont pas seulement quelques détails insignifiants qui changent d'un article à l'autre, non, c'est une partie de l'histoire au complet ! Alors, si à travers ce chapitre vous êtes perdu entre plusieurs versions et récits, ne vous en faites pas, c'est tout à fait normal. Je tenterai de mon mieux de tout éclaircir pour vous !

L'histoire qui suit est l'un des premiers grands mystères de France. Ça s'est passé bien avant le meurtre du petit Grégory ou la tuerie de Dupont de Ligonnès. Le cas de Pauline Picard est raconté comme une légende, un mythe, tellement on a peine à croire que ce soit réellement arrivé. On partage cette histoire comme l'intrigue du prochain film d'Ari Aster, angoissante, étrange et franchement terrible. Aujourd'hui, 100 ans plus tard, on se demande encore ce qui a bien pu se passer dans ce petit village isolé de Bretagne. Laissez-moi vous guider à travers ses méandres !

Et ta petite sœur, elle est où ?

Nous sommes le 6 avril 1922 en France, le printemps commence à pointer le bout de son nez et les enfants Picard s'amusent dehors. La petite Pauline Picard a deux ans et demi et elle joue tranquillement avec ses sœurs. Ses parents possèdent la ferme Goas-al-Ludu, située dans une petite commune nommée Saint-Rivoal à l'est de Brest, en Bretagne. Pauline est une fillette blonde aux yeux bleus, elle est pleine de vie et adore rire. Depuis qu'elle a dit son premier mot, elle aime parler et raconter des histoires. Elle est très indépendante et forte ; à deux ans et demi seulement, elle fait déjà des petites courses pour ses parents.

Le soleil commence à se coucher, la chaleur d'avril se dissipe et il commence à faire frisquet. Mme Picard appelle ses enfants pour qu'ils viennent souper. Pauline lève la tête et voit ses sœurs courir vers la maison. Fâchée qu'elles ne l'attendent pas, la petite, qui est en plein *terrible two,* décide de marcher, seule, dans une autre direction. D'après les témoignages, Pauline est très entêtée et a un caractère fort. À table, les huit enfants Picard sont prêts à manger et la mère de famille commence à distribuer les assiettes remplies de nourriture quand elle se rend compte que quelque chose cloche. Les balbutiements enjoués de sa petite Pauline ne sont pas aussi bruyants que d'habitude. En fait, ils sont carrément absents.

C'est à cet instant que tous constatent que la petite fille n'est pas là.

Quelques frères et sœurs de Pauline partent à sa recherche. Ils ne sont pas trop préoccupés puisque c'est un petit village, tout le monde se connaît ! La fillette ne doit pas être trop loin... Les enfants ont l'habitude de jouer dehors sans la surveillance de leurs parents, il n'y a pas de danger. Comme dans plusieurs familles nombreuses de l'époque, les plus vieux surveillent les cadets. Mais très vite, la nuit tombe et toujours aucune trace de Pauline. Une tempête soudaine se lève et à l'extérieur, le vent est glacial. L'enfant n'est vêtue que d'une petite robe blanche à carreaux, la pauvre doit être en train de mourir de froid ! Le commissariat de police de Saint-Rivoal est appelé pour que les policiers viennent prêter main-forte aux recherches. Le jour suivant, plus de 150 habitants du village se joignent aux battues pour aider les Picard à retrouver leur fille. La région entière est ratissée pendant plusieurs jours, chaque recoin du village est exploré.

Les recherches pour retrouver la bambine s'avèrent vaines, comme si Pauline s'était évaporée dans la nature. Le cœur gros, les

Picard prient quotidiennement pour le retour de leur fille. Malheureusement, plus le temps passe, plus les chances de la retrouver s'amincissent. Après tout, il serait difficile pour une enfant de deux ans et demi de survivre bien longtemps seule dans la nature. Dans les journaux, on parle de l'éventualité d'un rapt. Par exemple, dans *Le Courrier du Finistère*, une petite colonne décrit déjà un possible suspect : un homme entre 50 et 55 ans mesurant 1 m 50 et portant une casquette bleu marin. L'individu aurait une moustache grisonnante et boiterait d'une jambe. Selon les journalistes, le suspect exercerait le métier de raccommodeur de parapluies et aurait kidnappé Pauline pour se venger. De qui, de quoi ? L'article ne le précise pas et nous ne le saurons sans doute jamais...

Pauline, est-ce bien toi ?

Trois semaines plus tard, le 26 avril, les Picard reçoivent un appel des policiers : « Monsieur et madame Picard, nous croyons avoir retrouvé votre fille, vivante. » Le cœur battant à tout rompre, les Picard se rendent au commissariat de police local en espérant y retrouver leur fille. Mais Pauline n'y est pas. Les policiers avisent les fermiers que la petite a été retrouvée à Cherbourg, en Normandie. Confus, les Picard ne comprennent pas comment cela pourrait être possible. La Normandie est à plus de 400 kilomètres de leur maison, ce qui représente quatre heures de route. Comment Pauline aurait-elle pu se rendre aussi loin ?

Plus tôt dans la journée, les policiers de Cherbourg ont reçu le coup de fil d'une femme du coin qui avait retrouvé une fillette. L'enfant était assise, seule, dans les marches d'une ruelle. Elle semblait confuse, égarée et refusait de parler. Sa description correspondait à celle de l'enfant disparue en Bretagne, une petite blonde aux yeux bleus.

Quand les policiers de Saint-Rivoal montrent aux parents de Pauline une photo de la fillette retrouvée, la mère explose en sanglots. Elle crie de joie :

« C'est elle, c'est ma pauvre petite Pauline ! »

Le 8 mai, les Picard, impatients, prennent le train pour rejoindre leur fille. J'imagine les parents, sur la route, rêvassant au moment où ils prendraient enfin Pauline dans leurs bras…

Quand les Picard arrivent au poste de police de Cherbourg, ils savent tout de suite que l'enfant retrouvée est leur fille ou, du moins, c'est ce que mentionne le journal *L'Ouest-Éclair* : « On désespérait de retrouver l'enfant [lorsqu'on] apprit qu'une fillette aurait été recueillie errante [à] Cherbourg. M. et Mme Picard s'y rendirent aussitôt et déclarèrent qu'il n'y avait pas de doute possible, la [fillette] était bien la leur. »

Par contre, les journalistes du *Petit Parisien* semblent donner une version complètement différente des faits : « Ils se sont rendus à l'hospice aussitôt après leur descente du train, et là, ils ont été mis en présence de la fillette. Au premier abord, ces braves gens ont cru reconnaître leur fillette, mais après deux heures d'examen, leur assurance n'a plus été la même, et ils commençaient à douter que la fillette au joli sourire et leur petite Pauline ne soient qu'une seule et même personne. […] Tout porte à croire, néanmoins, que la fillette trouvée n'est pas la petite Picard. »

LES VOISINS ET LES PROCHES DES ÉPOUX PICARD RECONNAISSENT LA FILLETTE DE CHERBOURG

Pauline Picard est déprimée et semble frappée d'amnésie

BREST, 11 mai. — (*De notre envoyé spécial.*) — Les époux Picard, ramenant la fillette qu'ils ont reconnue à Cherbourg, sont rentrés ce matin, à 10 heures, à Goas-al-Ludu, accompagnés de deux dames des Hospices de Cherbourg.

Dès son arrivée, les frères, sœurs de la petite disparue, ainsi que les voisins de la famille, l'ont formellement reconnue. Elle leur a cependant paru fatiguée et quelque peu changée physiquement.

M. le docteur Mazé, de Sizun, a été appelé à examiner la fillette. Elle lui a paru d'une sensibilité nerveuse extrême, dans un état de dépression physique caractérisé, et comme frappée d'amnésie.

Au cours du long voyage de Cherbourg jusqu'en Bretagne, l'enfant parla bien peu, à vrai dire, mais enfin elle prononça en dialecte breton, les trois mots qui se traduisent par : *papa*, *oui* et *non*. Depuis, elle n'a guère fait qu'articuler quelques syllabes, et non des mots entiers.

Au contact des autres enfants, elle s'est, depuis, familiarisée quelque peu, et elle a même pris un peu part à leurs jeux.

D'ordinaire, elle semble de préférence se plaire en la compagnie de son père.

On imagine la joie qui a accompagné ce retour inespéré. Tous les habitants de Goas-al-Ludu ont fait à la petite Pauline un accueil chaleureux. Mais tous ont été frappés par sa détresse physique et plusieurs estiment qu'il serait urgent de la soumettre à l'examen d'un médecin spécialiste.

Alors, qui dit vrai ?

Bien sûr, l'enfant est un peu différente, mais qui ne le serait pas après un mois loin de la maison ? Quand la maman de Pauline la prend dans ses bras, la fillette ne semble pas si heureuse de retrouver ses parents, elle ne sourit pas du tout, elle reste froide et distante. En fait, Pauline n'a pas dit un mot depuis le moment où on l'a trouvée. *La pauvre, elle est traumatisée...* doivent-ils se dire. Pauline était sans doute très mal en point pour ne pas parler, elle qui aimait raconter plein d'histoires !

Autre détail qui saute aux yeux : Pauline a beaucoup maigri, elle semble même avoir rapetissé et rajeuni ! Les enfants des Picard sont naturellement grands et plutôt costauds, des adjectifs qui rendent François Picard fier ! Mais Pauline a perdu son côté robuste, elle est maintenant toute frêle et chétive. Les policiers assurent que ce changement est tout à fait normal. Après tout, voilà un mois que Pauline a disparu, et ils n'ont encore aucune idée de ce qu'elle a fait durant ce temps. Il est possible qu'elle n'ait pas mangé à sa faim ou même qu'elle ait subi un traumatisme qui lui aurait coupé l'appétit, ou la parole !

Pourtant, il semblerait que quelqu'un ait pris soin d'elle pendant cette période. Pauline porte des vêtements différents de ceux qu'elle avait au moment de sa disparition ; de plus, ces habits sont bien propres.

Entre la découverte de Pauline et l'arrivée de ses parents à Cherbourg, la fillette a été envoyée à l'hôpital pour qu'on vérifie ses signes vitaux : tout était parfait. Certes, elle semblait un peu faible, mais elle était en santé. Rien ne montrait qu'elle avait été maltraitée ou qu'elle avait subi un traumatisme quelconque durant sa disparition mystérieuse. À l'hôpital, Pauline était la préférée de toutes les infirmières qui la trouvaient complètement craquante. La jeune Bretonne souriait aux infirmières, leur faisait des câlins, mais elle restait muette, elle refusait de parler. Un médecin l'a examinée et a confirmé que l'enfant n'était pas physiologiquement muette : elle pouvait s'exprimer, mais choisissait de ne pas le faire.

Les Picard n'étaient pas trop inquiets, ils savaient que leur fille allait bien vite reprendre du poil de la bête quand elle serait de retour à Saint-Rivoal. Tout le long du trajet, ils parlaient à leur fille, essayant de lui soutirer une risette, ou un seul mot qui prouverait qu'elle n'avait pas perdu sa voix pour toujours ! Mais sans résultat. C'est comme si Pauline ne reconnaissait plus sa langue maternelle, le breton.

Retour à la maison

La jeune Pauline PICARD telle que l'ont connue les habitants de Saint-Rivoal.

En arrivant à la maison le 12 mai, la famille de Pauline invite tous les habitants du village à venir saluer la survivante. Ses frères et sœurs, les amis de la famille, les voisins, tous sont heureux de la voir saine et sauve. *Ah oui, c'est notre petite Pauline bien à nous!* Encore là, tout le monde semble ignorer le fait que Pauline savait marcher avant sa disparition et que maintenant, elle refuse de se tenir debout. De nouveau, les Picard se rassurent en se disant que c'est probablement dû à la fatigue ou au stress. Car malgré tout, ils commencent à voir la lumière au bout du tunnel. Depuis son retour chez elle, la petite est heureuse de retrouver sa maison, elle a même reconnu le chat de la famille en l'appelant par son nom. Sur la ferme, elle reconnaît un domestique, un vieillard qui travaille pour la famille Picard. En le voyant, Pauline joue avec lui et lui passe la main sur le crâne en riant. La fillette réussit même à sortir quelques mots bretons: *oui*, *non*, *pain* et *papa*. C'est positif, elle commence à retrouver la mémoire.

Plusieurs voisins viennent prendre Pauline dans leurs bras pour l'inonder de baisers et la faire se sentir aimée et en sécurité. *Bienvenue chez toi, ma poulette!* Parmi les invités, un voisin se présente chez les Picard, un dénommé Yves Martin.

Yves Martin est un agriculteur, veuf, dans la cinquantaine. En entrant dans la maison, il salue les Picard en lançant: « Alors, votre fille est revenue? » Mme Picard, tout sourire, lui répond que oui, Pauline est bien de retour à la maison. Le cultivateur demande à la voir. Quand on lui montre la fillette, l'homme semble surpris et demande: « Vous êtes sûrs que c'est elle? » Encore une fois, Mme Picard lui répond que bien sûr, c'est leur fille, c'est Pauline! Un enquêteur, qui est sur place au moment des faits, commence à avoir des soupçons sur ce fameux Yves Martin. Il lui demande : « Et vous, qu'est-ce que vous faites ici ? » Martin se lève d'un bond et crie en breton :

« Dieu est juste ! C'est moi le coupable ! »

L'expression sur son visage est celle d'un homme qui vient de voir un fantôme. Quelques secondes après, il s'enfuit de la maison en courant. Dès le lendemain, Yves Martin est interné dans un hôpital psychiatrique de la région.

Tranquillement, la vie reprend son cours, la petite Pauline se réhabitue à ses frères et sœurs et est heureuse de jouer avec eux. Elle aime passer son temps à caresser les animaux de la ferme et elle rigole quand ils lui lèchent le visage. Elle perd aussi sa timidité, elle recommence à marcher et à prononcer quelques mots en breton. En quelques semaines ? En fait, les versions diffèrent. Le journal *L'Ouest-Éclair* affirme que Pauline a carrément recommencé à parler, alors que *L'Humanité* explique que Pauline ne parle pas encore, elle ne fait qu'émettre quelques sons, sans toutefois réussir à faire des phrases complètes.

De leur côté, les enquêteurs sont toujours sur l'affaire, ils travaillent sans cesse pour trouver le coupable de l'enlèvement de Pauline. Les Picard, eux, se considèrent les parents les plus chanceux au monde de s'être sortis d'un drame si pénible. Tout semble s'être replacé et la vie est bonne.

Ils n'imaginent pas qu'un autre événement viendra chambouler leur vie, et ce, pour le reste de leurs jours.

Une macabre découverte

Le 26 mai en avant-midi, un cycliste roule à environ 900 mètres de la ferme des Picard quand il aperçoit quelques vêtements dans l'herbe. Il range sa bicyclette sur le bord du chemin pour voir ce qui se trouve dans le champ. En s'approchant de la silhouette, une odeur de soufre l'envahit. Un parfum sorti tout droit des ténèbres.

Et puis, qu'en est-il des vêtements trouvés ? Si l'on croit les écrits du journal *Le Petit Parisien*, la robe était bien pliée à côté du corps de Pauline. Qui s'est chargé de le faire ? Je doute que Pauline, du haut de ses deux ans, ait pris soin de se déshabiller et de plier sa petite robe avant de mourir... Par ailleurs, un animal ne serait évidemment pas capable de déshabiller un cadavre. Voilà la preuve ultime que quelqu'un était passé par là, avant ou après sa mort. Pourquoi ignorer ces faits ? *Parce que c'est plus facile comme ça ?* Est-ce qu'on découvrira un jour ce qui est réellement arrivé à Pauline ?

Après la découverte du corps, la famille Picard commence à y voir clair et à se rendre compte de tous les détails qu'elle a choisi d'ignorer quelques semaines auparavant. Par exemple, au moment de sa disparition, la petite mesurait 70 cm alors que la fillette retrouvée en mesurait 67 ; tous les vêtements de Pauline étaient trop grands et trop amples pour elle. De plus, il était maintenant évident que l'enfant retrouvée était plus jeune que Pauline. Pauline avait deux ans et demi, presque trois ans, mais la fillette de Cherbourg n'avait que deux ans à peine. C'était normal qu'elle ne veuille pas marcher ou qu'elle ait de la difficulté à parler et à faire des phrases complètes, ce n'était qu'un bébé ! Finalement, les Picard se rendaient bien compte que la fillette n'avait jamais parlé breton avant leur rencontre, ce n'était pas sa langue maternelle. Leur désir de retrouver Pauline les avait aveuglés au point de ne plus reconnaître leur propre fille !

Bien sûr, le reste du village se pose également la question. Comment des parents peuvent-ils se tromper d'enfant et ne pas reconnaître leur propre fille ? Des rumeurs commencent à se répandre comme une traînée de poudre. Par exemple, on dit que la vraie Pauline aurait été vendue par sa mère pour la modique somme de 20 000 francs. Or, cette rumeur est, bien sûr, sans fondement. Tous ceux qui connaissent Mme Picard savent bien que cette femme est une bonne mère qui adore ses enfants. Jamais elle ne songerait à les vendre ! Surtout que, si on suit cette logique, si elle avait vendu son propre enfant, pourquoi aurait-elle ensuite adopté la fillette de Cherbourg ? Elle aurait couru le risque de se faire attraper.

Par curiosité, il continue d'avancer et, parmi les grosses mouches noires, il découvre le corps nu d'une enfant.

Une fillette est couchée dans le gazon. Démembrée et décapitée, il ne lui reste qu'une jambe. Plus loin, son petit bras potelé a été rongé par des animaux sauvages, probablement des mulots de campagne. Ses beaux cheveux blonds sont toujours attachés à son crâne fracturé qui a roulé à quelques mètres de son petit corps. À côté du tronc, les vêtements de la victime sont bien pliés : une robe blanche à carreaux, une chaussette en laine blanche et une chaussure en semelle de bois. Le cycliste se rend en vitesse à la gendarmerie pour faire part de sa découverte : le cadavre mutilé d'une fillette âgée entre deux et trois ans. Les gendarmes demandent à M. Picard de venir identifier le corps. Tout de suite, il reconnaît les vêtements de sa fille disparue. Mais il n'est pas capable de déterminer si c'est bien Pauline, puisque sa tête est méconnaissable.

Différentes versions des faits

Comme je l'ai mentionné plus haut, les versions des faits se contredisent souvent dans cette histoire, et la découverte du corps ne fait pas exception. Dans *La Dépêche*, on mentionne que c'est un cycliste qui a découvert les restes de Pauline Picard. Or, dans l'article de *L'Ouest-Éclair*, on parle plutôt d'un certain M. Le Meur, du village de Lembras, qui tentait de rassembler ses vaches, quand il a découvert le corps. Ensuite, les journalistes ne semblent pas s'entendre sur l'endroit où on a retrouvé les restes de Pauline. *La Dépêche* et *Le Journal* affirment que le corps était situé à 900 m de la ferme. Or, *Le Matin* raconte qu'il était à 500 m de la ferme, tandis que *L'Ouest-Éclair* mentionne qu'il était à 1500 m. *Le Petit Parisien*, lui, parle de 800 m. Est-ce que la distance est importante? Plus ou moins... Mais lorsqu'on parle de témoins clés dans l'affaire ou de l'état dans lequel le corps est retrouvé, ces détails importent beaucoup. Pour ce qui est des vêtements de Pauline, certains journaux les décrivent comme des lambeaux plutôt que des vêtements bien intacts. *L'Ouest-Éclair* mentionne que les vêtements de l'enfant son tachés de sang, ce qui serait plutôt étonnant si elle est bel et bien morte d'hypothermie et de faim. Dans d'autres versions, on dit que les vêtements étaient soigneusement pliés près du corps.

Un autre élément important vient épaissir le mystère. Ce qui est surprenant, c'est que ce détail est seulement mentionné dans un article du journal *Le Matin* mais qu'ensuite, plus personne n'en parle. Pourtant, c'est un détail très étrange. Après la découverte du corps de Pauline, les enquêteurs et les médecins légistes se rendent compte que le crâne retrouvé à côté de celui de la fillette semble plus grand que celui d'une enfant de deux ans. C'est une information trop importante pour être ignorée par la suite, vous ne trouvez pas? Pourtant, le 27 mai, les restes sont identifiés comme ceux de Pauline Picard. La *vraie* Pauline Picard.

Après une autopsie, les experts déclarent que Pauline a succombé aux éléments, *death by exposure*. (Ça ne vous rappelle pas le chapitre 2 et le chapitre 4?) En effet, la théorie officielle est que Pauline se serait perdue le soir du 6 avril et qu'elle serait morte d'hypothermie durant la tempête. Par la suite, son corps aurait été mangé par les renards du coin. Les parents ont le cœur brisé par la découverte. Les pauvres, ils croyaient véritablement avoir retrouvé leur petite Pauline. Après ce revirement de situation si soudain, ils doivent maintenant faire le deuil de leur fille. Le point positif ici est que la vérité est sortie et qu'ils peuvent enfin donner des funérailles dignes de ce nom à leur petite Pauline bien-aimée.

The end

Mais pas si vite...

J'ai l'impression que cette histoire se termine toujours en queue de poisson: irrésolue et insatisfaisante. J'ai encore plein de questions...

Les gens du village et certains policiers restent très sceptiques sur la cause de la mort officielle de la petite Pauline. Premièrement, *Le Journal* mentionne une fracture du crâne. Si l'enfant est morte de faim ou de froid, pourquoi aurait-elle un traumatisme crânien si important? Est-ce que le médecin légiste a bien répondu à cette question?

Ensuite, le soir de sa disparition et durant les jours qui ont suivi, des recherches approfondies ont été menées pour retrouver la fillette. Bien sûr, les volontaires ont fouillé les alentours de la ferme Goas-al-Ludu, sur un rayon d'au minimum un kilomètre. Ils se rappellent tous avoir cherché spécifiquement à l'endroit où le corps de Pauline a été retrouvé. Ils sont unanimes: si elle y était au moment des battues, jamais ils ne l'auraient manquée! Des chiens pisteurs ont également aidé aux recherches. L'équipe canine aurait dû la repérer rapidement. De plus, l'odeur de cadavre était assez intense au moment de sa découverte. Comment se fait-il que personne d'autr ne l'ait remarqué avant? Mais surtout, après presque deux mois a soleil, un cadavre se décompose de manière significative. Pourtar il y avait encore de la chair attachée au corps de l'enfant. Encore pl étonnant, le petit ventre de Pauline était intact. Lorsque les anim et les rongeurs s'emparent d'un corps pour le dévorer, c'est l'une premières parties à être attaquée. Ces détails laissent sous-enter que Pauline serait morte beaucoup plus tard que le jour de sa parition, voire plusieurs semaines après.

Plusieurs personnes s'interrogent à ce sujet. Ainsi, lorsqu' tient les résultats de l'autopsie, le recteur de la paroisse M. Leroy, attend la fin de la messe pour s'adresser aux gens du Il ne croit pas non plus à la thèse de l'accident. Il exprime ses sur les réponses du coroner: « Avec mes paroissiens et mes siennes, j'ai battu cette lande. Si un porte-monnaie y avait ét nous l'aurions retrouvé, et nous n'avons point trouvé l'enfar

Une autre rumeur voit le jour à la fin du mois de juin 1922. On spécule que Pauline Picard serait encore vivante et qu'une famille riche du coin l'aurait adoptée afin de remplacer leur enfant décédée. À la mort de sa fille, la famille n'aurait pas déclaré légalement son décès pour pouvoir la remplacer en vitesse. Et, en fait, les restes retrouvés ne seraient pas ceux de Pauline mais bien ceux de la fillette en question. Les vêtements de la petite Pauline auraient ensuite été placés près du corps afin de bien orchestrer la scène. Encore une fois, ça semble être une rumeur de village qui ne doit pas trop être prise au sérieux.

Bien sûr, il reste une importante question à résoudre :

Qui est l'autre fillette de Normandie si ce n'est pas Pauline Picard ?

Après la triste découverte, les autorités se demandent ce qu'elles vont faire de l'autre enfant. Après tout, ses parents biologiques sont sans doute en train de la chercher, elle mérite qu'on la ramène auprès de sa famille. Pourrait-elle venir d'un autre pays ? A-t-elle été abandonnée volontairement ? Des témoins disent que, la veille du 26 avril, jour où la fillette a été retrouvée à Cherbourg, ils ont vu une femme « mal habillée » en train d'abandonner son enfant dans un magasin. Si cette histoire est vraie, cette femme mystérieuse pourrait être la mère de la fillette ! Or, un peu plus tard, la femme en question est finalement retrouvée, toujours en compagnie de sa fille. Étrangement, sa fille est, elle aussi, un sosie de Pauline Picard !

Le 11 juin, une femme de Paris nommée, elle aussi, Mme Picard (comme si on n'était pas assez mélangés comme ça !) reconnaît sa petite-fille sur les nombreuses photos dans les journaux. La femme, employée d'un grand magasin, affirme que la fillette retrouvée à Cherbourg se prénomme May et qu'elle l'aurait élevée durant 23 mois, jusqu'à ce qu'elle soit kidnappée par ses parents biologiques en février 1922. En voyant la photo dans le journal, cette Mme Picard de Paris alerte les autorités et, une semaine plus tard, le

18 juin, on l'amène auprès de l'enfant pour qu'elle l'identifie. Malheureusement, en voyant la petite, Mme Picard se rend vite compte que ce n'est pas May, sa petite-fille. Encore plus étrange, en la voyant, la fillette s'est mise à pleurer. La dame essayait de la consoler en lui offrant les jouets qu'elle avait apportés, mais l'enfant les repoussait de la main en criant. La femme mystérieuse est repartie en train, bredouille, le cœur toujours brisé.

Le 13 juillet, les autorités prennent la (terrible) décision de placer la fillette dans un orphelinat de Cherbourg. Quand ils viennent la chercher, François Picard ne cesse de pleurer. En trois semaines, la famille s'est beaucoup attachée à la petite qui commence à maîtriser le breton et à développer un lien d'amour avec les Picard. Avec du recul, nous pouvons constater que ce fut une décision cruelle de l'amener à l'orphelinat. Je me demande toujours pourquoi les Picard n'ont pas décidé de la garder avec eux. Il ne faut pas oublier qu'à l'époque, les temps étaient durs. La France vivait difficilement l'entre-deux-guerres et il est possible qu'on ait demandé aux Picard de débourser une somme d'argent pour pouvoir adopter officiellement l'enfant et qu'ils n'aient pas eu les moyens de le faire. Il y avait des lois, un système à respecter et, parfois, ils n'étaient pas toujours 100 % éthiques.

Cependant, dans un article datant du 23 juin, *L'Ouest-Éclair* affirme que la « fillette au joli sourire » avait reçu plus de 30 demandes d'adoption ; les Français étaient complètement tombés sous son charme. Trouverait-elle bien vite son nouveau chez-soi ?

À l'orphelinat, l'enfant est rebaptisée Louise Marcelle Pauline. Elle ne cesse de parler de ses frères et sœurs, Alain, Anne et Henriette Picard, et les réclame. La fillette raconte, en breton, ses souvenirs de la ferme, des chevaux et des ânes qu'elle a côtoyés. Certains en sont même venus à se demander si, finalement, ce n'était pas la vraie Pauline Picard qu'on avait envoyée à l'orphelinat de Normandie. Avait-on fait une erreur monumentale ? Malheureusement, nous ne le saurons jamais puisque, quelques mois après son arrivée, Louise Marcelle Pauline est morte de la rougeole. Elle aussi, comme notre

Little Miss Nobody du chapitre 8, est décédée sans identité. Je ne peux m'empêcher de penser que si elle était restée à la ferme, elle aurait probablement vécu une longue vie heureuse.

Et qu'en est-il des suspects?

Je m'interroge encore sur la mort de Pauline Picard. Est-elle réellement décédée de la façon dont on le dit? Ça me surprendrait énormément, il y a tellement d'éléments non congruents! Et si elle avait plutôt été victime d'un enlèvement et d'un meurtre?

Les premiers jours suivant sa disparition, les journaux parlaient d'un possible suspect de 50 ans. Qu'en est-il de cet homme?

Christophe Keramon était raccommodeur de parapluies de profession mais, parfois, les Picard l'engageaient comme homme à tout faire pour les aider aux tâches quotidiennes sur la ferme Goas-al-Ludu. Ce qu'ils ignoraient, c'est que leur employé avait déjà fait de la prison durant quelques années et qu'il avait un passé très violent. Il était itinérant et acceptait de temps en temps des emplois temporaires partout dans le pays. Keramon parlait souvent avec la petite Pauline, qu'il trouvait adorable. Souvent, il lui caressait les cheveux pendant qu'elle lui racontait des histoires. De son côté, on l'aurait entendu dire à Pauline « qu'il lui trouverait une bonne place dans les environs de Châteauneuf-du-Faou ». Étaient-ce de simples marques d'affection ou quelque chose de malsain? Dans l'article de *L'Ouest-Éclair,* on dit que Keramon aurait enlevé Pauline pour se venger. Mais pourquoi? Y avait-il eu une dispute entre ce dernier et les parents de Pauline? Quelques jours après la disparition de l'enfant, Christophe Keramon a été arrêté pour être interrogé, mais il a vite été relâché. Il avait un alibi. Au moment

des faits, il se trouvait à plus de six kilomètres de la ferme, il n'aurait donc pas pu kidnapper Pauline.

Mais il reste le fameux Yves Martin, le voisin des Picard. Le simple fait de voir Pauline l'a poussé à crier sa culpabilité et l'a conduit tout droit vers l'hôpital psychiatrique. Était-il réellement l'assassin de Pauline et, en la voyant « vivante », a-t-il fait une dépression nerveuse en croyant à une apparition ? Impossible de le savoir, puisqu'après plusieurs tentatives, les policiers ont abandonné l'idée de l'interroger. Martin était beaucoup trop mal en point pour répondre aux questions des autorités.

Ou faisait-il semblant ?

D'autres témoins ont aussi fourni des informations intéressantes. La journée du 6 avril 1922, une femme de Saint-Rivoal affirme avoir vu deux inconnus dans le coin. Selon elle, les hommes, assis dans leur voiture, espionnaient Pauline pendant qu'elle jouait près des chevaux. Plus tard en soirée, d'autres témoins auraient vu ces hommes à nouveau. Ils étaient difficiles à manquer puisqu'au village, tout le monde se connaissait. Ces détails sont importants puisqu'ils s'ajoutent à un autre témoignage qui affirme que, la veille de la disparition de Pauline, un homme a été aperçu à la ferme en train de donner des bonbons à la petite. Nous ne savons pas si cet homme était l'un de ceux aperçus le 6 avril. Si oui, essayait-il d'amadouer Pauline et de gagner sa confiance ? C'est terrifiant de se l'imaginer. Mais on peut toutefois se questionner sur la véracité de ces propos. Dans des affaires criminelles aussi connues, plusieurs personnes malfaisantes tentent de mettre leur grain de sel en offrant de faux témoignages aux policiers. Il est impossible de savoir si ceux-ci sont réels ou non.

Au fil des années, d'autres rumeurs ont couru. Certaines prétendent que Pauline Picard n'a jamais disparu, qu'elle est morte d'un coup de sabot des chevaux de la ferme et que ses parents se seraient débarrassés de son corps et auraient orchestré sa disparition. Était-ce vraiment une pratique courante à l'époque ? Après tout, les accidents peuvent arriver, ce n'est la faute de personne. Pourquoi mettre en scène une disparition si les parents ne sont pas coupables ? D'autres affirment que le père de Pauline Picard était un homme violent et qu'il est probablement responsable du meurtre de sa fille. Ça reste une rumeur non fondée et facile à élaborer sans preuve. D'autres villageois aiment affirmer que le corps retrouvé ne serait pas celui de Pauline, mais bien celui d'un autre cadavre qu'on aurait déterré et ensuite placé près de la ferme des Picard. À l'époque, l'identification des cadavres n'était pas aussi efficace qu'aujourd'hui ; peut-être qu'en effet, le corps retrouvé appartenait à quelqu'un d'autre. Toutes ces histoires sont intrigantes, certes, mais elles n'expliquent pas le reste : le crâne trop grand, le mystère du sosie, etc.

De mon côté, j'ai aussi de la difficulté à croire qu'un parent puisse se tromper d'enfant. Même moi, je reconnaîtrais mes chiens parmi 100 autres chiens semblables ! Mais peut-être que les parents étaient tellement accrochés à l'espoir de retrouver leur fille qu'ils ont fermé les yeux sur plusieurs petits détails trompeurs. C'est possible qu'au fond d'eux, ils savaient que l'enfant de Cherbourg n'était pas la leur, mais qu'il ait été plus réconfortant de prétendre que oui. Je crois donc pour ma part que le corps retrouvé était bien celui de Pauline, et que la petite fille de Cherbourg était quelqu'un d'autre, un sosie. L'histoire de Pauline, aussi incroyable soit-elle, n'est pas unique en son genre. Il y a eu d'autres cas d'enfants disparus puis « retrouvés », dont on a découvert par après qu'il y avait eu erreur sur l'identité de la personne.

D'autres cas similaires

L'Affaire Bobby Dunbar

Le petit Bobby Dunbar, un Américain de quatre ans, a disparu en Louisiane durant un voyage de pêche en août 1912. Après huit mois de recherches intensives, Bobby a été retrouvé en compagnie d'un itinérant nommé William Cantwell Walters. Quand les Dunbar ont vu l'enfant, ils ont tout de suite reconnu leur fils Bobby. Walters, quant à lui, affirmait haut et fort que l'enfant, nommé Bruce, était celui d'une certaine Julia Anderson, qui lui en avait confié la garde. Malgré les protestations de Walters, l'enfant a été confié aux Dunbar et le vagabond a été envoyé en prison. L'enfant a vécu auprès des Dunbar pour le reste de ses jours et, malgré tout, a eu une vie bien heureuse. En 2004, grâce aux avancées technologiques en matière d'ADN, on a pu démontrer que l'enfant retrouvé en 1913 n'était pas Bobby Dunbar mais bien Bruce Anderson. Nous n'avons jamais su ce qui est advenu du vrai Bobby Dunbar.

L'Affaire Nicholas Barclay

Plus récemment, en 1994 au Texas, Nicholas Barclay, 13 ans, a disparu alors qu'il jouait au basketball près de chez lui. De longues recherches ont commencé mais, dès le départ, les policiers pensaient plutôt à l'hypothèse de la fugue puisque le jeune était reconnu pour être un «délinquant» qui, parfois, durant des élans de colère, frappait sa mère. Avant sa disparition, la police avait dû se rendre à plusieurs reprises chez les Barclay pour calmer des disputes familiales très violentes. Trois ans plus tard, en 1997, la police de San Antonio a reçu l'appel d'un refuge pour adolescents situé en Espagne. Nicholas Barclay avait été retrouvé. Il relatait l'extraordinaire récit d'un kidnapping et d'un réseau de prostitution dont il avait été victime avant de réussir à s'enfuir.

De retour chez lui, ses frères et sœurs, et même sa mère, le reconnaissent aussitôt. *C'est bien lui, c'est Nicholas!* Or, d'autres gens de leur entourage n'y croient pas une seconde. Nicholas a désormais les cheveux brun foncé et les yeux marron alors que Nicholas (disparu en 1994) était plutôt châtain aux yeux bleus. Le jeune prétend que ses bourreaux lui ont teint les cheveux et ont changé sa couleur d'yeux grâce à des produits chimiques. Mais, autre détail troublant, Nicholas parle désormais avec un accent français, ce qui est assez étrange après seulement trois ans à l'étranger. Quand finalement le FBI s'est impliqué dans cette affaire, des enquêteurs ont procédé à des tests ADN et ont découvert que le jeune homme n'était pas du tout Nicholas Barclay, 16 ans, mais bien Frédéric Bourdin, un fraudeur français de 23 ans surnommé «Le Caméléon».

Nicholas Barclay n'a jamais été retrouvé. La rumeur veut que, depuis le début, il serait enterré dans son propre jardin et qu'il ne s'agirait pas d'une affaire de disparition, mais bien de meurtre...

Si l'histoire vous intéresse, vous pourrez la retrouver sur ma chaîne YouTube!

D'autres histoires de ce genre ont eu lieu au fil des années. Je pense entre autres à l'affaire Paul Fronczak, aux États-Unis, l'histoire d'un nouveau-né kidnappé par une infirmière qui est retrouvé abandonné quelques mois plus tard, dont j'ai aussi parlé sur ma chaîne. Il y a également la très fameuse affaire dont on a tiré le film *Changeling*, mettant en vedette Angelina Jolie.

* * *

L'affaire Pauline Picard est si mystérieuse qu'on a de la difficulté à croire qu'elle soit bien réelle. Toutefois, il faut laisser de côté notre point de vue moderne de 2021 pour bien comprendre ce qui s'est passé en 1922. Sans technologie, des erreurs comme celles-ci arrivaient parfois. Aujourd'hui, 100 ans plus tard, j'ose croire qu'il serait facile de résoudre l'énigme grâce aux tests ADN, qui évoluent chaque jour. Une chose est sûre, Pauline et son sosie ont terriblement souffert dans ce tourbillon criminel. Et, finalement, il n'y a eu aucune justice pour ces deux fillettes.

7. LOIS MARIE HANNA – LE CRI D'UNE *BEAUTY QUEEN*

L'histoire qui suit est différente des autres affaires couvertes dans ce livre. Elle est peu détaillée, trop peu détaillée. Est-ce une raison pour ne pas lui donner de visibilité ? Je crois qu'au contraire, c'est une raison de plus pour lui en donner. Vu le peu d'informations disponibles sur la disparition de Lois Hanna, il est important de diffuser cette affaire pour qu'un jour, elle soit résolue. Ce chapitre sera donc très court et raconté comme une enquête policière. Qui était la victime ? Comment a-t-elle disparu ? Qui sont les suspects ?

État des lieux

La victime de 25 ans, Lois Marie Hanna, a disparu dans la nuit du 3 au 4 juillet 1988. Le crime présumé a eu lieu dans la petite ville de Kincardine, en Ontario, au Canada. Aujourd'hui, 32 ans plus tard, il reste irrésolu. Pourtant, la victime a laissé derrière elle plusieurs éléments très révélateurs. Ainsi, nous savons qu'en rentrant chez elle, la jeune femme a eu le temps de s'occuper de sa routine beauté habituelle. Elle a allumé la télévision, peut-être comme bruit de fond, avant de dormir. Elle a retiré ses vêtements de soirée et les a accrochés proprement sur un cintre. Les enquêteurs croient que la victime a enfilé pour la nuit sa jaquette couleur saumon, ainsi que sa robe de chambre assortie, puisque ces vêtements sont manquants dans sa garde-robe. La jeune femme a laissé derrière elle ses clés et son sac à main, des objets importants, qui ont été retrouvés à l'endroit où elle a normalement l'habitude de les déposer, sur un vaisselier près de la porte d'entrée. Elle s'est aussi fait un thé, mais n'a pu le boire qu'à moitié. On l'a retrouvé le lendemain sur le comptoir de sa cuisine, froid. Les autorités pensent que c'est durant ce moment opportun, dans la noirceur de la nuit de juillet, vulnérable et sans défense, que la victime s'est fait surprendre par son malfaiteur.

Un voisin se rappelle avoir entendu *le cri d'une femme* entre 2 et 3 h du matin dans la nuit du 3 juillet. Toujours la nuit de la disparition, deux témoins affirment avoir aperçu une femme, vêtue d'une jaquette rose, sortir d'un buisson situé devant le même voisinage. Est-ce que la victime aurait tenté de s'enfuir durant ses derniers instants de vie ? Pour appuyer ce témoignage, un an après la disparition, un soutien-gorge blanc a été trouvé dans un fossé de drainage dans le secteur où on aurait vu la femme en robe de nuit. Appartenait-il à la victime ? Cette information n'a jamais été révélée au public. Lorsque la maison de Lois a été fouillée, les trois portes principales étaient verrouillées. Les inspecteurs ont aussi retrouvé deux gouttelettes de sang sur le mur extérieur de la maison.

Cette histoire m'a particulièrement interpellée puisqu'en s'effaçant dans la nuit, la jeune femme a laissé quelques indices derrière elle, comme un jeu de meurtre et mystère. Or cette fois-ci, ce n'est pas un jeu, mais la vraie vie. Avant de continuer, je vais me placer dans la peau du détective et vous brosser un portrait de la victime.

Lois Marie Hanna

Lois Marie Hanna est née le 3 février 1963. Elle a 25 ans au moment des faits. Lois a les cheveux bruns, courts et frisés, et les yeux marron. C'est une très belle femme qui attire tous les regards ; elle a déjà gagné le concours de beauté Miss Midwestern Ontario. Elle aime prendre soin de son apparence, c'est une passionnée de mode. Lois est d'ailleurs diplômée en mode du Fanshaw College à London, en Ontario. Avant de disparaître, elle travaillait au MacG's, un magasin de vêtements pour femmes de Kincardine. Elle a quatre frères et sœurs, c'est la benjamine de la famille. Elle est célibataire et on ne lui connaît aucune fréquentation.

Maintenant que nous connaissons un peu mieux la victime, procédons ensemble à une reconstitution des faits.

Nous savons que la soirée du 3 juillet 1988, Lois est allée dans un festival nommé Celebrate in '88 qui avait lieu dans un auditorium de la petite communauté de Lucknow. C'était une soirée dansante où tous les jeunes adultes du coin pouvaient se réunir. Lois a été vue pour la dernière fois à 23 h 30, quand elle a quitté la salle communautaire. Avant de partir, elle a salué son frère Dave en lui disant qu'elle ne voulait pas rentrer trop tard, puisqu'elle travaillait le lendemain matin. Les enquêteurs estiment qu'elle serait arrivée chez elle vers 0 h 15 et qu'elle aurait stationné sa Pontiac Grand Am 1987 rouge dans son entrée. En conduisant à vitesse modérée, la route séparant Lucknow de Kincardine se ferait en 30 minutes. Or, il n'y a aucun moyen d'en être sûr à 100 %. Il est possible que Lois soit rentrée plus tôt, ou plus tard. Nous ne savons pas non plus si la route a été bonne, si Lois a croisé d'autres voitures, si quelqu'un l'a suivie… Nous savons seulement qu'elle est rentrée, saine et sauve.

Le lendemain matin, Lois devait faire l'ouverture du MacG's à 10 h. Bien sûr, quand Debbie, sa patronne, est arrivée à 11 h et a trouvé le magasin fermé, les portes verrouillées, elle s'est tout de suite inquiétée. Lois était toujours à l'heure. Elle a appelé chez la jeune femme, mais n'a pas obtenu de réponse. L'une des collègues et amies de Lois a décidé d'aller voir chez elle pour s'assurer que tout allait bien. En arrivant sur place, elle a remarqué la voiture de Lois stationnée dans l'entrée. Elle est allée cogner à la porte : toujours rien. En voyant toutes les lumières allumées et en entendant le bruit sourd du téléviseur, elle a essayé d'entrer, mais la porte était verrouillée. Ayant peur que Lois soit blessée et dans l'impossibilité de répondre, sa collègue a remarqué que la fenêtre de la salle de bain était entrouverte et a décidé d'y entrer. À sa très grande surprise, Lois n'était pas dans la maison.

La journée même, Lois Hanna a été rapportée disparue à la police de Kincardine.

Les premiers jours, la police de Kincardine refusait de mettre beaucoup de moyens en place pour chercher Lois. Les autorités locales croyaient que la jeune femme de 25 ans avait quitté son domicile de son plein gré. Après tout, une femme de cet âge a le droit de disparaître sans aviser ses proches et son employeur. Mais la police municipale choisissait ainsi d'ignorer plusieurs facteurs plutôt évidents. Quel individu prendrait la décision de partir de chez lui au beau milieu de la nuit, en jaquette, en laissant sa voiture, ses cartes de paiement et ses papiers derrière lui ? En moins d'une semaine, le dossier a été relayé à la police provinciale de l'Ontario, qui a décidé de prendre les choses en main.

Ainsi, au premier abord, tout porte à croire que Lois aurait été victime d'un crime, probablement d'un kidnapping. Pourtant, chez elle, il n'y avait aucun signe de lutte. On pourrait donc penser que s'il y avait eu enlèvement, tout s'était fait très rapidement, par quelqu'un de méthodique, possiblement un expert. Lois a, certes, laissé quelques indices derrière elle, mais le ravisseur potentiel n'en a laissé pratiquement aucun. Par ailleurs, pour entrer dans la maison de Lois, il y avait trois portes : la porte d'entrée principale sur le devant de la maison, une autre sur le côté et une porte-fenêtre derrière la maison. Comme les trois étaient verrouillées, par quel endroit l'intrus était-il entré ? Par la fenêtre de la salle de bain ? C'est possible, mais il aurait été extrêmement ardu pour lui d'en ressortir avec Lois, qu'elle soit vivante ou non.

Une autre hypothèse est que le ravisseur attendait déjà Lois dans la maison quand elle est rentrée de l'événement à 0 h 15. Il a attendu prudemment qu'elle procède à ses soins de nuit, qu'elle se déshabille, se mette à son aise et se couche avant d'attaquer. Il y a de quoi donner des cauchemars ! D'un autre côté, puisqu'il n'y avait aucun signe de violence dans la maison, on pourrait croire que Lois connaissait son ravisseur et qu'elle a accepté de partir avec lui. C'est la théorie la plus probable, selon l'OPP (Ontario Provincial Police). Les enquêteurs ont interrogé tous les proches de Lois, ainsi que ses anciens amis de cœur, et aucun de ceux-ci ne pourrait être suspect dans cette affaire. Les membres de la famille de Lois ne croient pas une seconde que la jeune fille ait pu suivre quelqu'un en qui elle avait confiance. Ils n'arrivent pas à considérer qu'une pomme pourrie soit dans leur cercle d'amis depuis toutes ces années.

À l'extérieur de la maison, sur le mur près de la porte du côté, deux gouttelettes de sang traîtresses ont été trouvées. Un acte manqué du coupable, peut-être ? Des tests ont été effectués sur le sang et les résultats ont pu confirmer que celui-ci provenait d'un homme. Grâce à ces deux infimes gouttelettes, une liste de 14 possibles suspects a été dressée. Tous des hommes de la région, allant des pires prédateurs sexuels du sud de l'Ontario aux cambrioleurs inoffensifs de quartier. À la suite d'une surveillance accrue et d'un interrogatoire précis, les enquêteurs ont éliminé les suspects un par un. Réduisant la liste à un seul homme. Pendant des années, la police provinciale de l'Ontario l'a guetté dans l'espoir d'obtenir une preuve pouvant l'inculper. Elle n'a jamais réussi à trouver cette preuve tant attendue. Aujourd'hui, en 2021, la police ne peut ni confirmer ni nier si cet homme est un suspect dans la disparition de Lois Hanna.

Depuis 1988, plus de 600 personnes ont été interrogées dans le cadre de cette affaire. Malheureusement, ce qui est le plus frustrant dans ces *cold cases*, c'est que plus le temps passe, plus les chances de les résoudre s'amincissent. Des détectives prennent leur retraite, des suspects meurent, des témoins oublient, des preuves se perdent et, finalement, des familles restent dans l'incertitude.

* * *

Cette histoire me semble emblématique de tous les *cold cases* auxquels je suis confrontée. Elle me laisse tellement impuissante, et avec trop de questions sans réponses... Que s'est-il passé dans la nuit du 3 au 4 juillet ? Pourquoi le ravisseur a-t-il attendu que Lois arrive à la maison avant de s'en prendre à elle ? L'avait-il suivie en voiture après la danse de Lucknow ? L'attendait-il plutôt chez elle ? En ouvrant la porte de sa maison, Lois a-t-elle remarqué quelque chose de différent ? A-t-elle observé que des objets avaient été déplacés ? A-t-elle senti un frisson lui parcourir la nuque ? S'est-elle crue observée ? Est-ce possible que le ravisseur la surveillait déjà depuis plusieurs semaines ? Connaissait-il sa routine par cœur ? Avait-il tout planifié depuis longtemps ?

Et finalement, quand Lois a crié,
pourquoi est-ce que personne n'est venu à sa rescousse ?

8. LITTLE MISS NOBODY

Pour une petite fille inconnue

Une petite vagabonde est arrivée par chez nous.
Nous ne connaissons pas son nom ;
Nous pouvons juste deviner son âge.
Il me semble que nous ne saurons jamais, mais Dieu le sait.
Il n'y a pas d'inconnus ni d'orphelins dans le Royaume de Dieu.
[...] *Elle n'a pas besoin d'un nom aujourd'hui.*
Elle a le nom d'un ange, quelque part dans l'éternité[6] [...]
(Traduction libre d'un extrait du poème *For a little unknown girl*, récité par le Dr Parker aux funérailles de Little Miss Nobody.)

---

6. Poème original : *Here is a little wanderer who has been in our midst. We don't know her name ; we can only guess her age. It occurs to me we may not know, but God knows. There are no unknowns, no orphans in God's world.... She doesn't need a name today. She has the name of an angel somewhere in eternity...*

Nous sommes le 3 mars 2020. J'écoute les chansons mélancoliques de Safia Nolin tout en faisant du bénévolat sur le site de The Doe Network. Cet organisme à but non lucratif aide les forces de l'ordre dans l'avancement des enquêtes sur les personnes disparues. Mon envie de contribuer à ce site s'est développée lors de l'écriture du tome 1 de *Gardez l'œil ouvert*. À chaque histoire que j'écrivais, je me demandais toujours : et si Johnny Gosch, Timmothy Pitzen ou Diane Augat avaient déjà été retrouvés depuis longtemps… mais n'avaient jamais été identifiés ? Ils auraient pu, par exemple, être enterrés dans une fosse commune si, au moment de la découverte de leur corps, ils n'avaient pas de pièce d'identité sur eux. Ainsi, les policiers n'auraient jamais pu lier ces cadavres aux personnes disparues tant recherchées. Ils resteraient alors Jane Doe #871 ou John Doe #5642. Cette possibilité me hantait. L'idée que toutes ces personnes disparues dont on parle si souvent soient en fait retrouvées depuis plus d'une vingtaine d'années, mais qu'on ne le sache pas. Est-ce qu'il y avait une façon pour moi de m'impliquer un peu plus à ce sujet ?

Je suis bénévole pour le Doe Network depuis environ un an. En tant que recherchiste, je dois créer des profils de personnes disparues en cumulant les informations sur elles (circonstances de leur disparition, taille, couleur de cheveux, nom complet, photo, etc.) pour ensuite tenter de trouver des correspondances entre ces profils et des corps retrouvés sans identité. *Est-ce que la Jane Doe de Calgary a la même couleur de cheveux que cette jeune femme disparue ? Est-ce que leurs tailles correspondent ? Est-ce que les dates concordent bien ?*

C'est un travail qui demande beaucoup de patience, d'organisation, de goût pour la recherche et, surtout, d'endurance. Ce n'est pas toujours facile moralement d'essayer d'identifier des photos de cadavres. C'est assez déprimant de comparer des photos des tatouages délavés d'un corps qu'on a retrouvé dans le fleuve Saint-Laurent avec le profil d'une adolescente disparue en Alberta. Ça brise le cœur de fouiller la page Facebook d'un quadragénaire disparu, dans l'espoir de trouver une photo qui pourrait ressembler au visage de cet homme qu'on a retrouvé mort dans la forêt d'un parc national de l'Utah.

J'ai dû cumuler plus de 100 heures de travail sur ce site et je n'ai pas encore réussi à faire de correspondance (de *match,* comme on dit plus souvent, en anglais). Ce n'est pas faute d'avoir essayé. J'avais quelques pistes. J'ai envoyé environ cinq *matchs* potentiels différents aux forces de l'ordre et, après analyse ADN, on m'a confirmé que le corps retrouvé n'était pas celui de la personne disparue.

C'est normal de se tromper, mais il faut continuer... En fait, c'est grâce à ces erreurs et à ces retours décevants qu'on se rapproche de plus en plus de la vérité. Ce sont ces essais-erreurs qui nous permettent d'éliminer des pistes et je suis convaincue que je peux faire une différence.

Ce jour-là, donc, en me promenant d'un site à l'autre, j'en suis à ma troisième heure passée sur un site de recherches – et à ma deuxième coupe de vin blanc – quand je tombe sur le profil d'une fillette non identifiée. Le nom qu'on lui a donné me percute, me frappe de plein fouet au visage : Little Miss Nobody.

Une rose oubliée dans le désert

Le 31 juillet 1960, Russell Allen était à la recherche de jolies roches dans le but de décorer son jardin. Cet enseignant de Las Vegas longeait l'autoroute principale reliant sa ville à celle de Phoenix. Sous le soleil brûlant de juillet, il cherchait la perle rare à ajouter à sa collection. Il était loin de penser que la perle qu'il découvrirait, enfouie dans le vaste désert du Nevada, deviendrait l'un des plus grands mystères des États-Unis.

La découverte a eu lieu à Congress, une ancienne ville minière de l'Arizona qui, depuis 1938, était devenue une ville fantôme lugubre, perdue au milieu de nulle part. Sur l'Old Alamo Road, Allen a aperçu un petit corps partiellement enterré dans le sable. Près du cadavre, deux autres trous avaient été creusés, comme si la personne qui avait voulu le dissimuler avait fait plusieurs tentatives avant de décider de l'endroit de sa tombe officielle. Le corps semblait être celui d'une fillette. Alertées, les autorités ont jugé qu'elle devait être morte depuis déjà une ou deux semaines. Les chaleurs extrêmes de l'Arizona avaient accéléré le processus de décomposition, effaçant plusieurs indices importants. Ainsi, son visage était méconnaissable : impossible de le photographier pour des fins d'identification. Parfois, dans les cas d'un John ou d'une Jane Doe, les policiers publient des photos *post mortem* du corps dans les médias en demandant l'aide du public pour l'identifier. Or, dans ce cas-ci, cela aurait été irrespectueux pour la victime, et ça n'aurait pas servi à grand-chose : la fillette n'avait plus de visage. La cause de sa mort n'a pas pu être établie, mais les experts ont considéré que l'enfant avait dû être victime d'un homicide. Ses ossements étaient légèrement calcinés car son ou ses meurtriers potentiels avaient tenté de brûler son corps après sa mort, ce qui rendait l'identification encore plus difficile. Près d'elle, un petit couteau de poche rouillé et taché de sang a été retrouvé. Encore aujourd'hui, aucune information n'indique si cet objet était relié à la scène de crime. De l'ADN a-t-il été prélevé dessus ? Malheureusement, c'est un détail que le public ignore. Ainsi, une question brûlait les lèvres de tous les policiers :

Comment parviendrons-nous à l'identifier ?

Petite Miss Personne... Pourquoi ce nom? C'est celui qu'on lui a attribué, à défaut de lui donner le nom impersonnel de Jane Doe, qui n'est guère mieux. Au début de l'enquête, quand les experts ont découvert son corps, ils l'appelaient ainsi en attendant qu'on découvre son vrai nom. Après tout, avait-elle un visage de Sarah? Ou, pourquoi pas, de Katherin? Difficile de le dire avec si peu d'informations. Ce fut donc Little Miss Nobody.
Little Miss, cela me rappelle les *beauty pageants*, ces concours de beauté pour les petites filles, qui ont commencé

dans les années 1960 aux États-Unis. Little Miss USA, Little Miss Arizona, Little Miss Nobody. Plutôt informel et, à mon sens, péniblement triste, le nom est resté. Rapidement, il est devenu l'appellation officielle de cette petite inconnue. Petite Miss Personne. Personne pour l'aimer, pour la pleurer.

Remonter le fil des indices

En tant que recherchiste, j'ai appris à accorder de l'importance aux petits détails. Parfois, ce sont les seuls que nous avons pour réussir à identifier un John ou une Jane Doe: une marque de sous-vêtements, une dent croche, une cicatrice sur le gros orteil. Ainsi, une simple marque de sous-vêtements peut nous en dire plus sur le pays et l'époque où vivait la victime, sur sa taille, son poids et même, parfois, sur sa classe sociale. Les dents de la victime sont probablement l'indice qui reste intact le plus longtemps, même plusieurs années après la décomposition d'un corps. Les informations dentaires sont des pistes essentielles pour l'identification d'un cadavre. Quant aux cicatrices, ce sont des signes distinctifs qui aideront à éliminer des *matchs* potentiels.

Dans l'affaire de Little Miss Nobody, les enquêteurs ont dû utiliser le même procédé afin d'en savoir plus sur l'enfant. Examinons ensemble les caractéristiques de la fillette retrouvée.

JANE DOE LITTLE MISS NOBODY

Sexe:	**Féminin**
Âge:	**Entre 2 et 9 ans**
Taille:	**Inconnue**
Poids:	**Inconnu**
Couleur des cheveux:	**Bruns, teints en auburn**

Couleur des yeux :	**Inconnue**
Vêtements :	**Short blanc, blouse motifs de chaînes, sandales pour adultes en cuir brun**
Particularité :	**Ongles peints en rouge**
Date du décès :	**Inconnue**
Cause du décès :	**Inconnue**

Little Miss Nobody était donc une petite fille blanche aux cheveux bruns. Selon l'analyse des ossements, elle aurait eu entre deux et neuf ans, une tranche d'âge plutôt large. Cependant, elle avait toujours ses dents de lait, ce qui peut aider à réduire cette fourchette : elle avait sans doute entre deux et six ans maximum. Par ailleurs, ses dents étaient en bonne condition. Ce fait est intéressant puisque ça peut nous donner une idée du foyer dans lequel elle a grandi. Elle devait se brosser les dents de manière régulière. Avait-elle vécu dans une maison chaleureuse où une mère aimante l'obligeait à bien se laver les dents avant le dodo ? *Il ne faudrait pas que tu aies de caries,* sweetie. L'état de sa dentition nous informe, en tout cas, qu'il ne s'agissait pas d'une fillette négligée, et qu'elle devait être relativement en bonne santé.

En examinant bien les vêtements de Little Miss Nobody, on peut espérer en apprendre encore plus sur sa vie, sur la famille dans laquelle elle a grandi. La fillette portait un petit short blanc, ou rose, que le soleil avait délavé. Elle avait également une petite blouse aux motifs de chaînes. Fait curieux, elle était chaussée de sandales pour homme adulte qui avaient été découpées à sa taille et attachées avec des lanières en cuir. Ses parents n'avaient-ils pas les moyens de lui acheter des chaussures neuves ? Ce détail viendrait-il contraster avec l'état de ses dents ? Personnellement, je ne crois pas. Une fillette peut grandir dans une famille extrêmement défavorisée qui n'a pas les moyens d'acheter de bonnes chaussures, mais quand même aimante et qui suit les règles d'hygiène au pied de la lettre.

D'autres indices à ne pas négliger : les cheveux et les ongles de la fillette. Ces détails sont en effet particulièrement intrigants. Ses cheveux, naturellement bruns, avaient été teints auburn. Par ailleurs, ses ongles étaient peints en rouge. Que peuvent nous apprendre ces deux éléments ?

Même s'il est peu commun de voir une enfant de cet âge avec les cheveux teints, cette pratique ne serait pas si surprenante en 2021. Or, dans les années 1960, c'était une autre paire de manches. Les mœurs étaient bien différentes. C'était très rare pour une fillette de cet âge. Dans les années 1950, la coloration maison n'existait pas ; il était seulement possible de se décolorer les cheveux, et non de changer de couleur. Ainsi, il aurait fallu que les parents amènent leur fille de cinq ou six ans dans un salon de coiffure pour obtenir cette couleur auburn. Mais pourquoi auraient-ils fait cela ? Pourquoi teindre les cheveux de son enfant à un si jeune âge ?

Il existe peut-être une explication plutôt inoffensive. Par exemple, la mère de la petite aurait pu être, elle-même, coiffeuse, et n'aurait pas su dire non à sa fille qui, comme sa maman, voulait un peu de fantaisie. Cela pourrait aussi expliquer les ongles peints en rouge de la fillette : Mommy, *je veux de beaux ongles rouges comme toi !* Sa mère aurait accepté de bon cœur de mettre du vernis à ongles à sa fille.

Cependant, un détail cloche avec cette théorie, plus particulièrement à propos des ongles. En parlant à mes proches qui sont nés dans les années 1960, j'ai appris que c'était assez mal vu à l'époque, pour une enfant, d'avoir les ongles peints en rouge. En fait, c'était carrément interdit dans la majorité des écoles primaires. Surtout que la couleur rouge, taboue, est loin de s'agencer avec les petits doigts potelés d'une fillette de cet âge. Ainsi, ces indices, je crois, devraient plutôt nous mener à des théories plus sombres.

Par exemple, en lisant cette histoire, j'ai tout de suite pensé que, peut-être, la petite fille était impossible à identifier parce qu'elle n'avait tout simplement pas la citoyenneté américaine. Les experts ont pu identifier Little Miss Nobody comme une fillette blanche. Or, cela ne veut pas nécessairement dire qu'elle était américaine. En

Arizona, les Hispaniques représentent 31 % de la population, puisque cet État partage une frontière avec le Mexique. L'enfant était-elle la fille d'immigrants illégaux ? Cela pourrait expliquer ses sandales trop grandes qui auraient été remplacées en vitesse lors de la grande traversée de la frontière. Avait-on teint ses beaux cheveux bruns d'une couleur plus pâle afin qu'elle ressemble plus à une « vraie Américaine » ? Peut-être ses parents lui avaient-ils peint les ongles en rouge pour la même raison ? La fillette aurait pu mourir accidentellement, mais ses parents ne pouvaient pas courir le risque de l'amener à l'hôpital ou d'appeler la police. Ainsi, durant toutes ces années, ils auraient gardé le silence sur sa mort de peur de se faire déporter dans leur pays d'origine. Ce serait tragique, mais possible.

D'autres conclusions, terribles elles aussi, pourraient découler de ces indices. Est-ce que quelqu'un l'avait transformée ainsi pour lui donner une apparence plus adulte ? Et dans ce cas, pourquoi ? J'en reviens aux concours de Mini-Miss, si populaires aux États-Unis, où des enfants sont maquillées comme des femmes et habillées de petites robes affriolantes. Juste à penser au triste sort qu'a connu la jeune JonBenét Ramsey, une mini-miss retrouvée assassinée à l'âge de six ans, on ne peut s'empêcher de se demander si ces concours n'ont pas quelque chose de malsain.

Dans le cas de Little Miss Nobody, est-ce que quelqu'un aurait voulu la transformer ainsi pour, ensuite, abuser de son innocence ?

Car c'est une possibilité : la Petite Miss Personne aurait pu être victime d'un kidnapping. Mais, dans ce cas, figure-t-elle dans un registre de personnes disparues ? Pourrait-on, en fouillant bien, identifier finalement la fillette du désert ?

Parmi toutes les fillettes perdues

Pour l'instant, revenons à l'enquête. Avec l'aide précieuse du FBI, le bureau du shérif du comté de Yavapai a donc eu pour mission de retrouver l'identité de Little Miss Nobody. Les médias locaux et plusieurs citoyens impliqués dans l'enquête ont tenté d'identifier le corps en fournissant des pistes qu'ils jugeaient intéressantes. Le shérif a reçu plusieurs appels, lettres et télégrammes qui fournissaient des informations détaillées et susceptibles d'aider à résoudre l'affaire. Aujourd'hui, une simple recherche sur des sites tels que The Doe Network ou NamUs pourrait nous donner une liste de toutes les fillettes disparues en Amérique du Nord entre les années 1950 et 1965. Cependant, en 1960, c'était plus compliqué d'obtenir ces informations. Les autorités ont tout de même étudié tous les cas d'enfants disparus au pays afin de voir si Little Miss Nobody pouvait figurer parmi eux. Elles ont aussi interrogé plusieurs délinquants dangereux qui avaient commis des actes criminels contre des enfants, mais malgré leurs efforts, rien ne les a rapprochées du but.

De précieux outils de recherche

The Doe Network: ce site, créé en 1999, est celui d'une organisation à but non lucratif qui tente de réunir toutes les disparitions du monde entier dans un même espace. Il est divisé en deux parties : l'une regroupe toutes les personnes disparues classées par pays, provinces ou États, alors que l'autre regroupe toutes les personnes retrouvées sans identité, elles aussi classées par pays, provinces ou États. Les bénévoles tentent d'établir des correspondances entre ces deux catégories. À ce jour, l'organisation a pu résoudre plus de 90 disparitions. Malheureusement, plusieurs pays ne se retrouvent pas dans ce site puisqu'ils ne détiennent pas de registres de personnes disparues ou retrouvées.
NamUs: NamUs est le site américain du National Missing and Unidentified Persons System. On y dresse la liste de

toutes les personnes disparues et retrouvées sans identité aux États-Unis. La liste de personnes disparues s'élève à 600 000 noms. Chaque année, de nouvelles victimes s'y ajoutent. Toujours aux États-Unis, on compte plus de 4400 corps non identifiés.

Finalement, parmi toutes ces affaires de disparitions non résolues, en août 1960, les policiers sont tombés sur une piste intéressante, le kidnapping d'une petite fille dont la date pourrait coïncider avec le cas de Little Miss Nobody. Le 21 juillet 1960, dix jours avant la découverte du corps, Sharon Lee Gallegos, quatre ans, a été kidnappée au Nouveau-Mexique, l'État voisin de l'Arizona. Sharon était une petite fille hispanique aux cheveux bruns qu'on surnommait *la güera*, ce qui signifie « la blonde » en espagnol du Mexique. Ses proches devaient l'appeler ainsi en raison de la couleur de sa peau, très pâle, et non de sa couleur de cheveux. Alors que la petite Sharon jouait dehors, un homme et une femme se sont approchés d'elle en lui offrant des bonbons. Lorsque Sharon a refusé, le couple l'a attrapée de force pour la faire monter dans sa voiture. La petite n'a jamais été revue, et ses kidnappeurs non plus.

Sharon pourrait-elle être Little Miss Nobody ?

L'âge, la proximité géographique et les dates correspondent. Les vêtements que Sharon portait au moment de son enlèvement étaient différents de ceux retrouvés sur Little Miss Nobody, mais des vêtements peuvent facilement être changés. Peut-être que ses bourreaux lui ont teint les cheveux pour camoufler son apparence ? C'était une hypothèse très intéressante.

Une formation très spéciale

Parmi mes recherches sur le sujet, j'ai trouvé un témoignage très intéressant, celui d'un ancien employé du grand magasin de jouets Toys "R" Us. Il raconte que les directeurs de la chaîne offraient une formation à leurs employés afin de leur permettre de reconnaître des victimes de kidnapping – ce type de tragédie doit arriver assez souvent pour qu'on prenne la peine de former des gens sur ce sujet.

Plusieurs signes sont faciles à reconnaître. Par exemple, l'apparence physique de l'enfant: semble-t-il en santé, heureux? Un enfant kidnappé aura l'air anxieux, effrayé, mal nourri et va souvent porter des vêtements non agencés, trop grands ou trop petits pour lui. Ensuite, l'heure à laquelle on voit ces enfants: si le jeune traîne dans un magasin de jouets un mardi à 13 h 30, on peut se demander pourquoi il n'est pas à l'école. Enfin, un signe assez important, mais auquel on ne pense pas souvent: la couleur de cheveux. Est-ce que l'enfant semble avoir les cheveux teints? Il est possible qu'un kidnappeur décide de teindre les cheveux de sa victime afin de changer son apparence. On peut penser, entre autres, au cas de Natascha Kampusch, la jeune fille autrichienne qui a été séquestrée pendant huit ans par Wolfgang Priklopil. En plus d'être devenue terriblement maigre à cause de la malnutrition dont elle souffrait, son kidnappeur avait rasé sa belle chevelure blonde, la rendant ainsi méconnaissable.

Dans le cas de Little Miss Nobody, la question se pose: avait-on teint ses cheveux pour changer son apparence afin de mieux dissimuler son identité?

Le 10 août 1960, des funérailles ont été organisées pour Little Miss Nobody. Grâce aux généreuses contributions du public, la fillette a pu être enterrée dans un vrai cimetière. Plus de 70 personnes ont assisté aux obsèques. Je trouve cela plutôt touchant de voir à quel point la mort d'une petite fille anonyme a affecté une ville en entier. Sur son cercueil bleu pâle, une plaque disait : *God's little child, date of birth unknown, date of death unknown.* Ce qui signifie : « Enfant de Dieu, date de naissance inconnue, date de mort inconnue. » Sa pierre tombale citait un verset de saint Matthieu, 5:8 : *Heureux ceux qui ont le cœur pur.*

Un corps exhumé qui nous rapproche de la vérité

Après des années de silence, l'enquête a été relancée en 2018.

Le corps de Little Miss Nobody a été exhumé afin de prélever son ADN et de l'enregistrer dans le National Center for Missing and Exploited Children et dans le National Missing and Unidentified Persons System. Ces dernières années, grâce aux avancées technologiques, plusieurs affaires de John/Jane Doe ont enfin été résolues. Je pense, entre autres, aux cas très populaires Lime Lady Jane Doe, Grateful Doe et Orange Socks Jane Doe : tous des cas de corps qui ont été identifiés non seulement grâce aux tests ADN, mais aussi à l'implication d'internautes. Qui sait, dans le cas de notre petite fille du désert, avec le nombre croissant de personnes qui font des tests ADN avec des *kits* maison, peut-être que l'ADN d'un cousin éloigné permettra de l'identifier ? En tout cas, son exhumation a été essentielle puisqu'elle a au moins permis d'éliminer des pistes ; et comme je l'ai mentionné, ce sont aussi ces « *matchs* négatifs » qui nous rapprochent de la vérité. Par exemple, à la suite de l'exhumation, la sœur de Sharon Lee Gallegos a accepté de fournir son propre ADN afin qu'il soit comparé à celui de Little Miss Nobody. Est-ce que cette petite Jane Doe était sa sœur disparue il y a si longtemps ? Malheureusement, ou heureusement, quand les tests sont revenus négatifs, cela a permis d'éliminer cette hypothèse.

Little Miss Nobody n'était pas Sharon Lee Gallegos.

La même année, grâce aux nouvelles méthodes scientifiques de reconstruction faciale, des experts ont tenté de redonner un visage à Little Miss Nobody. C'est à partir de ses ossements et de la forme de son crâne qu'ils ont pu recréer son visage à l'aide d'un logiciel informatique. Cette technologie est assez impressionnante. Les professionnels analysent vraiment tout, de la structure des traits à l'épaisseur des tissus mous (s'ils sont toujours attachés aux os), en passant par l'ethnicité, et ils sont ainsi capables de créer des portraits plutôt réalistes de ce à quoi la personne pouvait ressembler de son vivant. Malgré tout, en regardant la reconstruction faciale de la fillette, je me demande si on pourra l'identifier un jour.

C'est difficile d'observer ce petit visage recréé par un logiciel informatique sans ressentir une immense tristesse. J'ai tout de suite pensé que ce dessin ne pourra jamais vraiment aider à l'identifier. En fait, il semble enfouir Little Miss Nobody encore plus profondément dans l'anonymat. Il manque de l'innocence dans ses yeux, des souvenirs de vacances à la plage et de la naïveté dans son regard. Il n'y a pas de trace de ricanements dans son sourire ni d'amour dans ses petites joues. En fait, il lui manque la vie. Et, jusqu'à ce qu'on la lui redonne, Little Miss Noboby ne continuera d'exister qu'à travers ce portrait-robot en noir et blanc.

***

Plus le temps passe, moins il y a de chances de se rapprocher vraiment de la vérité. Des témoins potentiels se perdent, quelques-uns meurent de vieillesse, les preuves matérielles s'égarent ou s'effacent mais, aussi, des *cold cases* comme celui-ci perdent de l'importance aux yeux du public. Après tout, ne serait-ce qu'aux États-Unis, il y a plus de 40 000 corps qui ne demandent qu'à être identifiés. Et souvent, c'est plus difficile d'identifier des enfants de cet âge, puisque moins de gens les ont connus vivants. Il est même possible que la fillette ait vécu sous le radar toute sa vie, qu'elle ne soit jamais allée à l'école, qu'elle ne soit enregistrée nulle part en tant que citoyenne, rendant encore plus difficile son identification.

Néanmoins, même si Little Miss Nobody n'a pas de nom ou de visage, elle peut maintenant vivre à travers ce chapitre et grâce à vous, lecteur, elle continuera de hanter nos pensées. Quelle était sa chanson préférée ? Quel était le timbre de sa voix ? Avait-elle des frères et sœurs ? Était-elle plus sportive ou artistique ? Si nous continuons à penser à elle et à ce qu'elle aurait pu devenir, à défaut de lui redonner la vie, nous maintenons en vie sa mémoire.

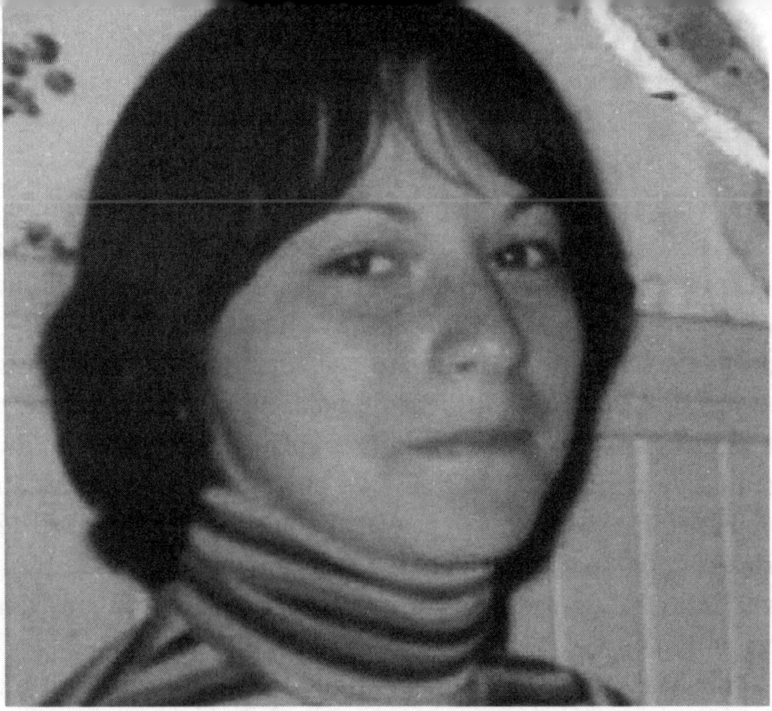

9. « UN ÉTÉ DE DISPARITIONS AU QUÉBEC » – LE MEURTRE DE JOANNE DORION

Chers M. et Mme Dorion et votre famille,

Vous ne me connaissez pas, mais j'aimerais vous dire que toutes mes pensées sont avec vous depuis la perte de votre fille Joanne. Je vous écris en tant que mère qui connaît le chagrin profond provoqué par le fait de perdre une adolescente d'une manière si brutale, et la colère que l'on peut ressentir. Sharron, ma fille de 16 ans, a connu le même destin il y a deux ans. Son ou ses meurtriers n'ont toujours pas été attrapés. Elle a été trouvée à Longueuil. Je suis en deuil avec vous et je suis sûre que vous devez aussi vous demander « pourquoi ».

Sincèrement,

Y. Prior

(Traduction libre d'une lettre écrite par Yvonne Prior, la mère de Sharron Prior, 16 ans, assassinée le 9 juillet 1974.)

Le jeudi 11 août 1977, le jeune Martin, 12 ans, pêche sur le bord de la rivière des Mille-Îles, à Laval. C'est une longue rivière qui traverse plusieurs secteurs en banlieue de la grande ville de Montréal. Il est environ 18 h quand l'enfant est attiré par une forte odeur de putréfaction qui sort du buisson, près de l'eau. Le cœur battant à tout rompre, Martin s'approche du boisé et aperçoit un corps sur le sol, largué dans un sac. Le garçon remarque une chaussure. Puis, la main d'une femme. D'une fille. Elle porte un petit bracelet autour du poignet. En vitesse, il court avertir son père de sa sombre découverte; ce qu'il ne sait pas encore, c'est que dans ce sac se trouve le corps mutilé d'une jeune fille à peine plus âgée que lui: Joanne Dorion, 17 ans.

J'ai entendu parler du meurtre de Joanne Dorion tout récemment. Étant plus impliquée dans les cas de disparitions, je ne savais pas qu'il y avait autant de meurtres irrésolus au Québec. J'ignorais aussi combien d'enfants en avaient été victimes. Vous allez tomber des nues, vous aussi.

Le combat est le même que dans les cas de disparitions. Les familles des victimes ne peuvent faire leur deuil jusqu'à ce que justice soit faite, jusqu'à ce qu'un coupable soit arrêté pour le crime commis. En faisant mes recherches sur l'affaire de Joanne Dorion, j'ai vite compris qu'elle n'était pas la seule adolescente à être morte injustement. À l'époque, les médias ont beaucoup parlé des victimes mais, malheureusement, avec le temps, elles sont rapidement tombées dans l'oubli. La plupart des meurtres dont je vais parler dans ce chapitre vous retourneront l'estomac. Vous verrez, ce n'est pas facile à lire… Et le plus frustrant dans tout ça, c'est que les familles des victimes cherchent toujours des réponses. Aucun des cas présentés n'a été résolu! Rien! *Nada!* En fait, aujourd'hui, avec le recul, nous pourrions penser que Joanne a été victime d'un tueur en série qui frappait dans le secteur de Montréal à la fin des années 1970. Un tueur en série au Québec? Ça semble irréel… Et pourtant.

Pendant mes recherches, et même durant l'écriture de ce chapitre, plus j'en apprenais sur le sujet, plus je tapais furieusement sur mon clavier en soufflant : *mais comment est-ce possible ? À Montréal ? Mon p'tit Montréal chéri !* Mais ça, nous allons y revenir. Je suis aussi tombée sur les recherches de trois hommes extraordinaires qui sont très impliqués dans les affaires de meurtres et de disparitions du Québec, et qui m'ont énormément aidée (certains sans le savoir) à élaborer ce chapitre. Mais ça aussi, nous allons y revenir. Nous avons beaucoup de matière à couvrir afin de rendre justice à Joanne Dorion. Il est important de bien raconter son histoire dans les moindres détails pour qu'un jour, enfin, nous puissions la résoudre.

Une vie difficile mais... heureuse ?

Joanne était la quatrième d'une famille de sept enfants. Selon sa sœur Colette, c'était la plus réservée et la plus discrète. *Elle ne parlait pas beaucoup. Elle semblait avoir une « vieille âme », une compréhension différente de la vie. Elle ne se laissait pas atteindre facilement.* Colette parle beaucoup de sa complicité avec Joanne dans son livre[7]. Pour joindre les deux bouts, leur père, Gérard, formé initialement comme mécanicien, a obtenu un emploi dans un bar. Ce qui rapportait beaucoup au départ est vite devenu problématique. M. Dorion s'est mis à consommer et à flamber toutes ses payes en alcool. Par la suite, l'enfer a continué quand il a commencé à être violent et à battre sa femme, Adrienne. La vie à la maison des Dorion n'était pas de tout repos, mais les frères et sœurs s'entraidaient énormément et arrivaient tout de même à vivre de bons moments ensemble.

À l'âge de 15 ans, Joanne avait un petit ami, Dan. Elle gardait sa relation secrète, puisque son père était extrêmement contrôlant. Or, son petit ami aussi. Colette le résume ainsi : *Tout ce temps, je n'ai jamais su si Joanne avait parlé de mon père à Dan, car ce dernier était possessif avec elle. Il la surveillait avec ses amies et même à*

7. Tous les passages en italiques sont extraits du livre *Ces mots qui nous libèrent*, de Colette Dorion.

l'école ; il lui arrivait de s'y rendre sans prévenir, juste pour voir si elle parlait avec d'autres garçons. Joanne commençait à s'affirmer en tant que femme indépendante et ne supportait pas qu'un homme ait de l'emprise sur elle. Elle trouvait insupportable que son petit ami soit aussi jaloux, possessif. Elle a rompu avec Dan quelques mois plus tard.

En décembre 1976, Adrienne s'est séparée de Gérard et a loué un petit appartement à Montréal pour elle et quelques-uns de ses enfants, dont Joanne. Adrienne comptait entreprendre des démarches légales pour divorcer officiellement. Lorsqu'il fut l'heure de passer en cour, au grand étonnement de tous les enfants, Gérard a demandé à obtenir la garde de Joanne. Cette dernière voulait à tout prix rester avec sa mère et ses autres frères et sœurs, et le juge a respecté son désir. Avec le recul, Colette affirme que Joanne était la préférée de leur père. Or, pour elle, c'était tout sauf une place enviable.

Autobus numéro 4

Juin 1977, Joanne a 17 ans et vient tout juste de terminer son cours en secrétariat médical. Elle a un nouvel emploi dans son domaine qu'elle aime beaucoup, à l'hôpital Sacré-Cœur, à Cartierville. Avec l'argent qu'elle gagne, elle prévoit s'acheter une voiture afin de ne plus devoir prendre l'autobus chaque jour. Elle a un nouveau petit ami dont elle est amoureuse. Il est très gentil avec elle, ils adorent aller en camping ensemble. Vraiment, la vie est belle.

L'horaire de travail de Joanne est de 16 h à minuit. Chaque jour, en terminant le travail, elle prend l'autobus numéro 4 et descend devant le Château Laval. L'édifice commercial abrite un bar, un restaurant et un centre de mise en forme. Cet endroit est connu pour être fréquenté par plusieurs motards du coin. Pour se rendre à la maison, Joanne doit marcher seule sur une distance d'un kilomètre, sur le boulevard Sainte-Rose, une route qui est plutôt sombre. Souvent, sa mère et Colette vont l'attendre à l'arrêt d'autobus pour éviter qu'elle marche en pleine nuit. Mais il arrive qu'elles aient des empêchements, Joanne rentre alors d'un pas rapide. Elle ne se sent pas en sécurité. L'adolescente a déjà confié à Colette qu'elle voyait souvent un jeune homme assis dans le gazon, devant une maison, qui la regardait marcher. Ils ne s'étaient jamais parlé, mais elle l'avait remarqué. Il la mettait mal à l'aise. Une autre fois, l'ami d'un de ses frères, qui passait en voiture, lui a offert de monter à bord. Elle a refusé.

Le 30 juillet 1977, à 6 h 30, les Dorion reçoivent un appel du petit ami de Joanne, qui est inquiet. Il avait donné rendez-vous à Joanne pour partir en camping, mais elle ne s'est pas présentée. En regardant dans la maison, ils se rendent compte qu'en effet, Joanne n'est pas rentrée la veille. Ce n'est pas dans ses habitudes. Jamais elle ne découchait sans avertir. Adrienne appelle à son travail pour savoir si elle s'y est bien rendue la veille. À l'hôpital, on confirme sa présence jusqu'à minuit.

Ainsi, l'adolescente aurait disparu sur le trajet entre l'hôpital Sacré-Cœur et la maison ?

Immédiatement, les Dorion appellent la police… et se font dire que la procédure est d'attendre 48 heures avant de rapporter une disparition. Ils téléphonent alors à toutes les amies de Joanne, afin de savoir si elles lui ont parlé. Ce n'est pas le cas. Ses frères et sœurs décident de refaire son trajet sur le boulevard Sainte-Rose. Ils sont à la recherche d'un indice quelconque. Une démarche qui ne donne aucun résultat. Après deux interminables journées sans nouvelles, les policiers commencent finalement les recherches officielles pour la jeune Joanne Dorion, 17 ans. Des battues sont organisées, plus de 200 volontaires se joignent aux fouilles. Claude Poirier, un chroniqueur judiciaire très connu dans la province, prend en charge le dossier et contribue à médiatiser la disparition de Joanne dans tout le Québec.

M. et Mme Dorion, Joanne a été retrouvée...

Maman leur a demandé : « Où est Joanne ? » Les policiers sont restés une seconde à chercher les mots et à regretter un peu la tâche ingrate qui leur incombait : « Nous sommes désolés, Mme Dorion... » [...] Maman pleurait, criait, s'était effondrée. Tout le monde pleurait.

Le corps de Joanne est finalement retrouvé le 11 août, dans un boisé près de la rivière des Mille-Îles, caché sous des branches et des feuilles mortes. Il est difficile de bien enquêter sur la scène de crime, puisqu'elle a été piétinée par les nombreux témoins et badauds du coin. Des preuves essentielles ont ainsi été perdues à tout jamais. Le corps est dans un état de décomposition très avancé, ce qui peut laisser croire qu'on l'aurait tuée le soir de sa disparition. Ce qui est curieux, c'est qu'apparemment, l'odeur de putréfaction était si prononcée que des témoins disent l'avoir sentie jusqu'au boulevard

Sainte-Rose, à 500 mètres de la rive. Pourquoi a-t-on retrouvé Joanne seulement dix jours plus tard ? Selon l'état de son cadavre, l'adolescente aurait été battue et poignardée à maintes reprises au niveau de la poitrine et du pelvis. Sa mort a été extrêmement violente. À cause des lacérations trop nombreuses, il est impossible pour le médecin légiste de déterminer si Joanne a été violée ou non. Près de son corps, on retrouve la manche droite de sa blouse qui a été déchirée. Elle est tachée de sang.

Un rêve prémonitoire ?

Un paragraphe du livre de Colette Dorion est particulièrement venu me troubler. Un mois avant sa disparition, en juin 1977, Joanne était en route pour un camping avec son petit ami et sa sœur Colette. Dans la voiture, elle s'est assoupie et s'est réveillée en sursaut. En sueur, le cœur battant à tout rompre, elle venait de faire un cauchemar horrible. *Elle a répondu avoir rêvé qu'on l'avait tuée en la jetant en bas d'une falaise.* Ce mauvais rêve l'a hantée pendant quelques jours, il l'a laissée songeuse, voire ténébreuse. Un mois plus tard, elle a été sauvagement, injustement assassinée. Avait-elle prédit son destin tragique?

Après la découverte du corps, les policiers de Laval commencent enfin une enquête pour tenter de faire le point sur ce qui aurait pu arriver à Joanne dans la nuit du 29 au 30 juillet 1977. Lorsqu'ils interrogent le chauffeur de l'autobus numéro 4, celui-ci confirme qu'en effet, Joanne a bien pris l'autobus cette soirée-là et qu'elle est sortie à 0 h 30 au coin du boulevard Sainte-Rose et de la rue Arthur-Sauvé. Cette information est précieuse, puisqu'elle réduit considérablement la fenêtre de temps. Les policiers questionnent ensuite quelques habitants du coin et obtiennent une révélation choquante. Un témoin se rappelle avoir vu Joanne marcher sur le trottoir lorsqu'une voiture s'est arrêtée à ses côtés. Joanne s'est penchée pour parler au passager mais, d'un geste rapide, une personne assise sur le siège arrière serait sortie de l'auto pour l'attraper et la faire monter de force. Joanne aurait crié et aurait tenté de s'enfuir, mais n'aurait pas réussi. Le témoin en question croyait qu'il s'agissait d'une chicane de couple, donc il n'a jamais avisé la police (pardon !?). Ce n'est que lorsque cette personne a été mise au courant de la disparition de Joanne aux nouvelles qu'elle a réalisé qu'elle avait assisté à un kidnapping.

Évidemment, il était déjà trop tard.

Donc, si l'on en croit les dires du témoin, Joanne aurait été enlevée par un minimum de trois personnes, si l'on compte le conducteur, le passager et la personne assise sur le siège arrière. Explorons cette théorie.

Un Ted Bundy montréalais ?

On pourrait considérer que Montréal est une ville plutôt tranquille. Il n'y a pas beaucoup de meurtres, de disparitions. C'est pourquoi, lorsqu'ils surviennent, ils touchent profondément la population. Or, si l'on épluche les journaux de cette époque, on pourrait craindre la présence d'un tueur en série dans ces paisibles quartiers. Durant mes recherches, je suis tombée sur l'incroyable blogue de John Allore, intitulé Who Killed Theresa ? Allore s'est donné comme mission de retrouver l'assassin de sa sœur, Theresa Allore, 19 ans, morte à Compton, au Québec, en 1978. Allore, un recherchiste hors pair, recense tous les meurtres ayant eu lieu à cette époque. Et voir s'étaler tous les visages de jeunes femmes, innocents, en noir et blanc, croyez-moi, c'est à donner des cauchemars.

Par exemple, la soirée où Joanne a disparu, le 29 juillet 1977, Chantal Tremblay, 16 ans, a aussi été vue pour la dernière fois vers 18 h 15 lorsqu'elle est sortie de son autobus au terminus Henri-Bourassa à Montréal, pas très loin de Laval. Elle a été rapportée disparue en soirée. Ce n'est que deux ans plus tard que son corps a été retrouvé dans le coin de Terrebonne, en banlieue de Montréal. La police a affirmé qu'elle avait été assassinée.

Deux jours plus tôt, le 27 juillet 1977, cette fois-ci à Drummondville (à environ une heure de Montréal), Claudette Poirier, 15 ans, disparaît alors qu'elle se déplace à vélo. Ses ossements ont été retrouvés deux ans plus tard. John Allore le dit clairement dans son blogue :

« 1977 a été, en quelque sorte, un été de disparitions au Québec. »

Un mois et demi avant la disparition de Joanne, le 14 juin 1977, Johanne Danserault, 16 ans, disparaît à 10 minutes de voiture de l'endroit où Joanne Dorion s'est fait enlever.

Revenons au cas de Sharron Prior, dont la mère a été profondément touchée par le meurtre de Joanne Dorion. Sharron, 16 ans, a disparu en mars 1975 à Pointe-Saint-Charles (une municipalité maintenant fusionnée à Montréal) alors qu'elle allait rejoindre des amies. Son corps a été retrouvé à Longueuil, une ville de l'autre côté du fleuve, trois jours plus tard. Elle a été violée, puis frappée à la tête. Encore aujourd'hui, son meurtre reste irrésolu. À partir de là, les meurtres continuent de défiler…

Le 23 juin 1975, Debbie Fisher, 14 ans : son corps est retrouvé le lendemain à Châteauguay.

Le 23 mars 1977, Louise Camirand, 20 ans : son corps est retrouvé deux jours plus tard à Magog.

Le 11 septembre 1977, Hélène Monast, 18 ans : son corps est retrouvé près du canal de Chambly.

Le 4 juin 1978, Lison Blais, 17 ans : son corps est retrouvé dans la cour de sa maison familiale, à Montréal.

Le 3 novembre 1978, Theresa Allore, 19 ans : son corps est retrouvé cinq mois plus tard, à Compton, au Québec.

Les féminicides

Bien que ce terme n'ait pas été utilisé à l'époque, on peut constater que les féminicides ne sont pas une affaire nouvelle, bien au contraire ! Si on tuait des femmes en 1943 en les plaçant dans des troncs d'arbres (voir le chapitre 5, Le secret de Bella), si encore aujourd'hui on viole et tue des femmes par centaines à Juarez, au Mexique (voir le tome 1 de *Gardez l'œil ouvert*), c'est aussi sûrement arrivé dans les années 1970 à Montréal. Les féminicides sont un phénomène effrayant qui, malheureusement, ne s'améliore pas avec les années.

Bien sûr, à la suite de tous ces meurtres, les policiers ont eu plusieurs suspects en tête, mais ils n'ont jamais réussi à épingler quelqu'un officiellement. En fait, la question du tueur en série n'a jamais vraiment été amenée sur la table, puisque le tueur agissait dans plusieurs comtés différents ; ainsi, le lien entre les meurtres n'était pas fait. C'est avec du recul, et notre connaissance moderne de la psychologie des tueurs en série, que nous pouvons évoquer la possibilité qu'il y en ait eu un à Montréal à cette époque. La technologie en matière d'ADN n'était pas non plus celle que l'on connaît aujourd'hui. Et même si on voulait maintenant analyser les preuves recueillies à l'époque, plusieurs ont été perdues ou détruites par la police. John Allore, le frère de Theresa Allore, continue de travailler d'arrache-pied afin de résoudre le meurtre de sa sœur et, par le fait même, celui de toutes ces autres victimes. D'ailleurs, c'est grâce à son blogue et à son travail de recherche hors pair que j'ai pu avoir accès à toutes les archives des journaux de l'époque. Grâce à ses efforts et à son travail acharné, le 17 janvier 2019, le Service de police de la Ville de Montréal a annoncé qu'il déployait une cellule d'enquête réservée exclusivement aux affaires non résolues, un *cold case squad.*

> ***Parmi ces* cold cases,**
> ***558 seraient des meurtres irrésolus.***

Sept femmes

Revenons maintenant à Joanne Dorion. Pourrait-elle faire partie du lot des jeunes femmes ayant été victimes d'un seul tueur? Le réalisateur Stephan Parent croit que oui. Il est actuellement en train de produire un documentaire intitulé *Sept femmes,* dans lequel il se penche sur les nombreux meurtres qui ont eu lieu dans la région de Montréal à la fin des années 1970. Selon lui, on peut voir un certain schéma dans la façon dont ces jeunes femmes ont été assassinées, mais aussi dans la façon dont le tueur se débarrassait de leur corps. C'est un constat épouvantable. Toutes les victimes étaient des femmes âgées entre 16 et 25 ans et elles ont toutes été tuées de façon similaire: poignardées, étranglées ou frappées à la tête. Dans la majorité des cas, elles ont été victimes de viol et on les a retrouvées nues. Finalement, les corps étaient toujours disposés sur le bord des autoroutes ou dans des boisés.

En discutant avec Stephan Parent du cas de Joanne Dorion, qu'il connaît par cœur, j'ai appris qu'il a plusieurs théories différentes à son sujet. Selon lui, la piste du tueur en série est certainement la plus intéressante. Il pense même qu'il pourrait s'agir d'un tueur américain, qui venait commettre ses meurtres au Québec: « Avant les événements du 11 septembre 2001, c'était facile de traverser la frontière, tu avais seulement besoin d'un permis de conduire. » Cette thèse ne serait, en effet, pas impossible. Il pourrait même s'agir également d'un tueur ontarien ou albertain, qui sait ! Ça expliquerait pourquoi il ne se serait jamais fait pincer.

Mais il n'est pas nécessaire de chercher aussi loin. Comme l'explique Stephan, le tueur pourrait aussi être québécois et commettre ses crimes dans des comtés différents chaque fois, et toujours s'en sortir de cette façon. Pensons au meurtre de Sharron Prior, dont le corps a été retrouvé à Longueuil, à celui de Chantal Tremblay qui a été retrouvée à Terrebonne, à celui de Joanne Dorion qui a été retrouvée à Laval et à celui de Claudette Poirier qui a été retrouvée à Drummondville. À l'époque, les corps de police des différents comtés ne communiquaient pas entre eux. Ainsi, c'est pratiquement comme si le tueur agissait dans des pays différents ! Si l'on croit la piste du tueur en série, celui-ci devait agir en connaissance de cause, il devait savoir qu'en tuant dans des endroits différents, il resterait sous le radar des policiers.

Pour Stephan Parent, une solution simple pour tenter d'en avoir le cœur net serait de rapatrier tous ces *cold cases* chez un même corps policier, la Sûreté du Québec, la police provinciale. Ces experts détiennent la technologie, les *profileurs,* les laboratoires, etc. Ainsi, les enquêteurs pourraient analyser tous ces meurtres et disparitions qui ont eu lieu à la fin des années 1970 et dresser un portrait plus large. Peut-être qu'en faisant cela, ils commenceraient à en résoudre quelques-uns.

Une autre théorie : Gérard Dorion

Lorsque le père de Joanne a appris que sa fille était portée disparue, il s'est écrié: «Je me doute qui l'a fait!» Et cette phrase, il l'a répétée souvent durant les recherches. Tellement souvent qu'au bout d'un moment, les policiers ont demandé à le rencontrer pour un interrogatoire formel;

Gérard Dorion avait un lourd dossier criminel. Les enquêteurs lui ont posé plusieurs questions mais, au bout d'un moment, M. Dorion a été relâché.

Gérard Dorion est certainement loin d'être un mari et un père modèle. Pendant plusieurs années, il était extrêmement violent avec sa femme, mais il a aussi abusé sexuellement d'une des sœurs de Joanne. Sachant que Joanne était, en quelque sorte, «sa préférée», et à quel point il était contrôlant envers elle, aurait-elle vécu le même sort? Est-ce que Gérard Dorion serait allé jusqu'à assassiner sa propre fille? Au début des années 1990, les policiers ont relancé l'enquête et demandé à Gérard Dorion de se soumettre au test du polygraphe. Il l'a échoué.

Un autre détail vient appuyer cette théorie. Quelques mois avant la disparition de Joanne, un incident assez troublant l'a profondément effrayée. Et, en y pensant bien, c'est plus que terrifiant. C'est un vrai film d'horreur! Dans le nouveau logement de sa mère à Montréal, Joanne dormait au sous-sol. Plusieurs fois, la nuit, elle a entendu quelqu'un entrer par la porte du sous-sol, qui ne se verrouillait pas. Joanne avait tellement peur qu'elle se cachait sous les couvertures sans oser regarder qui venait interrompre son sommeil. L'intrus entrait mais ne faisait rien, il ne parlait pas et ne touchait pas Joanne. Or, elle savait sans l'ombre d'un doute que quelqu'un entrait, puisque le chien du voisin aboyait furieusement, comme pour prévenir qu'un étranger menaçant était dans les parages. Lorsque Joanne en a parlé à sa mère, Adrienne a décidé de rester réveillée durant quelques nuits, debout sur la véranda afin de pincer l'intrus. Il n'est plus jamais revenu. Elles n'ont jamais su qui était cet individu ni ce qu'il voulait, mais c'est absolument affreux lorsqu'on connaît le sort qu'a connu Joanne.

***

À notre tour, que pouvons-nous faire pour que ce cauchemar n'arrive plus jamais ? Quand on lit des histoires comme les meurtres de Joanne Dorion, de Sharron Prior ou de Theresa Allore, on a l'impression qu'elles sont lointaines et que ce sont, après tout, des *cold cases*. Mais lorsqu'on sort une loupe et qu'on la place sur chacune de ces affaires, on se rend compte à quel point chacune d'elles est encore extrêmement douloureuse pour les familles. Et puis elles font, en quelque sorte, partie de l'histoire collective du Québec. De mon côté, j'essaie, moi aussi, d'accompagner ces familles et de me battre pour connaître la vérité.

Il y a clairement des failles dans le système actuel au Québec. Les familles de toutes ces victimes luttent en ce moment même pour qu'il y ait une réforme en ce qui a trait aux enquêtes et que la police fasse preuve d'une plus grande transparence vis-à-vis d'elles. Je pense ici à Stéphane Luce, qui a perdu sa mère, Roxanne Luce, en 1981, alors qu'il n'avait que 13 ans. Elle a été sauvagement battue à coups de bâton. Son assassin n'a jamais été arrêté et la majorité des preuves que la police avait accumulées à l'époque ont été perdues.

Depuis ce temps, Stéphane Luce cansacre la majeure partie de son temps à la cause des personnes disparues et des meurtres irrésolus de manière bénévole avec son organisme : Meurtres et disparitions irrésolus du Québec. J'ai eu la chance et l'honneur de le rencontrer durant mon plus récent séjour au Québec et je trouve important de souligner son travail et de le remercier au nom de toutes les victimes. Parce qu'au final, c'est ce qui compte. Peu importe la méthode qui sera utilisée, il faut que les choses changent : que les enquêtes soient enfin résolues, que les familles fassent leur deuil et que les victimes puissent enfin reposer en paix.

10. THÉO HAYEZ AU PARADIS PERDU

Le lundi 3 juin 2019, Vinciane Delforge consulte son téléphone. Son fils Théo n'a toujours pas répondu à la photo qu'elle lui a envoyée. Depuis le début du voyage de Théo en Australie, sa mère et lui se parlent presque chaque jour, et lorsqu'ils n'arrivent pas à communiquer, Vinciane peut quand même rester informée de ce que son fils fait grâce à ce qu'il publie sur les médias sociaux, surtout sur son compte Instagram créé exprès pour son voyage.

Le mardi, Vinciane n'a toujours pas de réponse de son fils. Elle se rassure en se disant que Théo est probablement sur une petite île isolée et qu'il n'a pas de réseau. Il doit se la couler douce et profiter de ses derniers instants à l'autre bout du monde.

Mercredi, toujours rien. Le cœur de maman de Vinciane commence à s'inquiéter, mais elle ne veut pas encore s'alarmer; elle attend de voir si elle recevra quelque chose le lendemain.

Mais le jeudi arrive et elle n'a toujours pas de nouvelles de son fils. Cette fois-ci, Vinciane contacte Jean-Philippe, le parrain de Théo, qui habite en Australie, pour lui faire part de ses inquiétudes. Jean-Philippe tente de la rassurer en lui disant que Théo n'a probablement pas de réseau, qu'elle aura des nouvelles bientôt. Or, il décide tout de même de prendre les devants et d'appeler l'ambassade belge pour s'informer des procédures en cas de disparition à l'étranger.

Pendant ce temps, Vinciane appelle Lisa Hayez, la cousine de Théo, qui est également en voyage en Australie. Lisa ouvre alors Facebook Messenger et réalise à son tour que ça fait plusieurs jours que Théo ne s'est pas connecté. Elle s'empresse de l'appeler sur son téléphone australien, mais pas de réponse.

Lisa se rappelle que Théo devait prendre l'autobus pour Sydney le lundi 3 juin. Elle appelle la compagnie Greyhound afin de savoir si le billet a été utilisé. Quand on lui répond par la négative, elle comprend tout de suite qu'il y a matière à sérieusement s'inquiéter. Mais où est donc son cousin ?

On répète toujours que « les voyages forment la jeunesse ». En effet, lorsqu'on est jeune, les voyages nous aident à grandir, à développer notre maturité, notre sens du jugement, notre ouverture d'esprit, notre curiosité intellectuelle, etc. Ils sont, en quelque sorte, un rite d'initiation, un passage de l'adolescence à la vie adulte. Que ce soit un voyage en autostop dans l'Ouest canadien, un long périple en Asie ou du *backpacking* dans toute l'Europe, ces types de pèlerinage sont de plus en plus populaires auprès des jeunes. Voyager à l'étranger, c'est partir à l'aventure, prendre des risques, se placer dans des situations parfois inconfortables, parfois inquiétantes, mais, la grande majorité du temps, s'en sortir indemne. Toutefois, il y a des aventures qui ne finissent pas toujours par de belles photos Instagram et des souvenirs à raconter autour d'un souper. Parfois, ça se termine par un passeport abandonné dans une chambre d'*hostel* impersonnelle, par des messages Facebook qui restent sans réponse pendant plusieurs jours et par une famille qui espère sans relâche le retour de son fils, qui ne reviendra peut-être jamais.

Le voyage d'une vie

Théo Hayez a toujours été très logique dans ses décisions. C'est pourquoi, à ses 18 ans, quand il a eu l'idée de faire une « parenthèse utile » (*gap year*) pour partir en voyage pendant six mois avant d'entrer à l'université, sa famille l'a beaucoup encouragé. Ce serait bon pour lui de faire des expériences extraordinaires, de connaître de nouvelles cultures, d'admirer de beaux paysages, de découvrir le monde. Théo a donc choisi de partir en Australie avec un permis vacances-travail. L'Australie était une décision sécuritaire pour Théo puisque son parrain, Jean-Philippe, vit dans les Otways, dans l'État de Victoria. Quand Théo était petit, J.-P. lui avait offert des livres sur l'Australie ; ainsi, ça faisait longtemps que Théo rêvait de visiter ce pays. Il savait qu'il pouvait compter sur son parrain. La cousine de Théo, Lisa Hayez, y serait également avec un permis vacances-travail et son cousin, Michael Dorkhom, y habitait depuis quelque temps déjà. Il en profiterait donc pour leur rendre visite.

Théo a planifié son voyage de A à Z. Il est très méticuleux et aime avoir la maîtrise des situations. Ainsi, sac à dos à l'épaule, c'est le 12 novembre 2018 qu'il a dit adieu à ses parents Vinciane et Laurent, et à son petit frère Lucas, 15 ans, pour se rendre au pays des kangourous.

Théo a passé un voyage de rêve. Il a fêté Noël avec son parrain J.-P. et sa famille, et le Nouvel An à Sydney avec sa cousine Lisa. Il a effectué des petits contrats de travail dans des fermes ou pour des familles. C'était parfait pour lui, puisque le but premier de son voyage était de visiter l'Australie et d'en absorber la culture le plus possible. Théo était heureux, il profitait de la vie comme jamais. Le 25 mai, il a rendu visite à Lisa et à Michael, à Brisbane, et a passé la nuit chez eux. Le lendemain, il a pris l'autobus seul, pour se rendre sur la Gold Coast, au sud de Brisbane. Elle est reconnue pour ses longues plages et ses vagues légendaires.

Le 29 mai 2019, Théo est arrivé à sa destination finale, Byron Bay. À 14 h 30, il s'est enregistré à son auberge de jeunesse, Wake Up!. Byron Bay était la destination parfaite pour terminer son voyage en beauté. Lorsque j'ai discuté par Zoom avec J.-P., il m'a brossé un beau portrait de Byron Bay, qu'il m'a décrite comme une petite ville touristique, très charmante et qui, étonnamment, attire beaucoup de célébrités. Bien sûr, j'étais intriguée, j'ai fait des recherches de mon côté. C'est la ville la plus à l'est du continent australien, et elle attire plus de 2 millions de touristes chaque année. Elle est très réputée pour le surf; une douzaine de plages sauvages parsèment la baie. Il règne dans cette ville une ambiance décontractée et hippie. Le mouvement de contre-culture y est très diversifié. C'est aussi un endroit prisé des célébrités hollywoodiennes. Par exemple, Byron Bay est la ville préférée de Chris Hemsworth, qui y possède une énorme demeure de 20 millions de dollars. Je me suis beaucoup renseignée à partir des sites Internet touristiques et, de ce que j'ai cru comprendre, il semble y avoir plus de touristes et de *backpackers* que de résidents, qui sont une communauté d'environ 5000 personnes. Ainsi, il y a beaucoup de mouvement dans cette ville touristique, on n'y voit jamais deux fois le même visage. D'un autre côté, les sites de *backpackers* ou des sites comme Yelp ne parlent jamais de l'envers de la médaille. Lorsque le tourisme grimpe en flèche, les prix des loyers augmentent aussi. Les appartements se transforment en locations Airbnb branchées, et les habitants locaux n'ont plus les moyens de vivre dans leur propre ville; certains se retrouvent même à la rue.

Il y a un gros problème de sans-abris à Byron Bay. Les causes en sont multiples: drogue, violence, problèmes de santé mentale… pour ne nommer que celles-ci.

Théo prévoyait rester à Byron Bay jusqu'au 3 juin. Son billet d'autobus pour Sydney était réservé. Ensuite, il devait continuer vers Melbourne et rejoindre J.-P. le 8 juin. Finalement, il retournerait chez lui, à Bruxelles, le 12 juin. Il était impatient de retrouver sa maison; il s'était inscrit au programme d'ingénierie à l'université et devait passer des examens avant la rentrée des classes. Le jeune homme avait l'avenir devant lui, un avenir très excitant.

À la recherche de Théo

Revenons au 6 juin 2019. Lisa appelle Jean-Philippe. Elle lui explique que son cousin n'a pas pris l'autobus comme il aurait dû, elle est très inquiète. Ne sachant ce qu'ils devraient faire pour connaître les plus récents déplacements de Théo, Jean-Philippe a la bonne idée d'aller à la banque pour essayer d'obtenir les dernières transactions bancaires de son filleul. L'employée de la banque comprend l'urgence de la situation et accepte de lui donner ces informations. Les dernières transactions datent du 31 mai ; Théo a fait deux paiements dans un bar nommé Cheeky Monkey, et un autre paiement à l'auberge de jeunesse Wake Up !.

Ces informations précieuses permirent de savoir que Théo n'avait pas utilisé sa carte bancaire depuis une semaine.

Le 6 juin, Lisa appelle l'auberge de jeunesse, qui les informe que Théo était supposé partir le lundi 3 juin, mais qu'il ne s'était pas présenté à l'accueil, et avait laissé tous ses effets personnels dans sa chambre. C'est à ce moment que Lisa a appelé la police australienne afin de rapporter la disparition de son cousin, Théo Hayez. La même journée, l'auberge de jeunesse a enfin décidé de signaler la disparition de Théo, chose qui aurait dû être faite bien avant. Du temps extrêmement précieux a été perdu !

Le vendredi 7 juin, Lisa et Michael prennent l'initiative de lancer un appel sur les groupes Facebook de *backpackers* d'Australie qu'ils ont pu trouver, expliquant que leur cousin Théo a disparu à Byron Bay et demandant de les contacter si quelqu'un avait une quelconque information à fournir. Dès le lendemain, plus d'une dizaine de personnes se présentent sur les lieux, prêtes à commencer les battues.

L'importance de la technologie

Dans cette affaire de disparition, l'utilisation de la technologie a joué un rôle très important et a permis de grandes choses pour faire avancer l'enquête. Même si, malheureusement,

Théo est toujours porté disparu aujourd'hui, c'est tout de même grâce à son téléphone et à ses données informatiques qu'on a pu savoir exactement à quel endroit chercher. La famille de Théo a eu accès à des informations que même la police ne détenait pas! Tout au long de ce chapitre, vous constaterez que la technologie nous a permis de suivre Théo jusqu'aux derniers instants précédant sa disparition. En fait, son empreinte numérique nous en a tellement appris sur lui qu'il me semble impossible que nous ne l'ayons pas encore retrouvé aujourd'hui. Par exemple, dans les premiers jours après avoir constaté sa disparition, Jean-Philippe a pu voir que Théo s'est connecté pour la dernière fois à WhatsApp – la messagerie qu'il utilisait chaque jour pour écrire à ses amis en Belgique – le samedi 1er juin à 0 h 56. Ainsi, nous supposons qu'il a probablement disparu quelques minutes plus tard.

L'appel sur les réseaux sociaux porte ses fruits. Un jeune homme du nom d'Antoine, belge lui aussi, contacte Lisa la journée même, soit le 6 juin. Antoine avait passé une bonne partie de la soirée du 31 mai avec Théo, moment où il a effectué ses dernières transactions bancaires. Antoine ne savait pas du tout que Théo était porté disparu. Le jeune voyageur décrit leur soirée comme suit.

Théo et Antoine se sont rencontrés à l'auberge Wake Up! où un barbecue était organisé en soirée. Ensemble, ils ont décidé d'aller acheter de l'alcool en ville, pour plus tard. Sur les caméras de surveillance du *liquor store,* on aperçoit Théo et Antoine qui entrent dans le magasin à 19 h 45. Théo porte un pantalon beige, un *sweat shirt* à capuchon noir et une casquette puma grise. Les deux hommes achètent un vinier (cubi) de vin rosé et retournent à l'auberge. Durant la soirée, Théo boit un peu de vin avec d'autres camarades de voyage, mais pas assez pour être ivre. Après le barbecue, Théo, Antoine et quatre autres *backpackers* du Wake Up! se rendent au bar Cheeky Monkey.

Antoine ne savait pas que Théo s'était fait sortir du bar vers 23 h, environ une heure et demie après son arrivée. Il trouve étrange que ce soit arrivé puisque Théo n'était pas du tout en état d'ébriété : il n'avait bu que deux bières ! Vu la taille de Théo, deux bières, ce n'était rien du tout. Le lendemain, avant de quitter Byron Bay, Antoine envoie un message à Théo pour savoir comment s'est passée sa soirée. Il voit que le message est bien reçu, mais il n'obtient pas de réponse. Cela peut laisser penser que le téléphone de Théo était toujours actif à ce moment (nous y reviendrons). Antoine quitte ensuite la ville sans savoir que Théo n'est jamais rentré à l'auberge.

Dans le téléphone de Théo

Voilà maintenant plus d'une semaine que Théo a disparu, sa famille n'a plus une seconde à perdre. La police australienne a déjà organisé des recherches à Byron Bay. Or, ne sachant pas exactement où fouiller, les autorités ratissent très large. Les Hayez sont persuadés qu'il y a une façon de connaître les derniers mouvements de Théo et de mieux cibler les recherches.

Il a été mis à la porte du Cheeky Monkey à 23 h 30, et ensuite quoi ? Où est-il allé ? Qu'a-t-il fait ?

Pendant plusieurs jours, Vinciane fait de nombreux essais et erreurs pour obtenir le mot de passe du compte Hotmail de Théo. Tous ses autres médias sociaux y étaient liés : Facebook, Snapchat, Instagram, Google, etc. Vinciane espère donc y découvrir des indices importants. Malheureusement, lorsqu'elle parvient enfin à se connecter au Facebook de Théo, elle ne trouve rien de très révélateur : son fils n'a jamais activé l'option de localisation sur son application. Cela peut paraître décourageant, mais dans une enquête, il est important de tout essayer pour pouvoir au moins éliminer des pistes.

Le 10 juin, les Hayez réussissent à se connecter au compte Snapchat de Théo en espérant obtenir des informations cruciales grâces aux données de géolocalisation qu'offre l'application. Mais à leur grande déception, les informations sont loin d'être précises et elles ne les aident pas.

Reste l'information que la famille de Théo souhaite absolument obtenir : les données de géolocalisation de Google. Sachant qu'elles pourraient être activées sur le téléphone de Théo, et qu'elles sont généralement extrêmement précises, elles orienteraient la direction de leurs recherches. Le cousin de Théo, Michael, présente une demande pour réinitialiser le mot de passe du compte Google de Théo et, après deux interminables semaines d'attente, il reçoit enfin l'autorisation de le faire.

Comme vous allez le voir, cette avancée est incroyable. Google leur offre soudain un aperçu très concret des derniers moments de Théo avant qu'il ne disparaisse. Voici la reconstitution des faits basée sur les données de l'application.

23 h : Théo quitte le Cheeky Monkey (on se rappelle qu'il en a été viré pour des raisons obscures) et marche sur Kinsley Street, mais dans la direction opposée au centre-ville.

23 h 07 : Théo inscrit l'adresse de son auberge sur Google Maps et continue à marcher selon les indications que lui donne son téléphone. Au bout d'un moment, il se retrouve dans un cul-de-sac, au bout de la rue Tennyson. C'est un endroit assez isolé, en bordure d'un parc à la végétation dense. Dans le parc, il y a un centre jeunesse avec des terrain de sport. Le soir s'y rassemblent souvent des jeunes locaux à l'abri des regards. Théo s'y arrête pendant sept minutes au total. Que fait-il durant ces sept minutes ? C'est un vendredi soir à Byron Bay, il y a plusieurs jeunes qui se réunissent, qui veulent faire la fête...

Aurait-il rencontré quelqu'un ? Il se remet finalement en route et marche de manière déterminée. Il traverse les terrains de sport et passe par de petites rues résidentielles, se dirigeant dans la direction opposée de son auberge. Pendant qu'il marche, il consulte Google Maps à plusieurs reprises et se retrouve sur la rue Milne. Peut-on imaginer qu'une personne l'aurait invité à le suivre à un endroit ? Cela expliquerait sa cadence plus rapide, plus décidée.

23 h 24 : Sur la rue Milne, Théo laisse derrière lui les quartiers résidentiels et rassurants de Byron Bay pour faire face à la forêt dense qu'on appelle le *bushland* australien, soit le parc national d'Arakwal. Il est devant une entrée secondaire du parc, non éclairée, mais avec un chemin pour le traverser, le Milne Track, qui mène à Tallow Beach. C'est une plage à l'opposé de Byron Bay par rapport à son *hostel,* aucune route ne s'y rend à partir de la ville. Dans quel but se dirigeait-il vers cet endroit ? Théo semble consulter Google Maps, mais au lieu de continuer tout droit et d'emprunter le chemin de randonnée, il décide de prendre un autre chemin plutôt au nord. Comment a-t-il su que ce dernier existait ? Google permet de remarquer ici un changement de cadence dans les pas de Théo, qui fait maintenant du 7,5 km/h, soit presque du jogging. Il fait très sombre, c'est un terrain sinueux, difficile... Théo s'arrête à nouveau pour chercher son auberge sur Google Maps. Mais, encore une fois, il se dirige dans la direction opposée. Il s'enfonce même complètement dans le *bush,* là où il n'y a plus du tout de chemin ! Que lui passe-t-il par la tête ? Même les locaux qui ont participé aux recherches l'ont affirmé : « Moi je n'irais jamais à cet endroit le soir. »

23 h 48 : Théo réussit enfin à sortir de la forêt et à atteindre la plage de Tallow Beach. Il prend le temps de chercher encore son auberge sur Google Maps. Ensuite, il se rend à l'extrémité de la plage dans un endroit nommé Cosy Corner. Il se retrouve au pied d'une colline. De l'autre côté, il y a de grandes falaises. En haut de ces falaises, un peu plus loin, il y a un phare, le *Lighthouse.*

0 h : Théo quitte la plage et s'enfonce à nouveau dans le *bushland* du parc australien. Il faut vraiment effectuer une recherche Google

et voir les images pour comprendre à quel point il est curieux que Théo ait voulu s'y aventurer à une telle heure de la nuit. Ce coin comporte de nombreuses vignes immenses et entremêlées, c'est dangereux et inquiétant. Au cœur de la végétation ténébreuse, il s'arrête pendant cinq minutes.

0 h 05 : Le GPS du téléphone de Théo est désactivé. Il indique que Théo est toujours à Cosy Corner.

0 h 20 : Théo répond à l'une de ses amies sur Facebook Messenger au sujet du groupe de musique U2.

0 h 23 : Pendant 1 minute 23 secondes, Théo regarde le début d'une émission française sur YouTube, *Burger Quiz*. C'était une émission qu'il avait l'habitude de regarder.

0 h 55 : Théo ouvre l'application WhatsApp pour répondre à sa demi-sœur Emma, en Belgique. Il écrit « merci » avec un émoji de baiser.

0 h 56 : Théo est aperçu sur WhatsApp pour la dernière fois.

2 h : Le téléphone de Théo rentre en mode veille.

6 h : Le mode veille est désactivé.

13 h 42 : Le téléphone de Théo émet un dernier signal près de Cap Byron, toujours à proximité du phare, non loin de Cosy Corner, l'endroit où le GPS cesse de fonctionner.

Les données de localisation sont une aide précieuse pour la police australienne. Grâce à celles-ci, les enquêteurs se sont rendu compte que, depuis le début, ils ne cherchaient pas au bon endroit ! Lorsque Théo a disparu, les fouilles avaient plutôt été concentrées près de l'auberge Wake Up ! et autour du bar Cheeky Monkey.

Or, la police estime désormais que Théo se serait rendu complètement à l'opposé de ces deux endroits.

Maintenant qu'elles connaissent les derniers mouvements de Théo, les autorités peuvent reproduire le trajet qu'il a emprunté avant de disparaître, en suivant sa cadence et en faisant les mêmes arrêts. Mais, même en imitant chacun des gestes de Théo, les membres de sa famille ont de la difficulté à les comprendre. Beaucoup trop de questions se bousculent dans leur esprit. Pour commencer, pourquoi Théo s'est-il fait sortir du bar ? Pourquoi a-t-il emprunté ce chemin pour se rendre à son auberge, alors que c'était clairement un long détour ? Était-il seul ou accompagné ? Et finalement, où et pourquoi a-t-il disparu ?

Disparaître à l'étranger

Dans ce livre, nous avons pu constater à quel point il est difficile pour une famille de faire face à la disparition d'un être cher. Devoir gérer les journalistes, parler avec les enquêteurs, organiser les fouilles, garder la tête froide et, en plus de ça, essayer de ne pas perdre espoir. Tenter de dormir quelques heures la nuit pour garder un esprit sain, avaler deux ou trois bouchées pour réussir à rester debout. Une disparition est un événement extrêmement traumatisant. Maintenant, imaginez-vous devoir passer par ce même processus mais dans un autre pays, dans une autre langue, avec des gens qui ont d'autres mœurs… La famille de Théo n'est pas la seule dans cette situation, c'est aussi le cas, notamment, de trois autres familles de francophones qui ont disparu à l'étranger.

Je pense par exemple à Jesse Galganov, un Québécois de 22 ans qui a disparu lors d'un voyage de *backpacking* en Amérique du Sud en septembre 2017. Jesse devait entreprendre la fameuse piste de randonnée Santa Cruz Trail au Pérou, du 26 septembre au 7 octobre, mais il n'est jamais revenu. Le plus dur, dans les cas de disparitions à l'étranger, c'est de trouver les fonds pour effectuer les recherches. Souvent, les familles doivent débourser l'argent de leurs poches pour faire les voyages afin de continuer les recherches, parce qu'elles sentent que la police locale ne fait pas le nécessaire.

C'est aussi le cas de la famille de Tiphaine Véron, une jeune Française de 36 ans qui a disparu lors d'un voyage à Nikko, au Japon, en juillet 2018. J'ai un attachement particulier envers la famille de Tiphaine, puisque j'ai fait une vidéo portant sur sa disparition sur ma chaîne YouTube, et que je suis entrée en contact avec Damien et Sibylle Véron, le frère et la sœur de la victime. La difficulté ici est la différence de mœurs entre le Japon et la France, et le désir du Japon de camoufler la disparition de Tiphaine, de faire croire que c'est probablement un accident, alors que tout semble montrer que la jeune femme a été victime d'un acte criminel. Ainsi, il est déchirant de voir le combat des membres de la famille Véron, qui sont pratiquement laissés à eux-mêmes devant la police japonaise.

Au mois de juillet, la police montre aux membres de la famille de Théo des enregistrements de la caméra de surveillance du Cheeky Monkey. Peut-être qu'en voyant Théo de leurs propres yeux, ils comprendront mieux pourquoi il s'est fait sortir du bar, et obtiendront des indices sur l'état dans lequel il se trouvait avant de disparaître. La police leur dit que le bar a une politique très stricte : ceux qui exagèrent avec l'alcool et qui ne respectent pas les consignes sont mis à la porte. Alors, dans quel état se trouvait Théo ce soir-là ?

Devant les enregistrements, sa famille reste abasourdie.

Théo est resté dans le bar environ 1 h 30. Il n'a eu le temps de boire que deux bières. Lorsqu'il est revenu des toilettes, le videur l'attendait pour le sortir de l'établissement. Théo n'y comprenait rien. Même une fois à l'extérieur, il semble demander au *bouncer* pourquoi il a été mis dehors. À l'extérieur, alors que le *bouncer* prend les informations personnelles de Théo pour référence future (une habitude des bars australiens lorsqu'ils mettent quelqu'un à la porte), un client demande au jeune homme pourquoi il a été éjecté. Sur les caméras, on peut voir à la gestuelle de Théo qui lui répond qu'il ne le sait pas. Théo semble être dans son état normal, il n'a pas l'air d'avoir trop consommé. Plus tard, durant l'enquête, les *bouncers* ont même confirmé à la famille de Théo qu'il n'était pas saoul. Alors pourquoi l'avoir sorti ?

Parfois je me demande si le bar a sa part de responsabilité dans la disparition de Théo. Mon cœur enragé a envie de crier : ABSOLUMENT ! Mais mon esprit logique doit dire que non… En effet, peut-être que si le bar n'avait pas injustement jeté le jeune Théo à l'extérieur du bar, seul, sans ses amis, il serait encore parmi nous aujourd'hui. Mais, en même temps, c'est un bar. Les propriétaires n'ont aucune responsabilité envers leurs clients…

Nous y reviendrons.

Ainsi, nous pouvons éliminer presque à 100 % la piste que Théo ait été en état d'ébriété très avancé. Il n'a fait que deux achats au Cheeky Monkey. Nous voyons sur les caméras de surveillance qu'il semble être en pleine possession de ses moyens. Alors, pourquoi ne s'est-il jamais rendu à son auberge ?

La fin des recherches

Dès le samedi 8 juin, des recherches plutôt informelles pour retrouver Théo commencent. Elles sont organisées par Lisa et Michael, qui font appel à la communauté de Byron Bay. Or, c'est le 9 juin que la police entreprend de vraies fouilles terrestres, maritimes et aériennes qui s'étendent sur plusieurs jours. Laurent, le père de Théo, arrive de Belgique le 13 juin et sa mère, Vinciane, le 24 juin.

Le 3 juillet, les policiers décident de cesser les recherches.

En montrant les vagues bleu foncé s'écraser contre la colline rocheuse, les policiers tentent d'expliquer aux parents de Théo qu'il est fort probable qu'il ait pu glisser en bas de la falaise en essayant

de la grimper et que le courant l'ait emporté. Cette théorie est celle des policiers. Mais, pour la famille de Théo, elle est hautement improbable. Pourquoi aurait-il voulu grimper cette colline rocheuse ? En prenant la décision d'abandonner les recherches, les autorités confirment la thèse de l'accident, même si elles n'ont aucun élément pour la prouver. Cette décision crée énormément de frustration chez les Hayez. Si même les autorités choisissent d'abandonner, qui d'autre continuera ? Bien sûr, ça ne veut pas dire que les policiers ferment l'enquête, mais ils croient à la thèse de l'accident. Or, c'est un choc pour tous de comprendre que la police pense que Théo est décédé, surtout qu'il n'y a aucune preuve physique pour confirmer cette théorie. J'ai demandé à Jean-Philippe quelle a été leur réaction à la suite de cette annonce terrible des policiers. Voici ce qu'il m'a répondu :

Vinciane et Laurent sont abattus après cette réunion. Malgré toutes les questions qu'ils se posent et le manque de preuves, ils commencent à intégrer la possibilité que Théo n'est peut-être plus vivant ; mais débute également ce doute permanent, et très pénible, entre cette possibilité et l'espoir que Théo soit toujours vivant quelque part. Nous réalisons que, contrairement aux détectives dans les films, la police n'a que des moyens fort limités, et donc un esprit peu ouvert aux pistes plus complexes.

Heureusement, les volontaires n'ont pas cessé les recherches. Au contraire, ils ont redoublé leurs efforts. Ceux-ci ont porté fruit puisque le 7 juillet, un peu plus d'un mois après la disparition de Théo, une casquette Puma de couleur grise, que l'on croit appartenir à Théo, a été trouvée au dernier endroit où son téléphone a émis un signal, près de Cap Byron. Cette découverte a été assez surprenante, puisque cet endroit avait pourtant été fouillé par des volontaires et même des chiens pisteurs; personne, à aucun moment, n'avait vu cette casquette. Cela montre bien la nature du terrain dans le *bush*, qui est loin d'être facile d'accès. Des tests ADN ont été effectués sur deux cheveux qui se trouvaient à l'intérieur; et finalement, après une longue attente de plus de huit mois, les résultats de ces tests se sont révélés positifs. La famille en était déjà quasi certaine, car la casquette avait une usure similaire à celle que Théo portait sur des photos récentes.

Pour revenir à la piste privilégiée par les policiers, soit la chute accidentelle, cette hypothèse est, selon moi, plutôt sensée. En sortant du Cheeky Monkey, à plusieurs reprises, Théo s'est arrêté pour entrer les coordonnées de l'auberge dans Google Maps. Clairement, il avait l'intention de rentrer à bon port, mais il semblait incapable d'y arriver. Il est possible que Google Maps lui ait indiqué un chemin plus compliqué qu'il n'aurait dû l'être… Il se peut également que Théo n'ait pas été en danger, sous l'influence de la drogue ou de l'alcool, mais seulement perdu. Le nombre de fois que j'ai suivi aveuglément les indications de Google Maps et que j'ai été guidée dans des endroits dangereux et pris des détours impossibles ! Si on avait regardé mes trajets par la suite, on se serait probablement posé des questions. Peut-être que, lorsqu'il a vu qu'il était près de Tallow Beach, il a décidé d'aller visiter le *Lighthouse* et qu'un accident est arrivé en haut de la falaise.

Plusieurs hypothèses, aucune solution

Une autre hypothèse que les Websleuths aiment proposer est la suivante: et si Théo avait eu la soudaine envie d'aller se baigner dans l'océan Pacifique? Après tout, ça expliquerait son détour mystérieux à Tallow Beach et le dernier signal de son téléphone à Cap Byron. Comme la mer est loin d'être sécuritaire, nager la nuit comporte son lot de risques, par exemple de noyade et d'hypothermie; une baignade innocente aurait-elle pu mener à une tragédie? En plus de ces dangers, Byron Bay a connu des attaques de requins blancs. Il y a plusieurs vidéos sur YouTube qui montrent des surfeurs naviguant paisiblement sur l'eau avant d'être surpris par ces bêtes redoutables. Juste durant l'été de 2019, trois ou quatre gros requins blancs ont été aperçus à Byron Bay. Théo aurait-il pu, lui aussi, être victime d'un requin blanc? Aussi pénible et mystérieuse qu'elle nous semble, cette théorie manquerait gravement de logique. Pensons-y un instant...

Comme le dit bien son parrain, Jean-Philippe, Théo était un jeune homme réfléchi, sage et cohérent, il prenait rarement des décisions spontanées. Aller nager dans la mer durant la nuit n'était pas quelque chose que Théo aurait envisagé, encore moins dans un endroit isolé, seul, loin de son *hostel*, qui se situait par ailleurs juste en face d'une autre plage. S'il avait voulu aller nager, il l'aurait fait devant son auberge pour ensuite aller se sécher et se changer dans sa chambre, non? En plus, cette nuit-là, il faisait particulièrement froid à Byron Bay. La région a même battu des records de basse température pour cette période de l'année; il faisait à peine 5 degrés Celsius. Vous conviendrez comme moi qu'il serait très surprenant, voire impossible, que Théo ait pris la décision d'aller nager dans la mer glaciale par un temps pareil! Ça aurait été insensé, illogique.

Pour moi, l'idée, également souvent avancée, que Théo aurait pu être sous l'influence d'une drogue quelconque est tout aussi illogique. Il est vrai que lorsqu'on regarde le parcours qu'a pris Théo avant de disparaître, les chemins qu'il a empruntés, on peut les qualifier d'étranges... Une drogue aurait effectivement pu lui donner le goût de s'aventurer dans le *bushland*, d'aller explorer, plutôt que de rentrer directement à l'auberge. Mais alors, pourquoi toujours entrer l'adresse de l'auberge dans Google Maps ? Peut-être pour vérifier qu'il ne s'éloignait pas trop ? Son auberge de jeunesse était le seul endroit qu'il connaissait à Byron Bay. S'il inscrivait l'adresse du Wake Up ! à répétition, cela ne prouvait pas qu'il était perdu, mais plutôt qu'il s'en servait comme point de repère. De plus, toute personne connaissant Théo peut le confirmer, ce dernier n'avait pas envie de consommer des drogues volontairement, ça ne l'a jamais attiré. Encore une fois, selon moi, il n'aurait jamais pris le risque de consommer une substance inconnue à l'autre bout du monde et de se mettre en danger. Et selon Antoine, l'autre *backpacker* belge, durant la soirée barbecue à l'auberge, personne n'a consommé de drogue.

Ainsi, il reste une autre option. Est-ce que quelqu'un aurait pu droguer Théo ? Revenons aux quelques instants avant qu'il ne soit sorti du bar. Sur les caméras de surveillance, on voit une jeune femme qui semblait très intéressée par Théo, qui paraissait même plutôt insistante. Quelques instants plus tard, Théo se rend aux toilettes et, ensuite, le *bouncer* l'oblige à quitter les lieux, sans raison apparente. Y avait-il une magouille élaborée derrière tout ça ? Dans les années 2000, avant la gentrification de Byron Bay, le bar Cheeky Monkey était considéré comme l'un des plus violents d'Australie. Certes, depuis le changement de propriétaires de la chaîne de bars (il y en a plusieurs au pays), leur réputation s'est améliorée. Maintenant, l'établissement de Byron Bay n'est qu'un bar de type « club » pour jeunes *backpackers* dans la vingtaine qui cherchent à faire la fête pour pas cher.

Mais encore aujourd'hui, certains clients du Cheeky Monkey ont des histoires d'horreur à raconter : plusieurs jeunes femmes disent s'être fait droguer, plusieurs jeunes hommes expliquent qu'ils se sont fait sortir violemment et pour des raisons inconnues.

Alors, même en 2021, le bar a encore mauvaise réputation.

Revenons à la jeune fille avec qui Théo a parlé durant le court moment qu'il a passé au bar. Qui était-elle ? Les Hayez n'ont jamais réussi à la retracer. Toutefois, quelques jours après la disparition de Théo, une jeune Française lui a envoyé une demande d'amitié sur Facebook. Or, elle l'a ensuite très rapidement supprimée. Lorsque la famille de Théo a tenté de la contacter afin d'en savoir plus, la jeune femme a réagi plutôt négativement, affirmant ne rien savoir du jeune homme. Bien sûr, en aucun cas je ne l'accuse de quoi que ce soit, mais je trouve cela plutôt étrange, voire indélicat, de ne pas vouloir aider une famille en détresse. Était-ce la fille du bar ? Aurait-elle des informations qui pourraient faire avancer l'enquête ? Pourquoi être aussi réticente à répondre à quelques courriels ?

Lorsque les Hayez parlent de la disparition de Théo, ils semblent persuadés qu'il n'était pas seul, que quelqu'un était avec lui entre 23 h 07 et 0 h 56. Des habitants de Byron Bay qui ont aidé aux recherches le soulignent également : il devait nécessairement être accompagné ! Théo n'était à Byron Bay que depuis deux jours, pourquoi aurait-il pris la décision d'aller marcher seul, dans un quartier résidentiel sombre et inconnu à 23 h, puis de s'enfoncer dans le *bushland* plutôt que de retourner à son auberge ? Ainsi, la possibilité qu'il ait été accompagné de quelqu'un du coin, ou même d'un(e) touriste qui était là depuis plus longtemps que lui, a été évoquée.

Aurait-il rencontré quelqu'un sur le chemin après avoir quitté le bar, avant de prendre la direction de Tallow Beach ? C'était un vendredi soir à Byron Bay, difficile de croire qu'il n'ait croisé personne… Théo ne se sentait sans doute pas menacé ou en danger puisqu'avant que le signal de son téléphone ne soit perdu, il a répondu à des messages et a regardé une vidéo sur YouTube… Et puis, plus rien. Il est difficile d'ignorer la thèse criminelle à cause de toutes ces raisons. On ne peut décidément pas la mettre de côté.

Voici enfin, pour continuer sur la piste criminelle, une dernière théorie : celle des sans-abris. Comme Jean-Philippe me l'a expliqué, c'est vraiment le côté obscur de Byron Bay, il y en a énormément. La plupart sont bien sûr inoffensifs, et d'ailleurs, durant les recherches pour retrouver Théo, plusieurs d'entre eux n'ont pas hésité à offrir un coup de main en répondant aux questions de la famille ou en l'aidant à inspecter les environs. Mais il y en a certains qui vivent plus en marge de la société, qui sont plus difficiles d'approche. Est-il possible que Théo se soit retrouvé au mauvais endroit au mauvais moment et ait été victime d'un acte criminel ? C'est bien sûr une piste non négligeable...

***

La disparition de Théo a donné lieu à un mouvement de solidarité jamais vu, tant cet événement a marqué beaucoup de gens. Que ce soit de jeunes touristes, des *backpackers*, d'anciens voyageurs ayant déjà visité Byron Bay, des Belges, des Australiens, des passionnés de *true crime*... tous ont été touchés par cet événement. Lorsque j'ai parlé avec Jean-Philippe par Zoom, il m'a fait part de ses sentiments de surprise et de gratitude face à la grande communauté qui s'est développée durant les recherches pour retrouver son filleul. C'est franchement impressionnant, mais surtout touchant, de voir à quel point les gens se sont mobilisés pour aider.

Et maintenant, c'est à votre tour. Si vous étiez à Byron Bay dans la nuit du 31 mai au 1er juin 2019 ou connaissez quelqu'un qui voyageait en Australie à ce moment-là, que vous avez pris ou vu des photos ou des *stories* Instagram ou Snapchat, on vous demande de les transmettre à la famille de Théo ; un indice crucial pourrait s'y trouver. (www.looking4theo.com ou www.facebook.com/Looking.for.Theo)

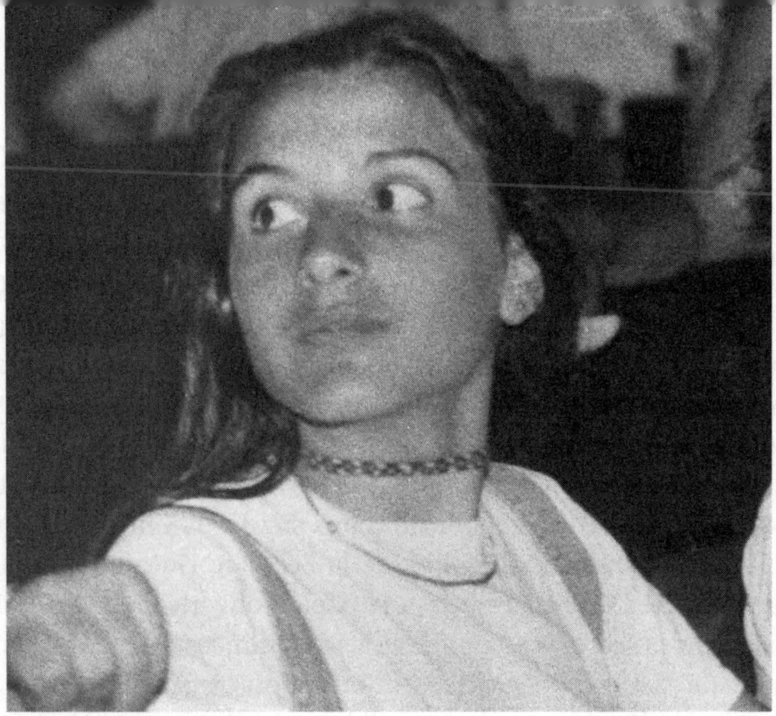

11. EMANUELA ORLANDI – UNE ADOLESCENTE DISPARAÎT AU CŒUR DU VATICAN

Il y a l'île de North Sentinel, dans le golfe du Bengale. Un peuple y vit depuis plus de 50 000 ans sans avoir de contact avec le reste du monde. On estime qu'ils sont entre 50 et 200 habitants, dont on ignore pratiquement tout.

Il y a la Zone 51. Cet espace gouvernemental est impénétrable. Située dans le désert du Nevada, la zone cache des informations qui titillent les conspirationnistes. Les gardiens de sécurité de la Zone 51 n'hésiteront pas à tirer sur quiconque osera s'en approcher.

Il y a le Triangle des Bermudes. Cet espace sous-marin est responsable de plusieurs disparitions d'avions et de bateaux. Les victimes sont nombreuses et, encore aujourd'hui, nous n'avons pas d'explications sur la cause de ces disparitions.

Mais de tous les emplacements mystérieux, celui qui m'intéresse le plus, c'est le Vatican.

Le Vatican est le plus petit pays d'Europe. Avec une superficie de 0,4 km^2 et moins de 1000 habitants, cet État multimillionnaire renferme des secrets qui, s'ils étaient révélés, pourraient bouleverser l'histoire de l'humanité. Des documents confidentiels sont entreposés dans un espace souterrain de deux étages, sur plus de 85 kilomètres d'étagères. On dit que parmi les Archives du Vatican pourraient se cacher des informations sur Jésus-Christ et sa crucifixion, des documents honteux de la Seconde Guerre mondiale et bien d'autres. Le 2 mars 2020, le pape a ouvert une infime partie des Archives secrètes au public et les a nommées « Archives apostoliques du Vatican ». Quelques informations soigneusement sélectionnées seront désormais accessibles au reste du monde.

Mais parmi tous les mystères que ces documents peuvent renfermer, une énigme m'intéresse particulièrement : où se trouve Emanuela Orlandi ?

Cette histoire, je l'ai choisie parce qu'elle m'intriguait profondément. *Une jeune adolescente disparaît au cœur du Vatican.* En une seule phrase, cette affaire avait tout pour susciter mon intérêt. Or, au moment de commencer la rédaction de ce chapitre, j'ignorais dans quoi je m'embarquais et à quel point il était facile de se perdre parmi tous les *rabbit holes* de cette affaire. Les hypothèses qui tentent de l'expliquer frisent la théorie du complot, et les indices laissés sont dignes d'un roman de Dan Brown ; bref, il est pratiquement impossible de démêler la vérité de la fiction. Êtes-vous prêt à plonger avec moi ?

Une adolescente des années 1980

J'observe les photos d'Emanuela et je souris en regardant ses vêtements et son style. Ils s'apparentent beaucoup à ceux des jeunes filles d'aujourd'hui : un collier *choker* autour du cou, des cheveux longs, raides, séparés au milieu, une salopette en denim délavé. Même les couleurs de ses photos, propres aux caméras des années 1980, me rappellent les filtres *vintage* d'Instagram.

Emanuela Orlandi était une belle brunette de 15 ans comme toutes les autres filles de son âge. Elle s'habillait à la fine pointe de la mode, vivait passionnément ses histoires de cœur, aimait rigoler avec ses copines et refusait de porter ses lunettes parce qu'elle trouvait qu'elles la rendaient moche. Toutefois, contrairement aux autres adolescentes de son âge, Emanuela habitait dans un pays sacré et hors du commun : le Vatican. Alors que le commun des mortels rêve de pouvoir y mettre les pieds une fois dans sa vie, Emanuela, elle, se réveillait tous les matins avec la vue sur la basilique Saint-Pierre.

Cependant, la majeure partie de ses activités se passait à l'extérieur de la cité-État. Par exemple, elle faisait ses études au Liceo scientifico, situé plus loin dans la ville de Rome. Au moment des faits, elle était en vacances d'été. Elle avait donc la liberté de faire ce qu'elle aimait. Trois fois par semaine, l'adolescente prenait l'autobus pour se rendre à la basilique Sant'Apollinare, située non loin du Vatican, de l'autre côté du Tibre, où elle suivait des cours de musique. Elle jouait de la flûte traversière et du piano et s'entraînait pour un récital qui aurait lieu à la fin de l'été. Passionnée de musique, Emanuela faisait aussi partie d'une chorale pour l'église Sant'Anna dei Palafrenieri.

La jeune Italienne est née le 14 janvier 1968. Ses parents, Ercole et Maria Orlandi, ont eu cinq enfants : quatre filles, Emanuela, Natalina, Federica, Maria Christina, et un garçon, Pietro. Le père d'Emanuela avait un poste important à la banque du Vatican, ce qui lui donnait automatiquement le statut de citoyen, à lui et à sa famille. La famille Orlandi habitait entre les murs du Vatican depuis 1920. Le grand-père d'Emanuela travaillait aussi pour le pape en s'occupant de ses chevaux. Enfant, au lieu de jouer au parc de son quartier, Emanuela courait dans les jardins sacrés du Vatican avec son frère et ses sœurs. Dans un des articles que j'ai lus, le frère d'Emanuela, Pietro, se souvient d'un moment où ils regardaient la télévision en famille. Aux nouvelles, le présentateur parlait d'un horrible enlèvement qui avait eu lieu peu de temps auparavant.

Ercole, le père de famille, avait dit : « Nous avons de la chance, ce genre de choses ne nous arrivera jamais. » Le Vatican est un petit pays, ses habitants sont sympathiques et les membres de la communauté s'entraident. Les Orlandi s'y sentaient bien, ils étaient proches de Dieu, mais surtout, ils s'y croyaient en sécurité.

Si seulement...

Le 22 juin 1983, un mercredi, Emanuela avait un cours de flûte en soirée. Pour se rendre à l'école de musique, l'adolescente devait prendre l'autobus pour quelques arrêts et marcher environ 200 mètres avant d'arriver à destination. Or, cette journée-là, elle allait être en retard à ses cours. Elle a demandé à Pietro de la conduire en voiture à l'école, à la basilique Sant'Apollinare. Mais le jeune homme ne pouvait pas, il avait un rendez-vous galant. Déçue, Emanuela a quitté la maison en claquant la porte. Ce fut la dernière fois que Pietro a vu sa sœur. Encore aujourd'hui, il n'a pas honte de dire à quel point il se sent coupable de ne pas avoir accompagné Emanuela cette journée-là. Si seulement il y était allé, elle aurait peut-être connu un tout autre destin. Si seulement, si seulement...

Quelques minutes avant son cours, Emanuela a appelé sa sœur Federica pour lui raconter qu'en route vers l'école, une voiture s'était arrêtée près d'elle, et que l'homme au volant lui avait demandé si elle serait intéressée à vendre des produits cosmétiques de la marque Avon. Emanuela, déjà en retard pour sa classe, s'était excusée auprès de lui et avait couru vers son école. Federica avait suggéré à sa sœur d'attendre d'en parler avec ses parents avant de prendre une décision hâtive.

Pendant son cours, les copines d'Emanuela remarquent qu'elle est distraite et qu'elle ne semble pas dans son état normal. La jeune fille quitte même son cours plus tôt. Avec du recul, on peut se demander si c'était la perspective d'un nouvel emploi qui la déconcentrait autant. Après la classe, vers 18 h 50, les camarades d'Emanuela l'auraient vue en train de parler à une femme aux cheveux roux. Dans les rues près de l'école, ses amies auraient aussi aperçu une BMW verte.

Du côté passager, il y avait un sac Avon. Quelques témoins disent avoir vu Emanuela monter à bord d'une voiture de couleur foncée. Sa sœur Christina est allée l'attendre à 19 h 15 de l'autre côté du Ponte Vittoria pour qu'elles rentrent ensemble à la maison, en vain.

Emanuela ne s'est jamais présentée au rendez-vous.

La disparition de Mirella Gregori

Dès le début, la disparition d'Emanuela Orlandi est plutôt inquiétante puisque, 40 jours plus tôt, une autre adolescente s'est volatilisée dans des circonstances tout aussi douteuses. Mirella Gregori, une jeune brunette de 15 ans, a disparu le 7 mai 1983 à Rome. Mirella était tranquillement à la maison quand elle a reçu un appel par l'intercom de son appartement. Un dénommé Sandro, un camarade de classe, lui demandait de descendre. Pourtant, sa famille s'est étonnée d'entendre l'adolescente lui répondre: «Si tu ne me dis pas qui tu es, je ne descendrai pas!» Malgré cette apparente contradiction, Mirella est finalement descendue en disant à sa famille qu'elle irait avec un ami à la Puerta Pía, un monument historique de la ville, et qu'elle ne tarderait pas à rentrer. Elle n'est jamais revenue.

Quand la police a interrogé le fameux Sandro, il n'a pas compris. Il avait passé la journée à l'autre bout de la ville et avait même un alibi pour le prouver.

Est-ce que les histoires d'Emanuela et de Mirella seraient liées?

Barbara, vendeuse Avon

Le lendemain de la disparition d'Emanuela, le 23 juin, ses parents étaient très inquiets. La veille, ils avaient appelé la police pour rapporter la disparition de leur fille, mais les enquêteurs leur avaient répondu d'attendre un peu. *Emanuela doit être chez des copines tout simplement, elle va revenir*. Sauf qu'après vérification, aucune des camarades de classe d'Emanuela ne savait où se trouvait leur amie. Ercole et Maria ont tout de suite rappelé la police qui, enfin, a décidé de prendre cette affaire au sérieux.

Dans les jours qui ont suivi, les journaux locaux ont lancé un appel à la population. Quiconque avait des informations sur Emanuela Orlandi était prié de se rendre à la police ou de communiquer avec la famille d'Emanuela ; le numéro de téléphone des Orlandi était dans l'annonce. La famille d'Emanuela, clouée au téléphone, espérait qu'il sonne pour qu'on lui apprenne le retour de la belle flûtiste. Un témoin a appelé pour confirmer que, le jour de la disparition d'Emanuela, il l'avait bel et bien vue en train de parler à un homme qui conduisait une BMW. D'autres témoignages l'affirment également. Les enquêteurs ont rencontré le témoin et un portrait-robot de cet homme mystérieux a été produit.

Le 25 juin à 18 h, les parents d'Emanuela ont reçu l'appel d'un jeune homme de 16 ans nommé Pierluigi. L'adolescent a raconté qu'il avait passé la journée avec sa fiancée et qu'en après-midi, ils avaient croisé Emanuela à la Piazza Navona, un lieu touristique de Rome. Pour prouver son affirmation, Pierluigi a décrit Emanuela en parlant de ses cheveux, qu'elle venait tout juste de couper et des lunettes qu'elle détestait porter. Emanuela se serait présentée à Pierluigi en disant qu'elle s'appelait Barbara et qu'elle s'était enfuie de la maison, d'où sa nouvelle coupe de cheveux. Elle lui a aussi mentionné qu'elle était vendeuse pour les produits Avon. C'est étrange que la marque Avon revienne encore dans le récit, non ? Ainsi, la jeune fille aurait-elle fait une fugue ? Pour la famille Orlandi, c'est impossible. Emanuela avait des projets avec sa sœur. De plus, elle allait donner un récital de flûte dans quelque temps, ce qui l'enthousiasmait au plus haut point. Les Orlandi doutaient donc des propos de Pierlugi mais, trois jours plus tard, ils ont reçu un autre appel.

Le 28 juin, un dénommé Mario a offert un témoignage semblable sur la disparition d'Emanuela. L'homme, propriétaire d'un bar situé près du Ponte Vittorio à Rome, leur dit qu'il avait vu une jeune femme ressemblant beaucoup à Emanuela. Elle était entrée dans son bar en disant qu'elle s'appelait Barbara et qu'elle avait fugué de sa maison. Elle avait ajouté qu'elle retournerait chez elle pour le mariage de sa sœur. Serait-ce donc vrai, Emanuela était-elle partie volontairement ? Mais je doute de la véracité de ces témoignages. Si elle était réellement en fugue, pourquoi confierait-elle toutes ces informations de manière aussi candide à des inconnus ? C'est plutôt curieux, vous ne trouvez pas ?

À la suite de ces informations troublantes, plus de 3000 affiches ont été collées dans la grande ville de Rome. Le pape Jean-Paul II lui-même a fait appel à la population. Le 3 juillet, il a demandé aux responsables de l'enlèvement d'Emanuela Orlandi de se rendre à la police. Or, cette demande paraît très étrange également. Depuis le début, on semblait parler d'une fugue, pourquoi est-ce que le pape sous-entendait soudainement que la jeune fille avait été victime d'un kidnapping ?

Savait-il quelque chose de plus que la famille ?

Une affaire politique ?

Bien que le fait de donner une aussi grande visibilité à une affaire de disparition puisse grandement aider à l'avancement de l'enquête, ça peut aussi amener son lot de détracteurs. Le message bienveillant du pape Jean-Paul II a plongé la famille Orlandi dans un enfer, puisque le pays en entier connaissait désormais le nom d'Emanuela Orlandi. Deux jours plus tard, Ercole et Maria ont reçu un appel d'un groupe d'individus qui prétendait avoir enlevé Emanuela. La jeune disparue serait toujours en vie, prisonnière d'une cellule de terroristes. Le seul moyen de la revoir serait de libérer le fameux Mehmet Ali Ağca. Aucune autre information n'a été fournie, ni aucune demande de rançon.

Mehmet Ali Ağca

Quatre ans plus tôt, Mehmet Ali Ağca, un homme de 25 ans, avait été arrêté pour avoir tué un important journaliste en Turquie. Par la suite, il avait réussi à s'enfuir de la prison la mieux gardée de Turquie pour accomplir sa deuxième mission : tuer le pape. Le 13 mai 1981, sur la place Saint-Pierre, Mehmet Ali Ağca a tiré deux coups de feu sur le pape Jean-Paul II sans réussir à l'atteindre. Il a été arrêté et envoyé en prison. Selon Ali Ağca, l'assassinat du pape Jean-Paul II aurait été ordonné par un groupe des services secrets bulgares qui, eux, auraient reçu l'ordre directement du KGB. Il était désormais emprisonné à la prison de Rome.

Puis, un autre appel anonyme est fait à la famille Orlandi. Au téléphone, un homme surnommé « l'Américain », en raison de son accent des États-Unis, fait jouer un enregistrement audio où on peut entendre Emanuela en train de se faire torturer. Plus tard dans la journée, le même individu appelle le Vatican afin de suggérer « un échange » où il redonnerait Emanuela à sa famille, à la condition qu'on libère Mehmet Ali Ağca. « L'Américain » affirme que les hommes qui ont appelé précédemment, Pierluigi et Mario, font aussi partie du groupe terroriste. Ici, je m'interroge… Est-ce que les informations sur Pierluigi et Mario avaient été rendues publiques ? Je l'ignore, puisque c'est une affaire plutôt ancienne et que les détails sont difficiles à trouver. Or, il est raisonnable de croire que l'Américain connaissait Pierluigi et Mario et que, depuis le début, ces deux témoins importants, et probablement faux, étaient dans le coup.

Ainsi, la disparition d'Emanuela, 15 ans, avait pris une tournure politique.

Le lendemain, un appel anonyme est passé à la célèbre agence de presse italienne ANSA. Il provient d'un homme à l'accent américain avec un ton de voix dit « jeune ». L'individu exige que *l'échange* se fasse dans un maximum de 20 jours. Emanuela contre Mehmet. Ensuite, l'homme mentionne avoir laissé un petit panier sur la place publique près du parlement. À l'intérieur, les journalistes y trouvent des preuves qui démontrent que les supporteurs d'Ali Ağca détiennent Emanuela et qu'elle serait toujours vivante. Un employé d'ANSA s'est vite précipité au parlement où une petite enveloppe jaune l'attendait. Elle contenait la carte d'étudiante d'Emanuela provenant de l'école de musique, un reçu de ses frais de scolarité ainsi qu'une petite note écrite à la main : *Avec beaucoup d'affection, votre Emanuela.* Le bout de papier a été analysé par les parents d'Emanuela et, chose assez incroyable… il semblait réel ! L'écriture était bien celle de leur fille. Depuis les premiers instants de la disparition d'Emanuela, c'était la première preuve tangible qui pouvait montrer que l'adolescente était toujours en vie. Malheureusement, avec le temps, on a constaté que cette découverte ne permettrait pas de faire évoluer l'enquête.

Le 8 juillet, un autre appel anonyme est passé à une camarade de classe d'Emanuela. Cette fois-ci, l'homme au bout du fil a un accent qui semble provenir du Moyen-Orient. Encore une fois, l'homme affirme qu'il retient Emanuela et qu'il leur donne 20 jours pour procéder à l'*échange* et libérer Mehmet Ali Ağca. L'homme fait ensuite une autre demande, celle de parler directement au secrétaire d'État, Agostino Casaroli. Celui-ci pouvait recevoir des appels privés sur une ligne directe codée #158. Plus de 16 appels provenant de cabines téléphoniques différentes ont été passés au secrétaire d'État par « l'Américain ». Le public n'a jamais été mis au courant des informations divulguées au cours de ces appels mystérieux.

Le plus frustrant dans cette histoire, c'est que la disparition d'Emanuela aurait pu être évitée. Après la tentative de meurtre du pape, les services français de renseignements extérieurs avaient avisé les autorités du Vatican de l'éventualité d'un enlèvement. Les citoyens du Vatican couraient un danger, puisqu'il était fort possible que des groupes terroristes procèdent à un kidnapping pour demander la libération de Mehmet Ali Ağca. Quelques familles proches du pape Jean-Paul II ont été avisées des risques et ont pris les précautions nécessaires pour se protéger. Pourquoi les Orlandi n'ont-ils pas eu droit à ce privilège ? S'ils avaient su que leurs enfants pouvaient courir un risque d'enlèvement, ils ne les auraient sûrement pas laissés se rendre seuls à l'école.

Malgré tout, les membres de la famille Orlandi sentaient qu'ils étaient bien pris en charge par les autorités nationales. Les services secrets italiens se sont présentés chez eux afin de recueillir le plus d'informations possible sur Emanuela. Ils avaient une piste et ont promis de ramener l'adolescente à la maison dans les 15 jours. Les Orlandi, remplis d'espoir, s'attendaient au retour de leur fille. Après un mois sans nouvelles, Ercole a appelé l'agent responsable de l'enquête pour savoir où ils en étaient. Ce dernier lui a tranquillement répondu que ça n'avait pas fonctionné. Il n'a pas donné plus de détails. Plus tard, les Orlandi ont reçu une visite du pape Jean-Paul II qui leur a dit cette phrase terrifiante : « Il existe du terrorisme national et du terrorisme international. Le cas d'Emanuela est du terrorisme international. »

Sans réponse et sans résultat, le dossier a été clos en 1997 et la famille Orlandi a, encore une fois, été laissée à elle-même.

La piste des Loups gris

Emanuela s'est-elle véritablement fait enlever par un groupe de terroristes voulant la libération de Mehmet Ali Ağca ? Pour ma part, je pense que cette supposition est difficile à croire, puisque les affirmations de ce groupe ont beaucoup changé au fil des années. Par contre, ils ont toujours répété avec conviction qu'ils étaient bel et bien les seuls et uniques responsables du kidnapping de l'adolescente. Alors qu'il était en prison italienne dans les années 1980, Ali Ağca a déclaré qu'Emanuela Orlandi avait été enlevée par des agents bulgares du groupe des Loups gris, une organisation politique turque dont Ali Ağca était membre.

Les Loups gris

Les Loups gris sont un groupe turc d'extrême droite néo-fasciste, anti-communiste, anti-grec, anti-kurde, anti-arménien, antisémite, anti-chrétien et homophobe. Ils font parfois affaire avec la mafia turque, et ils sont responsables des meurtres de nombreux individus. Mehmet Ali Ağca était membre du groupe lorsqu'il a tenté d'assassiner le pape en 1981.

En 2006, Ali Ağca a publié une lettre confirmant ses propos précédents. Il déclare officiellement qu'Emanuela Orlandi et Mirella Gregori ont étés enlevées pour obtenir sa libération. Selon lui, les filles auraient été amenées dans un palais royal au Liechtenstein et y seraient cachées.

Cependant, en novembre 2010, Ali Ağca, alors libéré de prison, change sa version des faits. Sur un plateau de télévision turque, il déclare qu'Emanuela était gardée prisonnière par… le Vatican lui-même. Emanuela Orlandi, maintenant âgée de 42 ans, serait nonne dans un couvent situé dans un pays d'Europe de l'Est. Selon lui, les proches d'Emanuela connaissent son emplacement et vont souvent lui rendre visite, puisqu'elle n'est pas autorisée à sortir du couvent. Il est difficile de croire à cette version des faits ; Mehmet Ali Ağca a changé si souvent son histoire ! En effet, cinq ans plus tôt, en 2005, il avait appelé une chaîne de nouvelles en affirmant que son groupe était responsable du kidnapping et qu'il pouvait le prouver en montrant l'endroit où il avait caché la flûte d'Emanuela. Il a donné les directives aux journalistes qui se sont rendus à l'endroit dicté. Sur place, ils ont trouvé une flûte traversière emballée dans de vieux articles de journaux portant sur la disparition d'Emanuela. Lorsque des tests ADN ont été menés afin de découvrir si c'était bel et bien la flûte de l'adolescente, ils se sont revélés négatifs. Le dossier a été fermé par la suite.

La piste de la mafia italienne

Mais alors, que s'est-il réellement passé ? En 2011, une nouvelle piste voit le jour. Un ancien membre du groupe de crime organisé La Banda della Magliana, Antonio Mancini, a affirmé que cette organisation criminelle était responsable du kidnapping d'Emanuela. Elle aurait reçu l'ordre du cardinal américain Paul C. Marcinkus, l'un des serviteurs fidèles du pape, d'enlever l'adolescente. La Banda della Magliana, basée à Rome, a été active de 1970 à 1992 et travaillait souvent avec des organisations de la mafia italienne. Ainsi, contre son gré, Emanuela Orlandi se serait retrouvée mêlée au plus grand scandale financier du Vatican.

Le scandale de la banque Ambrosiano

La banque italienne Ambrosiano était une banque catholique connue sous le nom familier de « banque des prêtres ». Son secrétaire général, Roberto Calvi, travaillait de près avec le président de la Banque du Vatican, le cardinal Paul Marcinkus, dans des affaires frauduleuses et des histoires liées à des paradis fiscaux. Cette banque a fait faillite en 1982, ce qui a mis au jour le plus grand scandale financier du Vatican. Durant les jours suivant cette nouvelle, Roberto Calvi a été retrouvé pendu à Londres. Son suicide a eu lieu exactement un an avant la disparition d'Emanuela Orlandi, le 18 juin 1982. La mort de Calvi a toujours été considérée comme suspecte, laissant croire à un meurtre plutôt qu'à un suicide.

Selon cette hypothèse, le cardinal Paul Marcinkus aurait ordonné au chef de La Banda della Magliana, Enrico De Pedis, de kidnapper la pauvre Emanuela Orlandi afin de « passer un message » à des personnes plus haut placées. Il ne faut pas oublier qu'après tout, le père d'Emanuela avait un poste important à la Banque du Vatican...

Attention, ça se complique... Ce n'était pas la première fois qu'on impliquait Enrico De Pedis dans la disparition d'Emanuela Orlandi. En 2008, Sabrina Minardi, l'ancienne petite amie du gangster, a déclaré qu'Emanuela Orlandi avait été tuée par celui-ci. Ensuite, le corps d'Emanuela aurait été placé dans un sac, puis caché sous le béton d'un édifice en banlieue de Rome. Ses propos peuvent sembler crédibles, mais la famille Orlandi avait de la difficulté à y croire, puisque Sabrina Minardi était reconnue pour avoir de sérieux problèmes de consommation de drogue. De plus, l'édifice en question avait été construit avant la disparition d'Emanuela, donc il aurait été difficile de cacher son corps dans le ciment.

Vous rappelez-vous le dessin fait par les policiers, celui de l'homme qui conduisait la BMW ? Si l'on compare le portrait-robot à une photo d'Enrico De Pedis, la ressemblance est frappante. Je m'interroge donc... Si Sabrina Minardi était toxicomane, est-ce qu'elle aurait pu se tromper dans les dates ? Est-ce qu'Emanuela serait bel et bien cachée dans le ciment ?

Mais attendez, le lien entre Enrico De Pedis et la disparition d'Emanuela Orlandi ne s'arrête pas là. Quelques années plus tôt, en

2005, une chaîne de télévision italienne avait reçu un appel anonyme disant que la tombe d'Enrico De Pedis, assassiné en 1990, contenait un indice sur la disparition d'Emanuela. « Vous voulez résoudre l'affaire Emanuela Orlandi, regardez dans la tombe d'Enrico De Pedis. » Ainsi, après toutes ces affirmations incriminant De Pedis, la police italienne a décidé d'en finir une fois pour toutes avec ces rumeurs et d'exhumer son corps, 22 ans après sa mort, pour faire taire les spéculations.

Est-ce qu'Emanuela Orlandi aurait été enterrée à ses côtés ?

De Pedis, enterré parmi les grands hommes

Lorsqu'Enrico De Pedis est mort, son corps a été enterré dans la majestueuse basilique Sant'Apollinare. Étrangement, c'est l'endroit où Emanuela a été vue pour la dernière fois. Mais, mis à part cette mystérieuse coïncidence, plusieurs se posent des questions sur le privilège *post mortem* du gangster. La crypte sous la basilique romaine est normalement réservée aux membres importants du clergé, des cardinaux, des évêques... Seuls les serviteurs de Dieu ont droit à une telle sépulture.

Pourquoi un gangster de la mafia italienne y était-il enterré? Ce geste a été justifié au nom des nombreuses œuvres charitables d'Enrico De Pedis qui, malgré ses actions illégales, a aussi beaucoup aidé les pauvres qui fréquentaient la basilique Sant'Apollinare. Mais tout de même, ça reste une drôle de logique, non?

Le 14 mai 2012, des centaines de journalistes attendaient à l'extérieur de la basilique. Caméra à l'épaule, stylo à la main, ils appréhendaient une découverte tragique. À la surprise de tous, près du tombeau d'Enrico De Pedis, les médecins légistes ont découvert plusieurs contenants renfermant au moins 200 ossements humains. Ils ont été emportés au laboratoire pour analyse. Malheureusement, aucun d'eux n'appartenait à Emanuela Orlandi. De plus, après analyse ADN, aucune correspondance n'a pu être trouvée. Ainsi, les ossements n'ont pas été identifiés et le mystère persiste toujours.

Les secrets du Vatican

La fouille du tombeau d'Enrico De Pedis a, pour le bonheur de la famille Orlandi, fait relancer l'enquête. À ce moment, un homme important du Vatican, le père Gabriele Amorth, 85 ans, connu comme le « directeur » des exorcismes, a lancé des déclarations plutôt choquantes. Amorth affirme que la jeune Emanuela se serait fait kidnapper par les gendarmes du Vatican pour servir d'esclave sexuelle dans des fêtes au Vatican. Dans une entrevue pour la revue *La Sexta,* l'homme de foi a dit : « Ils organisaient des fêtes et l'un des gendarmes du Vatican était responsable de recruter des filles. Le réseau impliquait le personnel diplomatique d'une ambassade du Saint-Siège à l'étranger et je suis convaincu qu'Emanuela a été victime de ce cercle. »

Toujours selon Amorth, un dénommé monseigneur Simeone Duca, un archiviste pour le Vatican maintenant décédé, était chargé de recruter les jeunes filles pour les débauches ayant lieu dans le Saint-Siège. La pauvre Emanuela aurait été victime des pulsions de ces hommes de religion et serait morte, assassinée, à la suite de l'une de ces fameuses orgies. Cette histoire ressemble à du conspirationnisme de bas étage... Faut-il croire les dires de l'exorciste ? En fait, ce n'était pas la première fois que le vieillard tenait des propos aussi scandaleux. Amorth avait déjà affirmé que le yoga était satanique, puisqu'il incitait les gens à pratiquer l'hindouisme. Il a également déclaré que la saga *Harry Potter* était dangereuse, car elle poussait les enfants à croire en la magie noire, donc au mal.

Le frère d'Emanuela, Pietro, représentant officiel de la famille Orlandi dans les médias, se bat depuis plus de 40 ans afin de savoir ce qui est arrivé à sa sœur. Quand on mentionne la théorie abracadabrante du père Gabriele Amorth, il n'y accorde pas beaucoup d'importance. Dans une entrevue réalisée par Marcelo Larraquy pour le journal *Infobae*, Pietro dit ceci :

C'est la seule piste en laquelle je n'ai jamais cru parce que, si c'était vrai, ça aurait commencé et ça se serait terminé là. Le pape n'aurait pas parlé si Emanuela avait été victime d'un enlèvement sexuel. On l'a kidnappée parce qu'elle était citoyenne du Vatican, et non parce que c'était Emanuela Orlandi.

Si cette piste est, à mon sens, à écarter, il y en a une autre incriminant le Vatican qui est beaucoup plus intrigante. En mai 2012, des documents confidentiels du Vatican ont été exfiltrés, révélant des secrets douteux. Le public, choqué mais pas surpris, a pu se rendre compte que le Saint-Siège lui cachait beaucoup de choses : des scandales de corruption, de déviances sexuelles, de népotisme et bien d'autres. Mais ce qui a le plus choqué les gens, c'est le Vatileaks 2, sorti en 2017. En mars 2014, plusieurs documents ont été volés de l'armoire d'un bureau du Vatican. Parmi ces papiers confidentiels, un dossier de cinq pages, datant de 1998, révélait ce qui était arrivé à Emanuela Orlandi.

Le document est intitulé « Un résumé des dépenses faites par l'État du Vatican pour les activités en lien avec la citoyenne Emanuela Orlandi (Rome, le 14 janvier 1998) ». Le document aurait été écrit par le cardinal Lorenzo Antonetti, destiné à deux archevêques, Giovanni Battista Re et Jean-Louis Taurant, et il listerait toutes les dépenses entre 1983 et 1997, faites pour Emanuela Orlandi. On parle de plusieurs transferts d'argent vers Londres pour la location d'une chambre, des frais de scolarité dans un pensionnat, des frais médicaux (incluant des visites chez le gynécologue) et des coûts reliés à diverses enquêtes pour retrouver Emanuela. Les dépenses s'élèveraient à un total de 430 millions de lires, soit environ 275 000 euros. Le porte-parole du Vatican, Greg Burke, affirme que ce document est tout sauf véridique. Et bien sûr, il n'y a aucun moyen de le vérifier puisque le cardinal Antonetti, l'auteur présumé du document, est mort en 2013.

Emiliano Fittipaldi, le journaliste qui a rendu cette affaire publique, n'est malgré tout pas convaincu de sa légitimité non plus. Toutefois, il n'arrive pas à comprendre pourquoi quelqu'un perdrait son temps à inventer de telles affirmations. Il est très troublé par ces révélations et ces nombreuses supposées dépenses : « Le document implique que le Vatican aurait réussi à retrouver Emanuela, mais qu'au lieu de la retourner à sa famille, ils l'ont gardée à Londres et ce n'est pas clair pourquoi ils auraient fait cela. »

Ainsi, si ce document est authentique, le Vatican serait impliqué dans un crime très sérieux et impardonnable.

Toutefois, il y a plusieurs détails qui clochent dans cette lettre de cinq pages. Premièrement, le tout est écrit sur des feuilles blanches normales, il n'y a pas de sceau ni de signature officielle. De plus, comme la lettre était destinée à l'archevêque Giovanni Battista Re, elle aurait dû être adressée à « Son Excellence Révérend », phrase qui est absente du document. Le nom de Jean-Louis Taurant est aussi mal épelé. On a écrit « Luis » plutôt que « Louis ». Mais alors, si ces documents sont faux, pourquoi étaient-ils bien cachés ? On peut aussi supposer qu'en revanche, de telles erreurs auraient pu être commises de manière volontaire pour qu'ensuite, on puisse discréditer sa légitimé en pointant ces coquilles.

Un extrait audio dérangeant

En 2016, l'émission italienne *Chi l'ha visto ?*, qui porte sur des histoires de disparitions, a consacré une émission entière à l'affaire d'Emanuela Orlandi. Pendant celle-ci, les présentateurs ont diffusé un enregistrement audio qu'ils avaient reçu. Apparemment, 25 jours après la disparition d'Emanuela, cette cassette aurait été laissée au siège d'ANSA, à Rome. Cet enregistrement est celui que la famille Orlandi a pu entendre au téléphone, après la disparition d'Emanuela. Il a été rendu public pour la première fois et donne des cauchemars. L'extrait est facile à trouver sur YouTube, mais attention de ne pas l'écouter au travail ou dans un lieu public. Ça peut porter à confusion…

Les Orlandi croient qu'en effet, on entend bien leur fille sur l'enregistrement audio. Si ce n'est pas elle, est-ce que quelqu'un d'autre aurait pu imiter sa voix ? C'est possible, mais comment aurait-il pu s'assurer que la voix était bien semblable et crédible sans connaître Emanuela ? Dans l'enregistrement, on entend une jeune fille gémir : « Arrête, tu me fais mal ! » pour ensuite s'exclamer à propos d'une grande quantité de sang. On l'entend aussi dire : « Je devais vous donner ce numéro de téléphone. » J'ai aussi lu la transcription de l'enregistrement audio. Dans celle-ci, on peut y lire que la jeune fille est accompagnée de trois hommes, ses trois tortionnaires. Or, dans la bande audio, la voix des hommes a été coupée au montage, on n'entend que la fille parler et crier de douleur.

Plusieurs se demandent pourquoi la voix des hommes a été coupée, mais aussi où se trouve la version originale de cet enregistrement.

Ce qui rend mal à l'aise dans cet extrait, c'est que la voix de la femme peut, en effet, sonner comme quelqu'un qui se fait torturer, qui souffre. Mais elle peut aussi s'apparenter à celle d'une femme en plein ébat sexuel. Il y a beaucoup de gens qui doutent de la véracité de cet enregistrement et qui croient qu'il proviendrait plutôt d'un film pornographique. Des internautes ont tenté de trouver un film duquel on aurait pu prendre cet extrait, mais leurs recherches n'ont rien donné. Après tout, les propriétaires de cette cassette auraient pu demander à une femme quelconque de faire semblant de souffrir et d'être torturée pour laisser croire que c'était Emanuela. Mais qui ferait une si mauvaise blague ? Quelqu'un qui veut faire croire qu'elle est toujours vivante ? J'ose espérer qu'en effet, une personne cruelle aurait joué ce mauvais tour, parce que si c'est bien Emanuela sur l'extrait, je ne peux m'imaginer les souffrances qu'elle a dû subir.

Emanuela Orlandi, enlevée par erreur?

Une autre hypothèse venant du fils de Roberto Calvi, Carlos Calvi, suppose qu'Emanuela aurait été enlevée par erreur, que depuis le début elle n'était pas la cible visée.

Une amie proche d'Emanuela, Raffaella Gugel, est la fille d'Angelo Gugel, l'assistant de chambre du Vatican. Il a travaillé auprès de Jean-Paul Ier, Jean-Paul II et Benoît XVI. La jeune Raffaella Gugel vivait dans le même bâtiment qu'Emanuela et, elle aussi, était citoyenne du Vatican grâce à l'emploi de son père. En plus d'être voisines et amies, Emanuela et Raffaella se ressemblaient beaucoup. Au début du mois de juin 1983, Raffaella avait dit à ses parents qu'elle se sentait suivie, observée, traquée. À la suite des propos de leur fille, les Gugel, inquiets et méfiants, avaient même débranché leur téléphone. Quelques jours avant la disparition d'Emanuela, Raffaella et ses amies marchaient dans la rue quand un homme à bord d'une voiture de modèle Autobianchi A112 aurait attrapé l'adolescente par le bras en demandant à son complice: «Est-ce que c'est elle?» Raffaella et ses amies avaient trouvé ça étrange, mais n'avaient pas été alarmées. Elles étaient habituées aux commentaires déplacés d'hommes italiens. Quelques jours plus tard, Emanuela Orlandi avait disparu.

Est-ce que, depuis le début, c'est Raffaella qui aurait dû être enlevée? Après tout, son père était plus haut placé que celui d'Emanuela. C'était le bras droit du pape!

Que cachent les anges ?

Voyageons dans le temps et transportons-nous en 2019, la dernière fois où l'affaire Orlandi a refait surface dans les médias. L'année d'avant, sa famille avait reçu une lettre anonyme lui indiquant que les ossements d'Emanuela étaient cachés à *l'endroit où pointe l'ange*. La note était accompagnée d'une photo montrant la statue d'un ange située dans le cimetière du Collège teutonique, au Vatican. Après 36 ans de mystère, n'ayant plus une seconde à perdre, les Orlandi ont demandé aux policiers de creuser cette piste. Les tombes situées sous l'ange étaient celles de deux princesses : Charlotte-Frédérique de Mecklembourg-Schwerin, la duchesse du Danemark, décédée en 1840, et Sophie Von Hohenlohe, décédée en 1836.

Le 11 juillet 2019, la famille Orlandi, accompagnée d'une quinzaine de médecins légistes et de journalistes, s'est rendue sur place afin de procéder à l'excavation tant attendue. Sous le lourd bloc de marbre se trouvait un espace souterrain, l'endroit où devait être entreposé le corps de la princesse Sophie. En descendant dans l'obscurité, les ouvriers sont restés surpris : la cave était complètement vide, les ossements de la princesse n'y étaient pas ! La même histoire s'est répétée quand ils ont ouvert la tombe de la duchesse Charlotte. Encore une fois, elle était vide.

Le Vatican, sans mot, n'a pu donner de réponse satisfaisante à la question qui était sur toutes les lèvres : où étaient les ossements des deux princesses ?

Les officiels du Vatican croient que les ossements auraient pu être déplacés lors de rénovations à la fin du XIXe siècle, ou même dans les années 1970, mais il n'y a aucun moyen de le savoir. À la suite de cette découverte, le Vatican a décidé de fouiller l'ossuaire situé dans l'espace souterrain du Collège teutonique. Des milliers d'ossements ont été recueillis, ils appartiendraient à une douzaine de personnes. En 2020, le Vatican a confirmé que les ossements dataient de plus de 100 ans, et donc qu'ils n'étaient pas ceux de Mirella ou d'Emanuela.

***

L'affaire Emanuela Orlandi est l'un des plus grands mystères d'Italie et, pour certains, du monde. Après avoir lu sur chacune des théories entourant la disparition de l'adolescente, je reste avec un sentiment d'insatisfaction : aucune ne me semble plausible. Chacune des hypothèses mentionnées plus haut impliquerait tellement de gens, tellement de secrets, tellement de sacrifices... Il est difficile de croire que le Vatican, s'il était au courant de ce qui est arrivé à Emanuela, serait capable de le cacher au monde entier pendant aussi longtemps.

Il y a toujours la possibilité qu'Emanuela se soit fait enlever par un individu n'ayant aucun lien avec la mafia, les Loups gris ou le Vatican. Malheureusement, notre monde est composé de bonnes personnes et de mauvaises, de mères Teresa et de Ted Bundy. Et si Emanuela s'était fait enlever par un prédateur sexuel de Rome ? Et si elle était tout simplement tombée dans les eaux du Tibre et s'y serait noyée ? Ces hypothèses sont beaucoup moins séduisantes qu'une théorie du complot impliquant le pape, mais tout aussi tragiques.

Aujourd'hui, Pietro Orlandi et sa mère n'ont pas abandonné l'espoir d'obtenir une réponse un jour. Maria Orlandi, elle, vit toujours au Vatican dans sa maison familiale. Lorsque le pape François a été élu, les Orlandi l'ont approché en espérant qu'il s'engage à rouvrir l'enquête. En guise de consolation, ce dernier leur a répondu qu'Emanuela était maintenant au Paradis, sans vouloir entrer dans les détails.

Une chose est sûre, Pietro continuera de chercher jusqu'à ce qu'il sache ce qui est arrivé à sa sœur. Il faut toujours garder l'œil ouvert. Qui sait ? Le monde qui nous entoure n'est peut-être pas celui que l'on croit.

12. MICHAEL CARREAU – LE DEUIL D'UNE MÈRE

Il n'y a pas de manuel d'instruction pour être parent. Il n'y pas non plus de directives pour t'enseigner à vivre avec la disparition ou la mort de ton enfant, peu importe son âge[8].

Le 7 octobre 2019, je me fais réveiller par les léchouilles de mes deux chiens. J'ouvre à peine les yeux que j'agrippe déjà mon téléphone pour me mettre à jour sur ce que j'ai manqué durant la nuit. Plusieurs disent que c'est malsain de regarder son téléphone si tôt le matin. C'est vrai. Ne le faites pas. J'ouvre l'application YouTube et lis les commentaires sur ma plus récente vidéo, tout va bien, pas de *damage control* à faire. J'ouvre ensuite Instagram pour voir les messages reçus ; certains me font sourire, j'y réponds rapidement.

---

8. Tous les passages en italiques sont tirés du livre de Marya Fredette : *A mother's tears, living after the murder of my son*. La traduction est de moi.

Je termine en vérifiant ma boîte de courriels qui est toujours pleine, en raison des alertes Google que j'ai activées sur chacune des disparitions dont j'ai déjà parlé. Rien de nouveau. Mais l'un des messages attire immédiatement mon regard : Michael Carreau assassiné en Nov 2011.

Je dépose mon téléphone et vais me faire un café avant d'ouvrir ce courriel. Pendant que ma machine s'active, je pense à son titre. Michael Carreau ? Je n'ai jamais entendu ce nom. Étrange... je suis pourtant bien informée des affaires criminelles.

Caféinée et enfin réchauffée, j'ouvre le courriel :

Allô Victoria,
Je suis la maman de Michael et veux faire un YouTube, S.V.P. contacte-moi.
Merci
Marya ! :)

Le *clash* entre la violence et le désespoir de ces quelques lignes versus la signature automatique de sa mère, écrite en rose et en *Comic Sans MS,* vient encore plus me chercher. Je me demande pourquoi ça me touche autant. Peut-être parce qu'elle me rappelle ma mère ou, en fait, toutes les mères. Le *smiley,* le point d'exclamation dans son nom... Ces petits détails anodins montrent la bonté de cette femme. Je ne sais pas comment Marya a entendu parler de mes vidéos YouTube, mais le fait qu'elle m'écrive pour me demander de l'aide prouve qu'elle veut garder la mémoire de son fils en vie, et je décide que je ferai tout en mon possible pour l'aider.

Michael Carreau... Michael Carreau... Ça sonne québécois. Je cherche son nom sur Google pour en savoir plus. Il n'y a que sept articles consacrés à cette affaire. En vitesse, j'en lis un datant de 2014 pour savoir de quoi il s'agit. Michael Carreau, 22 ans, a disparu en septembre 2011, en Beauce (une région du Québec). Vingt-deux ans ? C'est si jeune ! Pourquoi je n'ai jamais entendu parler de cette affaire ? J'ouvre un autre article, cette fois-ci de Radio-Canada : « La SQ à la recherche de témoins dans le meurtre de Mickael Carreau. » Mickael ? Sa mère a bien écrit Michael dans son courriel. Ils ont vraiment fait une erreur dans le prénom du défunt ?

Profondément touchée, je réponds à Marya :

Bonjour Marya, merci de me faire confiance !
Est-ce que le meurtre de Michael a été résolu ?

C'est sa réponse, simple, mais pourtant remplie de chagrin, qui m'a poussée à consacrer un chapitre entier à Michael :

Non.... on cherche toujours
Marya ! :)"

Pour l'écriture de ce chapitre, j'ai eu la chance d'obtenir plusieurs informations grâce au livre de Marya Fredette : *A mother's tears, living after the murder of my son*, qui a pu m'offrir une autre perspective : celle, douloureuse, d'une mère qui a injustement perdu son fils.

Parlons de Michael Carreau

Michael Carreau a 22 ans, c'est un jeune homme généreux, rempli d'une joie de vivre contagieuse. Un an avant sa disparition, sa mère et lui possédaient un bar à Saint-Gédéon-de-Beauce. C'était le rêve de Michael d'être propriétaire d'un endroit où ses amis et lui pourraient prendre des verres et s'amuser. Michael voulait toujours faire plaisir à ses proches, tellement que sa mère, Marya, a dû lui demander d'arrêter d'offrir des *drinks* gratuitement à ceux-ci s'ils voulaient faire des profits. En lisant cette description de Michael, je n'ai pu m'empêcher de sourire. C'est vrai qu'avoir un bar à 21 ans, c'est le rêve de plusieurs jeunes, mais rapidement, ça peut devenir difficile à gérer. Le jeune garçon a bien vite réalisé qu'il voulait faire autre chose, il a donc décidé de retourner sur les bancs d'école (ou plutôt de retourner aux fourneaux !) pour suivre un cours de cuisine.

Le projet de Michael lui donne des ailes. Il gagne en indépendance et se transforme en un beau jeune homme mature et honnête. Il vit seul en appartement, non loin de la maison de sa mère, dont il est très proche. Il lui dit tous ses secrets et lui demande toujours des conseils précieux. Il a aussi commencé à fréquenter une femme plus vieille que lui, la mère d'une amie de sa petite sœur. Cette relation lui convient parfaitement puisqu'elle est plutôt *casual;* Michael aime garder son indépendance et sa liberté. Il n'est pas prêt à s'engager dans une histoire plus sérieuse.

Marya se rappelle l'un de ses derniers moments avec son fils, le lundi 12 septembre 2011. Elle avait croisé Michael, qui sortait d'un carrefour de l'emploi. Il était sur un nuage car il venait d'être accepté au cours de cuisine qu'il voulait suivre ! Après lui avoir annoncé la bonne nouvelle, le jeune homme invita sa mère à son appartement pour un café. En entrant dans le petit logement, Marya réalisa à quel point elle était fière de son fils. Il avait beaucoup d'ambition et allait au bout de ses objectifs. En plus, chez lui, tout était propre et en ordre, comme elle le lui avait enseigné. Michael dit à sa mère que pour célébrer son acceptation, il voulait inviter sa famille à souper chez lui le dimanche suivant : sa mère, sa grand-mère et son oncle Johnny seraient de la partie et il cuisinerait pour tout le monde ! Marya accepte avec bonheur. Son bébé qui fera la cuisine pour elle ! En partant, elle le serre dans ses bras et ne manque pas de lui dire qu'elle l'aime et qu'elle est fière de lui.

Michael a toute la vie devant lui. Il ne se doute pas que bientôt, quelqu'un la lui arrachera.

Sans nouvelles de Michael

Le jeudi 15 septembre 2011, en soirée, Michael appelle sa mère d'un téléphone public situé dans un centre commercial. C'est son frère, Yohann, qui répond. Ce dernier trouve que Michael semble préoccupé, qu'il est différent, mais il ne lui demande pas ce qui ne va pas. Un peu plus tard dans la soirée, Marya sort avec quelques copines au Merlin, un petit bar de quartier, parfait pour jouer au billard ou prendre quelques bières. En entrant dans l'établissement, elle remarque son fils seul au fond. Il joue aux machines à sous. Elle s'approche de lui pour le surprendre, mais remarque qu'il semble préoccupé. Elle lui demande donc plutôt si tout va bien ; il répond par l'affirmative. Pourtant, Marya voit bien que l'attitude de son fils a changé depuis le lundi précédent. A-t-il des problèmes de cœur ? D'argent ? Dort-il bien ? Est-ce que quelque chose l'angoisse ? Devant le silence de son garçon, elle choisit de le laisser tranquille et de lui donner l'espace dont il a besoin. Elle ne veut pas l'étouffer. S'il a des problèmes ou qu'il se sent triste, il viendra lui en parler. Préoccupée, Marya retourne calmement s'asseoir avec ses amies tout en gardant un œil protecteur sur son fils.

Peu de temps après, Michael s'approche de sa mère pour lui dire au revoir, il va rejoindre des amis dans un autre bar pas trop loin. Il semble pressé de partir. Marya le serre rapidement dans ses bras et le regarde quitter Le Merlin, sans savoir que ce sera la dernière fois qu'elle le verra.

Le dimanche suivant, comme prévu, la grand-mère de Michael, son mari, Johnny, et Marya se rendent à l'appartement du jeune homme pour le souper de célébration. Ils sonnent à l'intercom du bloc, mais n'obtiennent pas de réponse. Où est-il ? C'est étrange, Michael est normalement assez ponctuel... À l'extérieur, les mains pleines, ne sachant que faire, ils croisent par hasard Émilie, une bonne amie de Michael qui réside dans le même immeuble. Elle aussi est inquiète, ça fait plusieurs jours qu'elle n'a pas croisé son ami alors que, normalement, ils passent toutes leurs soirées ensemble. Résignés, ils décident d'aller souper chez la grand-mère en attendant d'avoir des nouvelles du jeune homme. Dans la soirée, Marya croise Sabrina, une amie de la famille qui engage Michael les samedis et dimanches pour l'aider à la ferme. Elle les informe qu'il ne s'est pas présenté au travail cette fin de semaine-là.

À contrecœur, les proches concluent que le futur cuisinier a probablement décidé d'aller faire un *road trip* de dernière minute.

Il reviendra... Non?

Durant les deux semaines qui suivent, Marya ne cesse de tenter de rejoindre Michael par téléphone, mais elle tombe toujours sur sa boîte vocale. Son frère, Johnny, essaie aussi à plusieurs reprises de parler à son neveu, qui ne répond pas.

Plus les semaines avançaient, plus j'ai maîtrisé, perçu et compris que quelque chose de terrible lui était arrivé. Je suis incapable d'expliquer comment j'en suis arrivée à ce sentiment, peut-être que c'était dû à mon instinct maternel ou à mon lien spécial avec lui. Durant ce temps, mes proches faisaient des efforts pour me rassurer en me disant qu'il reviendrait, mais au fond de moi, j'ai compris que quelque chose clochait et qu'il ne reviendrait jamais.

Le 1er octobre, Marya reçoit un appel de sa mère. Yves, le propriétaire du logement où vit Michael, vient de l'appeler pour savoir où est son locataire, puisqu'il n'a pas payé son loyer. Il se pose des questions parce que la porte de l'appartement est couverte de petites notes d'amis qui le cherchent. En entendant cela, Marya pressent tout de suite la vérité et lance:

«Maman, Michael est mort.»

L'instinct d'une mère peut être très puissant. Marya se doutait bien que quelque chose clochait, elle n'avait pas eu de nouvelles de son fils depuis trois semaines. Évidemment, il ne fallait pas oublier que Michael, étant adulte, était libre de faire ce qu'il voulait. Mais quand elle a appris qu'il manquait à ses responsabilités, comme se présenter au travail et payer son loyer, elle a su qu'il lui était vraiment arrivé quelque chose.

Elle appela Johnny pour lui faire part de ses craintes. Il était comme un père pour Michael, toujours présent pour l'aider et lui rendre service et il sentait, lui aussi, que quelque chose ne tournait pas rond. Au téléphone, il expliqua à sa sœur:

Le mercredi avant sa disparition, le jour où j'ai acheté ma nouvelle moto, Il était avec moi et on a soupé ensemble à la maison.

Michael était inquiet, il pensait que quelqu'un lui voulait du mal et il voulait emprunter un de mes fusils.

Cette demande était complètement inusitée de la part de Michael. Un fusil? Pourquoi avait-il besoin d'une arme? Johnny a refusé et lui a demandé ce qui n'allait pas. Était-il en danger? Mais son neveu n'a pas voulu répondre. Sous le choc de ce que son frère venait de lui apprendre, Marya a appelé la police pour rapporter la disparition de son fils.

La disparition d'un adulte

Lorsqu'on entend parler des histoires de disparition dans les médias, ce sont surtout celles d'enfants, des alertes Amber, des cas où tous les moyens sont bons pour retrouver la victime: des battues, des équipes canines, des hélicoptères, le FBI, des affiches dans toute la ville, des *billboards*, etc. Or, pour une disparition d'adulte, ce n'est jamais aussi spectaculaire.

Tout d'abord, il ne faut pas oublier qu'un adulte a le droit de disparaître. En effet, à l'heure qu'il est, plusieurs adultes qui sont portés disparus le sont par choix. Dans le langage des enquêteurs privés, on les appelle des *skip*, soit des gens qui ont délibérément choisi de *skip town*, s'enfuir. Plusieurs raisons poussent des gens à déserter leur famille, leur ville, leur vie: de grosses dettes, une relation malsaine, un ennemi, un trouble de santé mentale, une faillite, une dispute, etc. Donc, malheureusement, lors de disparitions d'adultes, les policiers n'ont pas la même «urgence» de retrouver la personne, puisqu'un adulte est considéré comme moins vulnérable qu'un enfant. Cela explique pourquoi les policiers attendent souvent au moins 48 heures avant de commencer à enquêter sur la disparition d'une personne majeure.

Le 1er octobre en soirée, Marya se présente au poste de police près de chez elle pour fournir toutes les informations nécessaires concernant Michael. L'enquêteur commence par lui poser les questions traditionnelles : est-ce que le jeune homme était suicidaire ? Dépressif ? Voulait-il se faire du mal ? En effet, ce sont des pistes assez courantes lorsqu'on parle de disparitions d'adultes. Dans le cas présent, il ne présentait aucun symptôme s'apparentant à quelqu'un de dépressif, rien ne sous-entendait qu'il souhaitait mettre fin à ses jours. Ainsi, la piste du suicide n'était pas vraiment valide pour Marya.

L'enquêteur établit ensuite un portrait physique du jeune homme : sa description, ses signes distinctifs, les vêtements qu'il portait lors de sa disparition et, bien sûr, la dernière fois qu'il a été vu. Encore une fois, comme il s'agissait d'un adulte de 22 ans, il n'y avait pas d'urgence pour les policiers de diffuser son avis de disparition. Ils attendirent rien de moins que cinq jours avant de le publier. Cinq jours ! Ce sont 120 heures précieuses qui ont été perdues. Quand l'avis de disparition sort enfin, Marya est sous le choc :

À la requête de la famille, le département de police de Saint-Georges est à la recherche de Michael Carreau, 22 ans, qui n'a pas été vu depuis le 8 septembre. Il a quitté sa résidence de Saint-Georges en laissant tout derrière lui. Ses proches n'ont pas eu de nouvelles depuis.

Selon sa mère, Michael pourrait avoir des pensées suicidaires. Il est célibataire et ne possède pas de permis de conduire, ni de voiture.

Description physique : caucasien, cheveux bruns, yeux bruns, mesure 1 m 88 et pèse 80 kg. Il porte toujours des jeans, un t-shirt et des espadrilles foncées.

Comme Marya le précise dans son livre, Michael a plusieurs signes distinctifs qu'il aurait été utile de préciser, des détails essentiels à inscrire sur des affiches de disparition : il porte des lunettes et a deux tatouages sur les coudes (deux toiles d'araignée). Ne pas inclure ces éléments dans sa fiche de disparition était une erreur de la police municipale.

De plus, à quel moment Marya a-t-elle dit que son fils était suicidaire ? Bien au contraire, elle a précisé à l'enquêteur que Michael ne montrait aucun symptôme de dépression. Cette déclaration était donc complètement erronée. Mais l'inspecteur responsable de l'enquête lui a précisé que c'était une « technique » de marketing plutôt efficace. Le mot « suicide » sur une affiche de disparition attire la sympathie du public, qui aura donc un désir plus grand d'aider.

Pendant que Marya continue à espérer un appel de son fils, Yves, le propriétaire du logement de Michael, l'appelle pour qu'elle vienne vider l'appartement. Il veut vite le louer à d'autres locataires. *Business is business*, comme on dit.

Un appartement sens dessus dessous

En arrivant devant la porte de l'appartement, Marya est profondément touchée de voir les petites notes multicolores laissées par des amis inquiets. Ce geste témoigne des nombreuses amitiés de son fils. Yves vient leur ouvrir la porte, puis s'en va.

En entrant, ils sont choqués par l'odeur horrible qui émane du logis, un mélange de nourriture périmée et de pourriture. Marya est surprise de voir le minuscule appartement si sombre et désordonné, alors que son fils avait normalement une hygiène impeccable. Il n'aurait jamais laissé son foyer dans un tel état. Les rideaux du salon, tirés, ne laissaient pénétrer aucune lumière naturelle dans l'appartement lugubre.

Quelque chose de crucial était arrivé à mon fils. C'était comme s'il avait été assassiné ou retenu dans l'appartement. Avec chaque pas que je faisais, je devenais plus consciente que j'étais littéralement sans mot ; je pensais avoir perdu ma voix. Je savais que quelque chose de mauvais s'était passé. Je pouvais le sentir.

Avec sa mère, Marya remarque que plusieurs objets ne sont pas à leur place habituelle. Le sofa brun a été déplacé, il n'est plus collé contre le mur comme d'habitude. La télévision et l'ordinateur ne sont plus là. Quand Marya pénètre dans la chambre, une odeur très forte l'envahit, tellement qu'elle peut presque la goûter; une odeur putride de mort. La grand-mère de Michael lance: « Ça sent mauvais, quelque chose s'est passé ici. » La garde-robe est vide: tous les vêtements du jeune homme sont dans un gros sac de poubelle noir, sur le sol. Sur le lit, les draps ont été retirés et sont introuvables.

Dans la cuisine, un steak à moitié cuit a été laissé dans une poêle, sur la cuisinière. Michael avait-il été interrompu pendant qu'il préparait son souper? Dans le frigo, du fromage moisi et du lait caillé témoignent du nombre de semaines passées sans que le jeune homme mette les pieds chez lui. Deux bières de marque Budweiser à moitié vides et des mégots de cigarettes traînent encore sur le comptoir de cuisine. Michael ne fume pas la cigarette; quelqu'un avait dû lui rendre visite avant sa disparition. Dans l'appartement, Marya trouve également des vêtements qui n'appartiennent pas à son fils. Une boîte de chaussures de randonnée traîne dans le salon. Elles sont tachées de boue; or, Marya sait qu'elles ne sont pas à Michael, elles sont beaucoup trop petites pour lui. Sur l'une des chaises de la salle à manger est jeté un manteau de cuir noir. Son fils ne porte pas de cuir, et Marya n'a jamais vu ce vêtement. Quand Marya rappelle le propriétaire pour lui demander s'il est au courant de ce qui est arrivé aux articles électroniques qui manquent dans l'appartement, Yves lui répond qu'il les a pris en attendant de recevoir le paiement des loyers que Michael lui doit. Est-ce que c'est légal de faire ça? L'homme froid et sans pitié demande à ce qu'on le paye immédiatement et qu'on vide les lieux rapidement. Marya supplie Yves de lui laisser encore quelque temps; si elle vide l'appartement, elle risque de détruire des éléments cruciaux qui pourraient faire avancer l'enquête.

Désespérée, elle appelle l'enquêteur pour qu'il vienne jeter un coup d'œil au logement. Elle s'imagine qu'il viendra rapidement, histoire de prendre des photos et des empreintes digitales. Après tout, c'est une scène de crime! L'enquêteur lui répond: « Michael est probablement parti en *road trip* quelque part, ou il est en train de faire pousser du cannabis dans le sous-sol d'un ami. » Marya ne peut pas y croire ! Les policiers ne sont-ils pas supposés protéger les citoyens ?

Comme elle n'a aucun recours contre Yves, le propriétaire, et que la police municipale ne croit pas à l'hypothèse du crime, Marya est seule. Complètement seule. Avec ses proches, elle finit par vider l'appartement de Michael, effaçant toute preuve pouvant les mener jusqu'à lui.

Après cet événement éprouvant, la famille organise deux battues pour chercher le disparu. Les proches se joignent aux recherches, mais la police municipale refuse de participer. Heureusement, la police provinciale, la Sûreté du Québec, décide de prendre en charge le dossier et, très vite, les choses se mettent à bouger.

La différence entre l'efficacité de la Sûreté du Québec, habituée aux affaires de disparitions, et la police municipale est impressionnante. Dès le début du mois de novembre, les nouveaux enquêteurs demandent d'aller fouiller l'appartement de Michael qui, heureusement, n'a toujours pas été loué. Les policiers prélèvent des empreintes digitales laissées dans l'appartement, prennent des photos et font des tests au luminol pour repérer des taches de sang. Ils demandent à analyser la veste en cuir et les chaussures pleines de boue. Malheureusement, ces recherches n'ont pu porter fruit puisque tous les indices ont été effacés lors du nettoyage de l'appartement. Le manque d'intérêt de la police municipale et le manque d'empathie du propriétaire ont gravement nui à l'enquête et, par le fait même, aux chances de retrouver Michael vivant.

Le 5 novembre 2011, à Notre-Dame-des-Pins, près de la route 173, deux chasseurs marchent près d'un chemin de fer désaffecté quand une forme au loin attire leur attention. Près des rails, dans un petit fossé, se trouvent des restes humains. La police est immédiatement avertie. Le lendemain matin, à 7 h 30, une agente de la Sûreté du Québec sonne à la porte de Marya.

« Êtes-vous la mère de Michael Carreau ? »

La partie supérieure de mon corps s'est immobilisée, mes jambes ont commencé à trembler et mon cœur s'est arrêté pour un moment, et puis, il a commencé à battre très fort. Je pouvais entendre le bruit assourdissant de mon estomac. Je savais qu'elle était ici pour me donner les nouvelles que j'anticipais depuis deux mois. J'ai simplement répondu : « Oui. »

Le garçon sur la voie ferrée

Un corps a été retrouvé. C'est celui d'un jeune homme blanc qui semble avoir le même âge et la même taille que Michael. Le corps est dans un état de décomposition si avancé qu'il est impossible de confirmer s'il a les mêmes tatouages. Marya demande à le voir. C'est sa mère, elle saura tout de suite si c'est le corps de son fils. Mais la policière lui répond que la décomposition du corps est trop avancée, qu'il sera impossible de le lui montrer. Marya pourra seulement l'identifier par les photos des effets personnels retrouvés près du cadavre. La mère serait traumatisée à vie de voir les restes de son fils ; le choc serait trop grand.

L'agente montre donc une photo à Marya pour qu'elle dise si elle reconnaît l'objet retrouvé, une paire de lunettes. La maman les reconnaît tout de suite : quelques semaines avant de disparaître, Michael avait brisé ses lunettes. En attendant d'en acheter de nouvelles, Marya les avait réparées avec un peu de ruban adhésif. L'agente sort ensuite une ceinture en cuir. Marya la reconnaît bien vite aussi. Et respire l'odeur horrible qui se dégage de la ceinture : celle d'un cadavre.

Deux semaines plus tard, une autopsie est effectuée sur le corps, qui permet de déterminer la journée exacte de la mort de Michael. Ainsi, le médecin légiste conclut que le jeune homme a probablement été assassiné tard le soir du 15 septembre, ou le 16 septembre tôt le matin. Quelques heures après avoir vu sa mère au bar Le Merlin.

Michael, toujours vivant ?

Durant le mois de novembre, Marya remarque que Michael est en ligne sur Facebook. Elle panique complètement et demande aux amis de Michael s'ils le voient eux aussi. Effectivement, le jeune homme est bien en ligne. Marya en informe la police, mais avant qu'elle ne puisse faire quoi que ce soit, Michael se déconnecte et ne refait plus jamais surface sur le Web. Tout ça est bien étrange puisqu'on sait maintenant que la date de la mort de Michael est établie au 16 septembre. S'il était en ligne au mois de novembre, ça laisse sous-entendre que quelqu'un d'autre utilisait son compte Facebook, et très possiblement son téléphone cellulaire. Était-ce son ou ses assassins qui naviguaient librement sur son profil personnel, plus d'un mois après l'avoir tué? Ou bien son compte Facebook était-il resté ouvert sur un ordinateur quelconque, un ordinateur public par exemple, et quelqu'un s'en était servi? Peu importe la raison, ça donnait froid dans le dos.

Les lieux où le corps a été découvert sont passés au peigne fin, mais rien de très concluant n'est trouvé. Michael n'avait pas d'ennemi; qui aurait pu l'assassiner de sang-froid? Marya ne cesse de penser à plusieurs théories qui tournent dans sa tête jour et nuit. Tout le monde y est passé : la fille tatouée qui était accoudée au bar le soir du 15 septembre, le meilleur ami de son fils, son ex, etc.

Par exemple, en juillet 2011, deux mois avant le meurtre de Michael, le frère de Marya, Dayle, a dénoncé le plus puissant groupe de motards du Québec, les Hells Angels. Dayle avait été arrêté lors de l'opération SharQc qui avait eu lieu en 2009. En prison, il est devenu informateur contre les Hells. Ainsi, quand, deux mois après, son neveu se fait assassiner injustement, il est difficile de ne pas y voir de lien. Or, pour la Sûreté du Québec, il n'y a pas de doute, le meurtre de Michael Carreau n'a aucun lien avec le groupe de motards. Les Hells Angels ne s'en prennent jamais aux membres des familles pour se venger : c'est une question d'honneur.

***

Voici tout ce que nous savons sur cette enquête. Au moment d'écrire ces lignes, Michael a été vu vivant pour la dernière fois la nuit de son assassinat, à 3 h du matin, quand il a quitté le bar Le Vieux St-Georges. Des témoins l'ont vu monter à bord d'une voiture et partir. Qui conduisait cette voiture et où l'a-t-il amené ? J'ai déjà parlé de cette affaire avec un de mes amis qui s'y connaît pas mal en histoires de meurtres irrésolus au Québec. Voici ce qu'il m'a dit : « Ah ouais, ça brasse en Beauce ! C'est probablement une affaire de drogue. » Est-ce que Michael s'est retrouvé mêlé à une histoire de drogue malgré lui ? S'est-il retrouvé au mauvais endroit, au mauvais moment ? C'est possible...

Vous avez sûrement le sentiment de rester sur votre faim en lisant ce chapitre. « C'est tout ? Ça finit comme ça ? » Mais en fait, c'est un peu ça le *true crime* : c'est la réalité. Vous êtes peut-être aussi déçu de ne pas avoir de conclusion, vous auriez peut-être aimé que je décortique chacune des théories comme je le fais d'habitude... Mais il n'y en a pas ! Maintenant, pensez au fait que c'est ce que vivent les proches de Michael depuis près de 10 ans. Comment faire son deuil face à un mur de briques aussi épais ? Face à un silence aussi tragique ?

Le livre de Marya Fredette est très touchant. Il y a plusieurs phrases dans ce récit qui vous rentrent dedans comme un coup de poignard. On dit toujours que, lors d'une disparition, le pire est de ne pas savoir. Et ça doit être vrai. Comment faire son deuil si on ne sait même pas s'il y a un deuil à faire ? Mais ce que nous apprend Marya dans ce témoignage vient, en quelque sorte, contredire mes croyances. Lorsque la SQ est venue lui apprendre la découverte du corps de Michael, Marya voulait à tout prix le voir, le toucher une dernière fois. La policière a refusé à cause de l'état du cadavre. Marya est persuadée qu'elle aurait fait son deuil plus facilement si elle avait pu voir son fils une dernière fois… En réalité, je crois que personne n'est préparé à perdre son enfant, peu importe la manière, peu importe l'âge. Le simple fait que Marya ait survécu à ce drame témoigne de sa force. Il serait temps que justice soit enfin rendue pour Michael Carreau, vous ne trouvez pas ?

13. ROY LOREN STEPHENS – DES SECRETS DE VILLAGE

À Klamath Falls, en Oregon, la communauté est tissée serré. Tout le monde se connaît ; chaque voisin est le cousin d'un ami, le collègue d'une connaissance, et les gens se saluent à chaque coin de rue. Mais d'un autre côté, plusieurs ont peur de parler, ils sont effrayés de révéler des secrets, d'en dire trop. Parfois, des rumeurs se font entendre dans les *diners,* entre deux cafés filtre. D'autres fois, certains secrets de famille restent tus et sont emportés profondément dans la tombe. La disparition de Roy Loren Stephens est un secret qui pèse sur le comté de Klamath. Si vous en parlez à certains habitants du village, ils diront que *tout le monde* sait ce qui lui est arrivé, c'est une évidence. Pour d'autres, sa disparition est un mystère indescriptible.

Après avoir lu ce chapitre, ce sera à vous d'en juger.

Le 16 novembre 2005, Roy termine son quart de travail comme chef cuisinier dans un hôtel de type chalet de ski, situé à Crescent City. Après le boulot, Roy et quelques collègues décident d'aller prendre une ou deux bières à la taverne du coin. Il appelle sa femme pour l'inviter à se joindre à eux. Celle-ci, se sentant fatiguée, préfère rester à la maison, mais elle encourage son mari à aller s'amuser. Ils se verront à son retour à la maison. C'est vers 17 h que Roy va rejoindre ses amis au bar. Quelques heures plus tard, à 23 h, il appelle sa femme pour lui faire savoir qu'il sera bientôt à la maison. Avant de raccrocher, il lui dit: « Je t'aime. » Ce seront les derniers mots qu'elle entendra de la bouche de son mari avant qu'il ne s'évapore dans la forêt épaisse de l'Oregon.

Le soir même, voyant que Roy ne rentrait pas, sa femme a commencé à s'inquiéter. Elle a attendu. Après plusieurs heures sans nouvelles, son fils et elle ont décidé de sortir le chercher. Avait-il eu un accident de voiture ? Ils ont ratissé les environs toute la nuit, sans résultats.

Ils ont attendu son retour le lendemain. Il n'est pas rentré non plus. Sa femme a attendu deux jours – les deux jours les plus longs de sa vie, dit-elle – avant de le rapporter disparu, le 18 novembre 2005. C'était la première fois que Roy faisait ça, ne pas rentrer à la maison sans avertir. Des amis qui étaient avec lui ce soir-là affirment qu'en quittant la taverne, il a mentionné qu'il voulait faire un saut chez des amis avant de retourner chez lui.

Une semaine plus tard, le 25 novembre, des randonneurs marchaient près de la route Waldo Lake quand ils ont trouvé une voiture abandonnée. C'était une Ford Taurus 1991 de couleur grise, le même modèle que celui de Roy Stephens. Il était plutôt louche de trouver une automobile abandonnée dans un endroit aussi isolé. Les randonneurs ont appelé la police pour faire part de leur découverte. La Ford Taurus a été identifiée comme appartenant bien à Roy; elle était à environ 20 kilomètres, soit une quinzaine de minutes, de sa maison. En entrevue, la fille de Roy, Krista, mentionne que son père connaissait parfaitement la région, qu'il y avait vécu toute sa vie.

Ainsi, il est impensable qu'il se soit perdu. Or, étrangement, la voiture de Roy a été retrouvée dans une direction complètement opposée de la maison des amis qu'il avait affirmé aller voir. Dans la voiture, la police a trouvé le porte-monnaie de Roy et son chèque de paie, bien en place du côté passager. Dès les premiers instants, ces objets ont permis d'éliminer l'hypothèse du cambriolage.

À l'extérieur de l'auto, il y avait du vomi sur le sol.

Maintenant que je vous ai exposé les faits de la disparition de Roy, entrons dans l'enquête des policiers de la région. C'est, en soi, déjà très mystérieux de disparaître à quelques minutes de sa maison. Mais ce qui est encore plus étrange, c'est la façon dont les forces de l'ordre ont traité ce dossier. L'enquête sur la disparition de Roy Stephens était plutôt complexe puisqu'elle impliquait trois corps de police : celui du comté de Klamath, car c'est l'endroit où Roy vivait, celui de Willamette National Forest, le parc national situé dans le comté de Lane, où la voiture a été retrouvée, ainsi que celui du comté de Lane lui-même. Après la découverte de la voiture, les forces de l'ordre ont inspecté les environs, mais ont cessé les fouilles au bout de quatre heures seulement, affirmant n'avoir rien trouvé... Quatre heures ! Le mystère de cette disparition, c'est non seulement la disparition elle-même, mais aussi tous les secrets qui l'entourent.

Trois agences policières étaient impliquées et seulement quatre heures de recherches ont été faites pour trouver Roy. Ensuite, plus rien n'a été tenté pour faire avancer l'enquête. Pourquoi ? Lorsque les membres de la famille Stephens ont voulu organiser des battues en recrutant des volontaires, les autorités locales leur ont interdit de chercher dans les montagnes, affirmant que ce n'était pas assez sécuritaire. Plusieurs mois après la disparition, au printemps, les policiers ont enfin repris les recherches avec des chiens qui reniflent l'odeur des cadavres, mais il était beaucoup trop tard. Les chiens n'ont rien senti.

Krista, la fille de Roy, raconte en entrevue que la police a peut-être eu des préjugés envers son père. Roy Stephens avait des problèmes de consommation de drogues et d'alcool. Est-il possible que, pour ces raisons, les trois corps de police ne se soient pas donné la peine d'organiser des fouilles dignes de ce nom pour retrouver Roy ? Krista pense que oui : « Eh bien, honnêtement, je crois que c'est parce que mon père a eu des obstacles dans sa vie, et qu'ils ne le voyaient pas comme un leader de la communauté, en quelque sorte, et peut-être qu'ils ne trouvaient pas qu'il était une priorité. » Krista a de bonnes raisons de croire ça puisque, un mois après la disparition de son père, un autre homme plus âgé a disparu dans la même communauté. Les deux affaires n'étaient pas reliées. Et pour cet homme, des fouilles élaborées ont été mises en place par la police locale.

Il est difficile de ne pas y voir de l'injustice et de ne pas s'interroger sur le travail des policiers.

J'ai moi-même des questions sur les procédures, ou plutôt, l'absence de procédures, des enquêteurs. Pourquoi la voiture de Roy n'a-t-elle pas été testée pour empreintes digitales ou traces d'ADN ? Est-ce lui qui l'a conduite jusqu'à cet endroit, ou plutôt quelqu'un d'autre ? Et finalement, le vomi retrouvé près de l'auto, était-ce celui de Roy ? Quelques tests assez simples auraient pu le déterminer rapidement.

Tout porte à croire que Roy aurait pu être victime d'un meurtre. Il est possible qu'il y ait eu un conflit entre lui et les « amis » qu'il allait rencontrer ce soir-là. Une bagarre peut-être ? Beaucoup croient que oui mais, malheureusement, impossible de le prouver. Dans l'entrevue, Krista ne cesse de raconter que Klamath Falls est une petite ville où il y a beaucoup d'activités criminelles, beaucoup de secrets... Chaque fois que Krista et sa mère tentent d'aller au fond des choses, elles se heurtent à des portes closes. Au bout d'un certain temps, la femme de Roy a dû déménager parce qu'elle avait le sentiment qu'on lui cachait quelque chose. Qu'on avait tué son mari. Klamath Falls n'était plus sa maison, sa ville, c'était devenu l'enfer sur terre. Que faire lorsqu'un être cher disparaît et que la police refuse de nous aider ? Krista, de son côté, s'accroche toujours à l'espoir que son père ait pu décider de refaire sa vie ailleurs : « Je dirais qu'il y a probablement 0,01 % de chances qu'il soit encore en vie. » Après tout, il a une femme, des enfants et des petits-enfants. Aurait-il vraiment tout laissé derrière ? Difficile d'y croire...

***

Le mince dossier de Roy Loren Stephens a vite été classé dans un tiroir pour ne jamais en ressortir. Tranquillement, il est tombé aux oubliettes et son histoire n'est restée qu'une rumeur de village qui circule comme des ragots de mauvais goût. *Et toi, sais-tu ce qui est arrivé au gars qui a disparu après une soirée à la taverne ?*

14. LA NIÑA PAULETTE

C'est le matin du 22 mars 2010. Il est 8 h quand Lizette, 35 ans, se fait réveiller par Erika, sa *muchacha*[9]. Quelques rayons de soleil traversent les rideaux dans la chambre des maîtres et viennent aveugler la mère de famille. Lizette Farah vit dans un appartement du quartier très prisé et exclusif Interlomas, à Mexico. Seuls les plus riches et haut placés de la hiérarchie sociale mexicaine ont la chance d'y habiter. Certains des narcotrafiquants les plus connus du pays possèdent également un appartement dans les *buildings* luxueux du quartier.

— *Señora, Paulette n'est pas dans son lit,* l'informe Erika.

Lizette, à moitié endormie, ne comprend pas bien ce que lui dit son employée. Peu stressée, elle lui demande d'aller vérifier auprès de son mari, Mauricio, avant de reposer sa tête sur l'oreiller.

9. Terme péjoratif fréquemment utilisé, au Mexique, pour désigner une « bonne ».

Mauricio Gebara, le mari de Lizette, vient d'arriver. En sueur et en habit de sport, il est allé au gym ce matin-là. Cette activité est plutôt hors du commun, puisque Mauricio ne fait que très rarement de l'exercice. Ses deux *empleadas*, Erika et Martha Casimiro, l'ont d'ailleurs confirmé aux enquêteurs par la suite : elles n'avaient jamais vu Mauricio faire de l'exercice.

— *Señor, Paulette n'est pas dans sa chambre, ni ailleurs dans l'appartement !* répète Erika.

— *As-tu vérifié avec Lizette ?* demande Mauricio.

Mais voilà, c'est un fait : la petite Paulette, quatre ans, s'est volatilisée dans un appartement de 300 m^2.

Le chapitre qui suit sera l'un des plus complexes, frustrants et inexplicables de mon livre. Il est difficile de concevoir qu'une telle histoire ait eu lieu en 2010 dans un pays d'Amérique du Nord. Depuis que j'habite au Mexique, le sujet de *la niña Paulette* revient souvent dans les conversations avec mes amis. Lorsque l'on parle de *true crime*, je n'y échappe jamais : mes amis semblent toujours excités d'échanger sur cette histoire incroyable. Incroyable dans le sens premier : il est impossible d'y croire. Impossible de croire qu'une enfant disparaisse de cette manière. Impossible de croire le « dénouement » de cette histoire.

Je ne vous en dis pas plus pour le moment.

Quand j'exprime mon dégoût et mon étonnement face à cette affaire, on me répond avec ironie et un peu de gêne, tout de même : *Mexico Mágico*. Le Mexique est effectivement un pays magique : des plages enchanteresses, des maisons colorées, des mariachis enjoués. Or, il y a toujours un autre côté à la médaille. Ainsi, *comme par magie*, des criminels ne sont jamais punis pour leurs crimes odieux, des milliers de personnes se volatilisent dans la nature et le président mexicain croit qu'une amulette de la Vierge Marie peut aider à éloigner le coronavirus. En ce sens, *el caso Paulette* (l'affaire Paulette) est lui aussi magique, puisqu'il est emblématique de tous les problèmes qui nuisent au développement du Mexique : le classisme, le pouvoir démesuré de l'argent, l'injustice, la corruption et l'impunité.

Et maintenant, prenez trois grandes inspirations, armez-vous de patience et de retenue et accompagnez-moi au cœur de cette histoire scandaleuse.

Portrait de famille

Lizette Farah et Mauricio Gebara sont mariés depuis 2001. Lizette (aussi écrit Liset, Lizeth, Lisette) avait 26 ans lorsqu'elle a quitté le nid familial pour fonder le sien. Le mariage des Gebara-Farah fut un événement somptueux digne de deux jeunes adultes de la haute société : plusieurs célébrités et politiciens étaient de la partie, la mariée était magnifique, les pères des mariés ont probablement partagé un cigare pour célébrer l'union et les 600 invités ont dansé jusqu'aux petites heures du matin.

Lizette, issue d'une famille très prospère, est la fille d'un immigrant libanais. Elle a exercé le métier d'avocate pendant quelques années mais, dès les balbutiements de sa première grossesse, a décidé de se consacrer au métier de mère au foyer. Mauricio vient aussi d'une famille d'ascendance libanaise. Tout comme Lizette, il est avocat de profession, mais il n'exerce pas ; il travaille plutôt pour la compagnie de son père, une entreprise très prospère spécialisée dans l'immobilier. Les Gebara-Farah ont deux enfants, deux fillettes adorables : Lizette, sept ans, et Paulette, quatre ans. À la maison, le couple emploie deux *empleadas* pour les aider, deux sœurs : Erika et Martha. Ces employées de maison cuisinent, font le ménage et s'occupent des deux fillettes. La petite Paulette requiert une attention spéciale car elle a un trouble moteur et un trouble du langage. À cause de ces difficultés, elle a constamment besoin d'aide pour faire de petites tâches quotidiennes : sortir du lit, s'habiller, se laver les dents, etc.

Ce matin du 22 mars 2010, quand Lizette et Mauricio réalisent que Paulette n'est pas dans son lit, ils commencent à s'inquiéter. *Mais comment est-ce possible?* La fenêtre de la chambre de Paulette est bien verrouillée, il n'y a aucun signe d'entrée par effraction dans l'appartement… De plus, Paulette n'aurait jamais été capable de se lever seule de son lit, d'ouvrir la porte de sa chambre puis celle de l'entrée pour, finalement, quitter l'appartement. Si, par miracle, elle avait réussi à tout faire cela, elle serait encore quelque part dans l'édifice. Les parents ratissent l'immeuble au complet en espérant retrouver leur fille. Confrontés à un hall d'entrée et à des couloirs vides, ils se demandent…

¿Dónde está Paulette[10] ?

Mauricio appelle sa sœur Margaret, surnommée *La Beba,* pour lui dire que Paulette a disparu. Elle s'occupe immédiatement d'aviser les autorités de Huixquilucan, la municipalité où son frère habite et la plus luxueuse de la Ciudad de Mexico.

Des services et des privilèges

Comme moi, vous devez vous demander pourquoi Mauricio n'a pas lui-même appelé la police pour rapporter la disparition de sa fille. Vous allez voir que dans cette affaire, tout est une question de contacts, d'échanges de services et du *who's who* de la haute société mexicaine.

Par exemple, dans ce cas-ci, la sœur de Mauricio Gebara était la meilleure amie d'une certaine María Amelia Aguilar. À cette époque, María Amelia Aguilar était la petite amie du président municipal de Huixquilucan, Alfredo del Mazo. Ce contact en particulier a beaucoup contribué à ce que les autorités s'impliquent dans l'affaire dès le départ. Autrement, je doute fortement que les policiers auraient commencé les recherches dans les 24 premières heures.

10. Où est Paulette ?

Un proverbe mexicain décrit bien cette histoire: *Pueblo chico, infierno grande*[11]. Dans une ville où toute l'élite se connaît, les conséquences peuvent être désastreuses. Gardez bien cette phrase en tête en lisant la suite de ce chapitre.

Les heures cruciales

L'enquête est confiée au procureur général, Alberto Bazbaz, qui envoie ses policiers à Interlomas afin de rédiger un rapport de disparition. Sur place, les autorités constatent rapidement que l'appartement des Gebara-Farah est en bon état, voire en très bon état : aucun signe de violence ou d'entrée par effraction ; les portes et les fenêtres sont intactes. Dans la chambre de Paulette, son petit lit est fait, ses jouets sont bien alignés, ses vêtements sont rangés. Malgré l'atmosphère lourde et angoissante, le reste de la maison semble intact. Les policiers consultent les gardiens de sécurité de l'édifice qui sont à leur poste 24 h/24, 7 jours sur 7. Ceux-ci témoignent de la nuit précédente : ils n'ont rien vu d'anormal ou de suspicieux. Il y a eu très peu de mouvements durant la nuit du 21 au 22 mars. L'édifice possède plusieurs caméras de surveillance mais, malheureusement, la plupart d'entre elles ne fonctionnent pas. Sur les quelques caméras fonctionnelles, il n'y a aucune trace de Paulette.

Les enquêteurs demandent à Lizette et à Mauricio de raconter leur soirée du 21 mars, avant que Paulette ne disparaisse. La veille, avec l'aide de Martha et d'Erika, c'est Lizette qui a mis ses fillettes au lit. Elle ne les avait pas vues de toute la fin de semaine puisqu'elle était en voyage au sud du Mexique, à la plage de Los Cabos avec une amie. Mauricio, lui, a passé le week-end avec ses filles à Valle de Bravo, une petite ville portuaire près de Mexico. Ils sont rentrés sains et saufs à 20 h 55. En résumé, rien d'anormal qui aurait annoncé la disparition

11. Petit village, grand enfer.

de Paulette. Durant la nuit, aucune des cinq personnes présentes dans l'appartement n'a entendu de bruit étrange qui laisserait sous-entendre qu'un cambrioleur aurait pu pénétrer dans la maison.

Bien qu'elle semble peu probable, la thèse de l'enlèvement est tout de suite mise sur la table. Les Gebara-Farah et les inspecteurs croient que Paulette a été kidnappée et qu'une demande de rançon ne devrait pas tarder.

Fillette blonde et riche disparue

Dans ce drame horrible, dans tout ce cauchemar, il est possible d'affirmer que la petite Paulette a eu, malgré tout, de la chance.

Voyons, Victoria! Paulette, de la chance? Elle n'a que quatre ans et a probablement été kidnappée! Elle est loin d'être chanceuse.

Laissez-moi vous expliquer.

Saviez-vous qu'à l'heure actuelle au Mexique, plus de 45 000 enfants sont portés disparus? Ils se sont perdus, ont fugué, ont été kidnappés, assassinés pour leurs organes, etc. Ce nombre ne reste qu'une estimation. Plusieurs enfants qui disparaissent viennent de villages si isolés et éloignés de la grande ville que, parfois, les parents ne se donnent même pas la peine de les rapporter disparus. En réalité, ils savent que ça ne changera rien, que la police n'aidera pas. Et malheureusement, ils n'ont pas tout à fait tort. Seul un enfant sur dix revient à la maison. Et parmi ces 45 000 disparitions, combien ont

eu la chance d'obtenir une couverture médiatique? Cinq ou six. Combien ont eu droit à une simple affiche de disparition? Dix, vingt, trente au maximum.

Pourquoi la famille Gebara-Farah a-t-elle eu droit à un panneau d'affichage, à des entrevues à la télévision nationale, à des affiches distribuées dans toute la ville de Mexico? J'ai déjà parlé du phénomène *Missing white girl syndrome* dans le tome 1 de *Gardez l'œil ouvert*, mais plusieurs facteurs sont responsables de la très grande visibilité qu'a reçue Paulette. Premièrement, l'apparence physique de la fillette a joué pour beaucoup. La photo qui a été sélectionnée pour les affiches montre Paulette habillée en robe de princesse très mignonne. Sa chevelure bouclée est remontée avec une petite barrette. La petite a la peau pâle, les joues rouges et de beaux grands yeux brillants. Le Mexique est un pays extrêmement classiste, où la couleur de peau influence les privilèges et le traitement reçu. Ainsi, malheureusement, il serait faux de dire que l'apparence physique de Paulette n'a pas influencé l'intérêt que le public lui a immédiatement porté. En plus, Paulette est née au cœur d'une famille très aisée financièrement, qui fait partie du 1 % de la population mexicaine le mieux nanti. Sa famille paternelle avait des liens étroits avec le futur président du Mexique, Enrique Peña Nieto. Les Gebara-Farah ont des amis partout: en politique, dans la police, dans le système de justice, etc. Leur influence et leur pouvoir ont beaucoup contribué à ce que la disparition de Paulette soit prise au sérieux par les autorités et les médias. Par ailleurs, si les sentiments d'empathie et de tristesse que l'affaire a fait vivre aux Mexicains n'avaient jamais été observés auparavant, le sentiment de danger et d'insécurité non plus. Si une fillette de quatre ans disparaît de sa maison située dans un quartier comme Interlomas, si même les riches peuvent être victimes de kidnapping, le danger est partout!

Un autre élément qui a contribué à la viralité des informations sur la disparition de Paulette : les contacts. Heureusement pour Lizette, sa meilleure amie était Amanda de la Rosa, une ancienne actrice de films érotiques. Elle n'était pas très renommée, mais elle connaissait beaucoup de gens dans les médias. Grâce à ses contacts et à ses nombreux appels insistants, elle a réussi à obtenir une grande couverture médiatique de la part de plusieurs journalistes importants. Ce mélange d'émotions envoyé par les médias, qu'on appelle le *fear mongering*[12], et le désespoir d'une mère à Televisa (l'une des chaînes de télévision les plus importantes du Mexique) ont fait du *caso Paulette* ce que l'on en connaît aujourd'hui.

Le 26 mars, le procureur général, Alberto Bazbaz, plutôt novice dans le domaine judiciaire, voit bien l'ampleur que commence à prendre l'affaire dans les médias. Il n'a donc pas le choix de se rendre sur les lieux. À son tour, il rencontre Lizette et Mauricio, fait le tour de l'appartement et inspecte la chambre de Paulette. J'imagine qu'en fixant le petit meuble en bois, il ne peut s'imaginer qu'une enfant disparaisse de son propre lit, de sa propre chambre, sans que personne s'en rende compte. En fait, il doit rapidement réaliser qu'il est tout simplement impossible que la fillette se soit fait enlever par des inconnus. Est-ce qu'en effet, la disparition viendrait de l'intérieur de la maison ?

Ici, il faut parler d'un aspect de l'enquête qui a énormément été critiqué par le public et les médias : le manque de professionnalisme des enquêteurs. Dès le départ, ils ont fait une grave erreur en omettant de sécuriser l'appartement des Gebara-Farah, la scène de crime. S'il y avait bel et bien eu un enlèvement, les policiers auraient au

12. Campagne de peur.

moins dû interdire l'accès à la chambre de Paulette. En quatre jours, plusieurs personnes étaient entrées dans l'appartement : des amis, des membres de la famille, des journalistes, des enquêteurs, etc. Par exemple, Amanda de la Rosa, qui voulait rester proche de sa meilleure amie durant ces temps de crise, a même passé une nuit complète dans le petit lit de Paulette ! En comptant les policiers, les techniciens, etc., plus d'une centaine de personnes étaient entrées et sorties de cet appartement, laissant derrière elles leur ADN et effaçant celui du réel coupable.

Campagne de salissage

Le 27 mars, la journaliste Lilly Téllez se rend chez les Gebara-Farah pour les interviewer à la télévision nationale. Mauricio, de caractère discret, refuse de paraître devant les caméras. La lourde tâche revient donc à Lizette, celle de raconter la tragédie qui, comme elle l'a déclaré à l'époque, l'empêche de dormir depuis presque une semaine.

L'entrevue commence par : « Ça, c'est le lit de Paulette ? »

Désireuses d'obtenir encore plus de sympathie des téléspectateurs, Lizette et la journaliste se sont en effet installées sur le petit lit pour l'interview. Lizette raconte que Paulette a disparu de son propre lit, son nouveau lit. Elle venait de le recevoir et était très contente de dormir dans son lit de *niña grande*. Dans l'entrevue, disponible sur YouTube, on voit que Lizette est visiblement mal à l'aise devant les caméras mais, après tout, qui ne le serait pas face à une telle tragédie ? Elle explique qu'elle ne comprend pas comment sa fille a pu disparaître de l'appartement sans que qui que ce soit s'en rende compte, sans qu'un bruit soit entendu.

Elle ajoute : « Ce n'est pas comme si Harry Potter avait pu l'enlever » et « J'en suis venue à la conclusion que les ovnis l'ont emportée ». Ces commentaires déplacés sont mal reçus des Mexicains. *Quelle mère ferait des blagues pareilles en des temps comme ceux-là ?* Lizette, une avocate de nature réservée, garde son sang-froid durant l'entrevue. Or, pour les téléspectateurs, elle semble distante et pas le moindrement affectée par la disparition de sa fille. Ses yeux secs et sa voix calme la rendent coupable aux yeux de tous.

Plusieurs autres éléments contribuent à la campagne de salissage qui se prépare contre la mère de Paulette. Après sa visite chez les Gebara-Farah, Bazbaz commence à enquêter sur les parents. Durant une conférence de presse, il annonce ceci : « Depuis quelques jours, une psychologue à ma charge a observé le comportement de Lizette Farah et a conclu qu'elle souffre d'un syndrome de personnalité limite. » Juste comme ça, sans preuve quelconque, le procureur général venait de diagnostiquer un trouble de santé mentale à Lizette ! D'autres informations sortent dans les médias. La relation entre Mauricio et Lizette est loin d'être idyllique. Ils sont séparés depuis quelque temps et Lizette a un nouveau conjoint. On apprend aussi que la fin de semaine où elle est allée à la plage de Los Cabos avec son amie, les deux femmes étaient accompagnées, selon les rumeurs, d'au moins huit hommes ! La disparition de Paulette s'est rapidement transformée en lynchage public de Lizette Farah.

La mère parfaite

Dans les affaires de disparitions, j'ai remarqué qu'il y a un protocole, un manuel d'instruction que les parents doivent suivre à la lettre afin d'attirer la sympathie du public. Or ici, Lizette est différente des autres *mamas mexicanas*. C'est une femme indépendante, pas trop émotive, qui fréquente d'autres hommes que son mari. Encore pire, elle laisse ses enfants avec son mari

pour partir en voyage avec d'autres hommes! Elle est à l'opposé du modèle de la mère parfaite. Le public commence à la juger, à la critiquer et pour certains, à la détester.
Une autre histoire qui ressemble à la disparition de Paulette est celle de Maddie McCann, une petite Anglaise de trois ans qui s'est fait kidnapper à même son lit dans un *resort* alors qu'elle se trouvait en vacances au Portugal. D'ailleurs, plusieurs ont surnommé Paulette la Maddie McCann mexicaine. Les parents de la petite Maddie ont longtemps été soupçonnés d'avoir tué leur fille. Pourquoi? Parce qu'ils ont été surpris en train de jogger quelques semaines après la disparition de Maddie et que sa mère ne pleurait pas assez devant la caméra. La petite est toujours disparue à l'heure qu'il est. La maman de Johnny Gosch (voir le tome 1 de *Gardez l'œil ouvert*) a aussi été critiquée parce qu'elle ne pleurait jamais durant les entrevues. Elle gardait la tête haute et la maîtrise de ses émotions. Peu importe ce qu'elle faisait pour retrouver son fils, ce n'était jamais assez et les gens continuaient à la juger pour ces quelques minutes d'apparition à la télévision.
Chacun réagit différemment à un drame et nous, public, ne pouvons pas juger puisque nous n'avons aucune idée de la façon dont nous réagirions si cela nous arrivait.

Bien vite, l'opinion du public et des autorités a changé du tout au tout et Lizette est devenue le suspect numéro un dans la disparition de Paulette. À aucun moment Mauricio Gebara n'a été soupçonné – alors que le seul qui était absent de l'appartement le matin du 22 mars entre 6 h et 8 h, c'était lui.

Le 30 mars, les parents de Paulette, Martha et Erika sont isolés dans un motel pour des interrogatoires officiels. Pendant ce temps, une fouille complète de l'appartement d'Interlomas est effectuée.

Les recherches durent toute la nuit du 30 au 31 mars. Sur place, des chiens pisteurs et des experts passent la scène de crime au peigne fin pour la septième fois depuis la disparition de Paulette. Alberto Bazbaz n'est pas sur les lieux, il a un souper avec des amis. C'est le procureur adjoint, Alfredo Castillo, qui est responsable de surveiller les opérations. Vers 23 h, il y a une panne d'électricité inexpliquée dans l'édifice au complet (heureux hasard?). Les lumières s'éteignent, les caméras de surveillance cessent de fonctionner. Après trois heures, quand le courant revient, tout a changé. Dans les secondes suivantes, Bazbaz reçoit un appel:

«Jefe, nous avons trouvé l'enfant.»

Le corps sans vie de Paulette avait été découvert. Dans son propre lit.

¡La madrearon, güey!

Prenons une pause.

Relisez la phrase précédente.

Comment est-ce possible? Dans son propre lit? Il y a une vidéo sur YouTube assez glauque montrant le moment fatidique où les policiers, vêtus d'habits protecteurs et d'un masque, soulèvent le petit matelas pour enfant et découvrent le corps de Paulette. L'un des experts montre un bout de la housse de couette, tachée d'un liquide brunâtre – le liquide de décomposition du corps – et dit, sans censure: «*La madrearon, güey*[13]» et répète à nouveau: «*La madrearon.*» En disant *la madrearon,* les experts sur la scène de crime, les premiers à avoir découvert le corps de Paulette, laissent eux-mêmes sous-entendre que sa mort était loin d'être accidentelle. Aussi troublante que la vidéo puisse être, il faut la voir pour comprendre l'ampleur de cette affaire. Comment est-ce possible que Paulette soit dans son propre lit depuis le début? N'est-ce pas le

13. Ils ne l'ont pas manquée, mon pote.

premier endroit qu'ils ont vérifié lorsqu'elle a disparu ? Le public a eu accès à cette vidéo le 13 avril 2010, soit 14 jours après la découverte du corps, lorsque les médias ont mis la main dessus et s'en sont donné à cœur joie pour la diffuser partout à la télévision nationale. Montrer la découverte du cadavre de la petite Paulette à une heure de grande écoute n'a fait qu'envenimer la situation et augmenter la haine que le peuple mexicain portait déjà aux Gebara-Farah.

Selon les faits officiels qui ont été énoncés plus tard, Paulette aurait glissé entre le matelas et le sommier et, à cause de son trouble moteur, y serait restée coincée et serait morte accidentellement, par asphyxie. Lors de l'achat du nouveau lit de sa fille, Lizette aurait fait une erreur et aurait choisi un matelas trop petit pour le meuble en bois. Ainsi, il y avait un léger espace entre le matelas et le lit. Un espace juste assez gros pour qu'un enfant s'y coince ? Il faut croire que oui. Ainsi, c'est dans la nuit du 21 au 22 mars que Paulette serait morte.

Mais pensez-y bien. Il est tout simplement impossible que la fillette ait été dans ce lit tout ce temps sans que sa famille, les policiers, les experts s'en rendent compte. Et l'équipe canine, elle ? Les chiens pisteurs sont entraînés pour renifler l'odeur des cadavres à des kilomètres à la ronde, parmi des débris, dans des feux de forêt, parfois même plus d'une dizaine d'années après qu'un cadavre a été déplacé. Ils n'auraient pas été capables de retrouver celui de la fillette après dix jours dans un appartement de 300 m^2 à Mexico, où le soleil plombe à travers les fenêtres ? Pour expliquer ceci, les policiers disent que les couvertures avaient camouflé l'odeur du cadavre en décomposition de Paulette. *Vraiment ?* Il y a certainement quelque chose d'insensé ici.

Mais attendez, revoyons le tout ensemble.

Rappelez-vous quand j'ai dit qu'Amanda de la Rosa, la meilleure amie de Lizette, est restée une nuit entière chez les Gebara-Farah pour leur tenir compagnie. Cette nuit-là, elle avait décidé de dormir dans le lit de Paulette. Évidemment que si le petit cadavre était au bout du lit, elle l'aurait su ! Ses orteils l'auraient senti, il y aurait eu une forte odeur également ! Amanda de la Rosa a ensuite écrit un livre sur l'affaire Paulette, *¿Dónde está Paulette ?* et elle continue de réitérer que Paulette n'était pas dans son lit cette nuit-là.

Retournez voir aussi quand je parle du moment où la journaliste Lilly Téllez a interviewé Lizette sur le lit de Paulette. Les deux femmes étaient assises confortablement sur le matelas. Cette entrevue télévisée est toujours disponible sur YouTube et, certes, le bas du lit n'est pas filmé. Par contre, après la disparition de Paulette et avant de retrouver son corps, des photos de son lit ont été prises (consultez la page 229). Et à aucun moment on peut y voir la silhouette de son corps. Cette preuve ne suffirait-elle pas pour enquêter sur les fondements de cette « découverte » ?

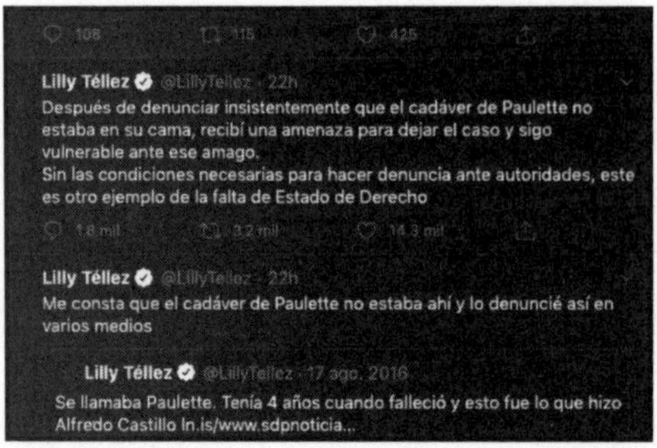

Récemment, Lilly Téllez, maintenant sénatrice du parti politique PAN, a écrit sur Twitter un court message par rapport à l'affaire Paulette :

> (« Après avoir répété avec insistance que le cadavre de Paulette n'était pas dans son lit, j'ai reçu une menace de laisser tomber l'affaire et je suis encore vulnérable par rapport à cet ultimatum. Sans les conditions nécessaires pour faire une dénonciation aux autorités, ça reste un autre exemple du manquement de l'État de droit. »
> « Je suis sûre que le cadavre de Paulette n'y était pas et je l'ai dit dans différents médias. »)

Pensez aussi au passage où je vous ai dit que Martha et Erika avaient fait le lit de Paulette le matin de sa disparition. N'auraient-elles pas vu son petit corps pris au bout du lit ? N'auraient-elles pas entendu ses appels à l'aide ? N'auraient-elles pas senti quelque chose lorsqu'elles tiraient sur les draps ?

Pour moi, c'est indéniable : il y a clairement quelqu'un qui ment dans toute cette histoire.

Quand Alberto Bazbaz se rend sur les lieux du crime, il a l'air furieux. Il crie à la théorie du complot : « *El cuerpo fue sembrado*[14] *!* » Il semble croire que des personnes haut placées auraient tout manipulé. Mais comment est-ce possible puisqu'il est procureur général de l'État ? Nous allons y revenir…

Un rapport d'autopsie est effectué et il confirme qu'en effet, Paulette est morte par asphyxie. Selon ce document, le corps n'aurait pas été manipulé, ni déplacé depuis sa mort. De plus, elle serait morte entre cinq et neuf jours avant la découverte de son corps. Donc entre le 22 et le 26 mars. Son corps ne présentait aucune violence physique ni sexuelle. Il n'y avait pas non plus de trace de drogue ou d'une autre substance anormale dans son système. Mais alors, Paulette est-elle vraiment morte accidentellement ? Le rapport d'autopsie ne peut pas mentir… Alberto Bazbaz, lui, croit que oui. Le 8 avril, il fait appel au FBI pour l'aider à comprendre ce qui s'est passé, parce qu'il se doute bien que Paulette n'est pas morte accidentellement et veut le prouver. D'autres employés de son bureau essaient de l'en dissuader – ce serait une première pour le Mexique de faire appel aux spécialistes du FBI. De plus, ça placerait les experts nationaux dans une position d'infériorité par rapport à ceux des États-Unis, ce qui est plutôt humiliant. Mais Bazbaz n'en fait qu'à sa tête, et il a eu raison, selon moi.

En quelques jours, le FBI mène tout de même une enquête plus minutieuse que ce que les autorités mexicaines ont accompli en plusieurs semaines. La différence d'expertise n'est pas nécessairement dans l'éthique de travail ni dans les mœurs mais plutôt dans la formation, le salaire et l'équipement. Les vêtements et les jouets de Paulette sont saisis, pendant que l'appartement en entier est filmé et photographié sous tous les angles, choses qui n'ont pas été faites par les autorités mexicaines.

---

14. On a orchestré la scène de crime !

Une deuxième autopsie est effectuée sur le corps de Paulette afin de déterminer si les résultats de la première étaient justes. Les résultats se révèlent sensiblement les mêmes : Paulette est bel et bien morte d'asphyxie. Or, les médecins légistes du FBI découvrent un détail non mentionné dans la première autopsie. Paulette avait des fibres de ruban adhésif autour de la bouche. L'emplacement de celles-ci formait un rectangle, comme si on avait placé un ruban adhésif de forme rectangulaire sur sa bouche. Alfredo Castillo explique alors au FBI que ces fibres proviennent d'un tissu orthopédique qui était utilisé pour empêcher Paulette de saliver toute la nuit. Les médecins légistes ont aussi trouvé des fibres microscopiques sur ses poumons. Ces dernières correspondent à celles qu'on retrouverait sur le tapis d'une voiture ou d'une maison. Elles ne proviennent ni du lit ni d'aucun tapis de la maison des Gebara-Farah. Pour tenter d'expliquer ce mystère, les autorités mexicaines disent que ces fibres viennent du drap dans lequel Paulette a été transporté. La fillette montre aussi des signes qu'elle a reçu un coup sur le coude gauche et le genou gauche, comme si quelqu'un avait accidentellement cogné le côté gauche de son corps. Ces informations ne se trouvaient pas dans le premier rapport d'autopsie. Malgré tout, l'enquête est close et Bazbaz doit se rendre à l'évidence. Il donne une conférence de presse pour annoncer que, à la suite du deuxième rapport d'autopsie, il est maintenant clair que Paulette Gebara-Farah est morte étouffée par accident.

Le 6 avril 2010 ont lieu les funérailles de la fillette. Mauricio, officiellement séparé de Lizette, n'assiste pas aux obsèques de sa fille. Il ne permet pas non plus que sa fille, Lizette, y aille. Et ni la conférence de presse ni l'enterrement n'apportent un soulagement dans cette affaire, loin de là.

La théorie du complot

Quand on pense théorie du complot, on pense aux reptiliens, à la terre plate, à une île déserte secrète qui cacherait Elvis Presley, Tupac Shakur, Marilyn Monroe et Michael Jackson… Il semblerait donc injuste de mettre la mort de Paulette dans le même panier. Mais pourtant, dans cette affaire, beaucoup de vérités n'ont pas été dites, des informations importantes ont été cachées sous le tapis et des enveloppes d'argent ont été échangées. Et il y a bel et bien quelque chose de louche… Ainsi, le 30 mars 2010, avant que le corps de Paulette ne soit retrouvé, les autorités mexicaines ont pris la décision d'isoler Mauricio, Lizette, Erika et Martha dans des chambres d'hôtel séparées. Ils ont été questionnés sans cesse jusqu'à ce que l'un d'eux craque. Dans le livre *Paulette… Lo que no se dijo,* le journaliste Martín Moreno – qui, selon ce que j'ai lu, avait des contacts bien placés auprès de la police pour obtenir ces renseignements – décrit la scène suivante :

> *Les deux nannies ne cessaient de pleurer en disant qu'elles ne savaient pas où était Paulette, mais qu'elles étaient très inquiètes.*
>
> *Lizette, toujours de glace, continuait d'insister qu'elle n'avait rien à voir avec la disparition de sa fille.*
>
> *Mauricio, angoissé, après plusieurs heures à accuser sa femme, finit par dire : «Je sais où est Paulette et je vais vous le dire, seulement si vous m'aidez. J'ai peur d'aller en prison.»*
> *Quelques heures plus tard, le corps de Paulette a été retrouvé à même son lit. L'homme ayant recueilli le témoignage de Mauricio Gebara était le procureur adjoint Alfredo Castillo. Le même homme qui était sur la scène du crime lors de la découverte du corps.*

Pourquoi parle-t-on d'une théorie du complot ici ? Concentrez-vous bien, c'est complexe ! La famille de Mauricio Gebara (spécialement son père) est puissante, même très puissante. Elle a des liens étroits avec un dénommé Enrique Peña Nieto… le gouverneur de l'État de Mexico, qui deviendra président du Mexique de 2012 à 2018.

Lorsque le rapport d'autopsie sur la mort de Paulette est sorti, les autorités se sont empressées de boucler l'enquête.

En mai 2010, deux mois après l'affaire, Alberto Bazbaz a démissionné de son poste de procureur général. Et devinez qui a repris le flambeau ? Nul autre qu'Alfredo Castillo ! Lorsque Peña Nieto est devenu président, Castillo a obtenu le poste de directeur général de la Commission nationale de la culture physique et des sports du Mexique. Alfredo Castillo, Enrique Peña Nieto et la famille de Mauricio Gebara se connaissaient bien.

Et que vient faire Paulette dans tout ça ? Pourquoi avait-elle besoin de mourir ? Bien sûr, nous avons deux choix ici. Nous avons l'option de croire aveuglément à la thèse de l'accident. Paulette est morte asphyxiée dans son lit et elle était coincée au bout du matelas depuis le début. C'est la première hypothèse.

Évidemment, il y en a d'autres.

Je vous laisse croire à celle qui vous semble la plus sensée.

Un complot familial ?

Voyons d'abord l'autre théorie, celle qui me semble la plus logique dans l'affaire Paulette. Ses parents faisaient partie d'une petite communauté judéo-libanaise du Mexique, laquelle est riche et puissante. Ses membres se protègent entre eux, s'encouragent et se soutiennent. Comme plusieurs ont une certaine notoriété dans la haute société mexicaine, un fonds commun serait prévu – selon les ouï-dire – pour les kidnappings et les demandes de rançon. Cela peut sembler un peu alarmiste de prévoir de l'argent pour ce type de drame mais, dans un pays comme le Mexique, ces événements peuvent être monnaie courante. Ainsi, en cas de kidnapping, il y aurait de l'argent pour payer les malfaiteurs. Dans le journal *Diario Presente,* il est mentionné que Mauricio Gebara était un joueur compulsif et dangereusement endetté. Est-ce qu'un kidnapping a été mis en scène par Mauricio dans l'espoir que des membres de sa communauté payent la rançon, pour qu'ensuite la petite Paulette réapparaisse saine et sauve ? C'est possible. Ça expliquerait pourquoi Mauricio, étonnamment, soit allé au gym entre 6 et 8 h le matin du 22 mars 2010. Il semblerait aussi qu'Erika ait déclaré aux enquêteurs qu'elle a entendu Mauricio parler au téléphone avec un inconnu et qu'il aurait dit : « L'enfant va bien, une infirmière s'en occupe. »

Il est donc possible que le plan de Mauricio ait bien fonctionné… jusqu'à ce que ce ne soit plus le cas. Plusieurs options s'offrent à nous. Peut-être qu'en effet, Paulette a été kidnappée dans son propre lit dans la nuit du 21 mars et qu'ensuite, on l'ait transportée dans un autre appartement d'Interlomas. Certaines rumeurs avancent que Mauricio était séparé de Lizette depuis déjà deux mois et qu'il vivait dans un autre appartement du même édifice. Il est possible que ce soit là que Paulette ait été dissimulée. Ça expliquerait pourquoi, la nuit de sa disparition, ni les gardiens de sécurité ni les caméras de surveillance n'aient capté quoi que ce soit. Au Mexique, dans ce type d'édifice, les caméras de surveillance sont habituellement dans le hall d'entrée. Il n'y en a que très rarement sur les étages… Peut-être que durant tout ce temps, Mauricio prenait soin de sa fille, aidé de son père ou de sa sœur, ou même d'une infirmière, qui sait ! Il est possible qu'entre le moment de la disparition de Paulette et la découverte de son corps, un malheureux accident soit arrivé. Plusieurs pensent que le 31 mars, lorsque les autorités ont placé les Gebara-Farah dans un hôtel pour interrogatoire formel, tout a dégénéré. Le petit corps de Paulette a été laissé seul trop longtemps, et c'est là que Mauricio a reconnu avoir besoin d'aide pour le dissimuler, dans son lit. Ça expliquerait l'étrange panne de courant qui a duré trois heures. Ça aurait laissé le temps à Alfredo Castillo d'aller récupérer Paulette et de la placer dans son lit, à l'insu des caméras de surveillance.

Dans la même optique, il est aussi possible que le kidnapping ne se soit pas passé comme prévu. Et si, le matin du 22 mars, Mauricio avait mis en scène le kidnapping de sa propre fille, mais qu'en plaçant le ruban adhésif sur sa bouche, il ait causé l'asphyxie de Paulette ?

Mauricio aurait-il agi seul ou avec la complicité de son épouse ? Plusieurs personnes continuent à croire qu'en fait, Lizette est coupable. Les journalistes de *La Jornada* amènent la théorie du kidnapping orchestré. Apparemment, le 4 janvier 2010, Lizette aurait fait des recherches sur www.quebarato.com, un site Internet d'achat en gros. La mère de famille aurait fait faire une estimation pour acheter deux millions de t-shirts qui auraient servi dans une campagne de recherche pour une fillette disparue. La source indique que Lizette voulait aussi faire imprimer 70 affiches pour les placarder sur les boulevards principaux de Mexico. Cet article datant du 13 avril 2010 est extrêmement accusateur et grave. Si tout ça est vrai, ça incrimine totalement Lizette Farah, vous ne trouvez pas ? Mais dans ce cas, pourquoi une enquête en profondeur n'a-t-elle pas été faite à ce propos ?

Il y a également cet étrange enregistrement audio qui circule sur le Web depuis juin 2010. Il met en scène Lizette Farah et sa fille de sept ans, Lizette. La transcription va comme suit (la traduction est de moi) :

— *Ne dis rien de plus. Dis seulement que nous sommes très tristes parce que ta petite sœur s'est perdue. C'est tout ce que tu dois dire.*

— *Pourquoi, maman ?*

— *C'est tout ce que tu dois dire, ma chérie, parce que sinon les gens commencent à mal interpréter les choses. Ils peuvent nous accuser de l'avoir volée ou que toi tu l'aies poussée dehors pour que quelqu'un la kidnappe... Donc c'est mieux que tu ne dises rien, d'accord ? Parce que nous ne savons rien !*

Il semblerait qu'un(e) ami(e) proche ait enregistré cette conversation à l'insu de la famille. Bien entendu, Lizette a confirmé que c'est bien elle qui parle sur l'enregistrement, mais que cet extrait a été modifié et qu'elle n'a pas dit ces phrases exactes. Je ne peux nier ces affirmations puisque, depuis le début, cette femme reçoit beaucoup de haine du peuple mexicain, qui la croit coupable. Il serait possible qu'en effet, quelqu'un ait pris le temps de manipuler un extrait audio pour lui mettre des mots dans la bouche. Toutefois, ce que la divulgation de cet extrait a apporté, c'est une nouvelle hypothèse.

La partie où Lizette dit à son aînée: « Ils peuvent nous accuser de l'avoir volée ou que toi tu l'aies poussée dehors » a enflammé les internautes, qui ont théorisé qu'il était possible que ce soit en fait la petite Lizette qui ait tué accidentellement Paulette, et que ses parents aient tenté de camoufler le tout. Est-ce qu'en jouant trop durement, la petite Lizette aurait poussé Paulette qui, en tombant, serait morte ? Je vois cette théorie passer trop souvent sur les forums. Les gens raffolent de ce type d'histoires. Des enfants tueurs, des jalousies qui se terminent mal et des parents qui effacent les preuves. Mais si Lizette avait poussé Paulette et qu'elle était « mal tombée », l'enfant ne serait pas morte asphyxiée, elle présenterait probablement un traumatisme crânien ou une autre blessure, et nous l'aurions vu sur le rapport d'autopsie. Fin de la théorie. Fin de l'histoire.

En effet, l'extrait audio est louche et il peut très bien appuyer la thèse du kidnapping, mais je ne crois pas du tout que la petite Lizette ait quelque chose à voir avec le décès de sa sœur.

Voilà donc les différentes théories qui ont vu le jour à la suite de la mort mystérieuse et choquante de la petite Paulette. Mais est-ce que tout s'arrête là ? Le peuple mexicain a-t-il simplement accepté le sort de l'enfant ?

Dix ans plus tard... Paulette sur Netflix

Le 12 juin 2020, Netflix a sorti une série de six épisodes, intitulée *Historia de un crimen : La Búsqueda,* qui porte sur l'histoire de la petite Paulette. Quand j'ai vu ça, j'ai tout de suite écrit à mon éditrice, Caroline, pour lui faire part de mes doutes quant à la rédaction de ce chapitre. Ça faisait déjà un moment que j'avais prévu raconter l'histoire de Paulette dans le tome 2 de *Gardez l'œil ouvert,* mais si tout le monde connaissait l'histoire, je ne voyais plus l'intérêt d'en parler moi aussi. Caroline m'a recommandé d'attendre et de voir l'engouement autour de la série avant de faire une croix sur ce chapitre.

La journée de la sortie, je me suis installée devant mon téléviseur, impatiente de voir comment Netflix allait aborder un sujet aussi sérieux. Je ne veux pas me lancer dans une critique de la série, mais elle montre extrêmement bien comment beaucoup de Mexicains perçoivent l'histoire de la *niña* Paulette. Premièrement, ce n'est pas une série documentaire, ce qui aurait été excellent. Non, les producteurs ont choisi de faire une *telenovela*, c'est-à-dire un feuilleton, une série de fiction basée sur des faits réels. J'ai regardé la série au complet en une journée avec mon mari. Je connaissais déjà très bien l'histoire de la petite Paulette, donc elle ne m'a rien appris de nouveau et je ne m'attendais pas vraiment à ce qu'elle le fasse. Par contre, plus les épisodes avançaient, plus j'étais horrifiée, dégoûtée, complètement frustrée par ce que je voyais. La série se veut satirique, le réalisateur a fait le choix de se moquer du manque de professionnalisme des enquêteurs, de Bazbaz, de Castillo et des politiciens mexicains. C'est une comédie romantique plutôt qu'un drame. Et tristement, on semble oublier que, dans tout ce tourbillon médiatique, une fillette de quatre ans a perdu la vie de manière injuste.

Parfois je me demande… C'est tout ? C'est le seul héritage de l'affaire Paulette ? Il n'y a rien qui a évolué depuis 2010 ? Pas de lois qui ont été changées ? Pas de révolte contre le système judiciaire ? *Nada ?*

Malgré mon malaise face à la série, je ne peux m'empêcher d'y voir un peu de positif. En faisant des recherches pour la rédaction de ce chapitre, j'ai remarqué que les extraits des enquêteurs, les entrevues de Lizette, les vidéos *home made* de Paulette ont triplé leur nombre de vues. Dans les commentaires, on peut lire « Qui est ici après avoir vu la série sur Netflix ? » en plusieurs langues. Les gens font leurs propres recherches, ils élaborent des théories, écrivent des articles… Ma propre vidéo sur le sujet, qui date de 2019, a déjà atteint les 500 000 vues ! Cette affaire intrigue les gens. Plusieurs Américains et Européens s'intéressent à ce cas tragique et la petite Paulette a enfin la visibilité qu'elle mérite. Qui sait, peut-être que l'enquête pourrait être relancée un jour? (Bon, ça me surprendrait beaucoup...) Par ailleurs, le traitement de la série reste emblématique de la manière dont plusieurs personnes perçoivent l'affaire Paulette et le cirque médiatique qui l'entoure. Il y a plus de 10 ans, la disparition de Paulette a été vécue et perçue comme une série télé, tellement elle nous semblait, comme je l'ai dit au début, tout simplement *incroyable*.

***

L'affaire Paulette Gebara est, selon moi, emblématique du Mexique. Elle symbolise l'injustice, la corruption, l'impunité et le manque de professionnalisme qui rongent le pays. Tout le monde connaît cette histoire et la raconte avec un mélange de dégoût et de rires: les Mexicains se moquent du ridicule des autorités de leur pays et de la farce qu'a été cette affaire criminelle. Mais en même temps, ils semblent partager cette histoire avec une sorte de désillusion: *C'est impossible que ce soit arrivé pour vrai. C'est impossible que ça finisse comme ça.*

La vérité, pour moi, c'est que Paulette n'a pas disparu. On l'a fait disparaître.

15. RICO HARRIS – UN GÉANT ÉGARÉ EN MONTAGNE

Pour ce dernier chapitre, sommes-nous prêts à partir à la recherche d'une personne disparue ? Pour commencer, imaginons-nous marcher dans les pas de l'enquêteur responsable de cette affaire mystérieuse, alors qu'il fait face à un nouvel échec...

Le clapotis du ruisseau étourdit le détective Dean Nyland. Il est accroupi au sol et essuie une goutte de sueur sur son front dégarni. Devant lui se trouvent des traces de pas dans la terre, qui semblent provenir de chaussures de sport. L'enquêteur photographie les empreintes fraîches. Il estime rapidement la pointure des chaussures ; du 15-16 (du 48-49 en Europe), sinon plus. En cette journée du 19 octobre 2014, le détective Nyland s'est rendu à Lower Site, dans le comté de Yolo, parce qu'il a reçu un appel concernant Rico Harris, l'homme porté disparu depuis maintenant neuf jours. Un témoin a vu un individu errant près d'un buisson. La description correspondait parfaitement à Rico : sa taille, sa carrure, son pantalon pâle… C'est la quatrième fois que des témoins appellent la police pour dire qu'ils pensent avoir vu Rico Harris. Mais chaque fois, les enquêteurs arrivent trop tard. Cette fois-ci comme les précédentes, les policiers viennent tout juste de le manquer. Est-ce que Rico les fuit volontairement ? L'impressionnante chasse à l'homme devra donc se poursuivre.

À ce stade, la famille de Rico Harris ne lui a pas parlé depuis neuf jours. Elle craint pour sa santé, sa sécurité, sa vie. La police est à ses trousses, elle le cherche sans arrêt, sachant qu'il y a anguille sous roche, qu'il ne peut pas avoir vraiment disparu, juste comme ça. Après tout, comment un homme si imposant, presque un *géant*, peut-il s'évanouir dans les montagnes ? Avec tous les indices que les enquêteurs recueillent, ils se demandent si Rico n'a pas orchestré sa disparition : la voiture, les signes avant-coureurs, les appels…

Mais ne sautons pas trop vite aux conclusions. Avant de continuer, revenons un peu en arrière. Apprenons à connaître la victime avant de nous lancer à sa poursuite. Vous verrez bien vite que cette histoire est plus compliquée qu'elle en a l'air.

Une star du basketball

My gentle giant[15], c'est ainsi qu'elle l'appelait avec affection. Jennifer Song était folle de son petit ami, Rico Harris. Elle le surnommait ainsi puisqu'en effet, Rico était presque un géant. Il mesurait 6 pieds et 9 pouces (2,06 m) et pesait 300 livres (136 kg). Partout où il allait, les gens se retournaient sur son passage ; il était impressionnant, imposant même. Mais il était si doux, si tendre, il avait un cœur aussi immense que sa taille physique. Rico était prêt à tout pour sa famille, pour ses amis. Avant de rencontrer Jennifer, en 2012, il vivait à Alhambra, en Californie, avec sa mère, Margaret. Il travaillait comme gardien de sécurité pour une compagnie privée, et commençait tout juste à reprendre sa vie en main.

15. Mon tendre géant.

La vie de Rico Omarr Harris n'a pas toujours été de tout repos. Loin de là. Depuis l'école secondaire, Rico avait un avenir prometteur dans le basketball. S'il jouait bien ses cartes, on lui prédisait une carrière dans la NBA. Au niveau collégial, son nom était sur toutes les lèvres. Son parcours sportif était suivi de près par les recruteurs des grandes équipes professionnelles. Or, les erreurs ont fini par s'accumuler. Rico était déchiré entre l'envie de profiter de sa jeunesse et celle d'être le meilleur joueur de basketball. En 2000, il s'est joint à l'équipe des Harlem Globetrotters mais après seulement un mois, il a décidé d'accrocher son jersey et d'abandonner le sport pour toujours. Une vieille blessure à la tête l'empêchait de performer comme il le voulait. Il a donc préféré arrêter par lui-même avant d'être viré de l'équipe.

Sa rupture avec le basketball, l'amour de sa vie, fut brutale.

Rico a bien vite sombré dans l'alcoolisme. Il a été arrêté 16 fois pour ivresse sur la voie publique et a dû passer plusieurs nuits en prison. Au fil des mois et des mauvaises fréquentations, il est tombé dans des drogues plus dures comme le crystal meth, la cocaïne et même l'héroïne. Sa mère, Margaret, voyait son fils, un ancien athlète semi-professionnel, dépérir à vue d'œil. Elle était incapable de l'aider à s'en sortir, à remonter la pente. Dans une entrevue télévisée, un ancien ami de Rico le décrit comme une *tragédie locale* : lui, l'un des meilleurs joueurs de basketball de son comté, quêtait maintenant de la monnaie au coin de la rue.

En 2007, à l'âge de 30 ans, Rico a touché le fond du baril. Une surdose de médicaments l'a poussé à remettre sa vie entière en question. L'ancien sportif s'est fait interner volontairement dans une clinique de désintoxication et a réussi à se débarrasser de toute dépendance. Enfin en santé et en maîtrise de sa vie, il s'est trouvé un emploi comme gardien de sécurité à Los Angeles. C'est un Rico *clean* que Jennifer a rencontré, lors d'une soirée en boîte de nuit ;

un Rico fier et bien dans sa peau. La jeune femme travaillait alors comme courtière d'assurances à Seattle mais, parfois, elle devait se déplacer dans d'autres villes pour rencontrer de nouveaux clients. Ce soir-là, elle était en voyage d'affaires à Los Angeles.

Jennifer et Rico ont vécu leur relation à distance pendant deux ans et demi. Ils étaient très amoureux, Rico parlait même de demander Jennifer en mariage. En 2014, le couple a décidé que Rico déménagerait chez Jennifer, à Seattle. Ce fut une grosse décision pour lui de quitter sa ville natale, Alhambra, de laisser sa famille et ses amis en Californie. Mais, d'un autre côté, il savait que c'était la bonne chose à faire. Il avait réussi à obtenir une entrevue pour un emploi dans le domaine de l'immobilier. À Seattle, il aurait un futur beaucoup plus intéressant.

Au mois de septembre, Rico est allé échanger son permis de conduire de la Californie pour celui de l'État de Washington. Le déménagement commençait à le rendre fébrile, nerveux. Il a confié à ses proches qu'il n'était plus sûr de sa décision. Après avoir passé 37 ans de sa vie dans la même ville, il trouvait le changement difficile. Jennifer a aussi remarqué que Rico avait un comportement différent, il n'était plus l'homme qu'elle avait connu.

Quand elle lui en a fait la remarque, il a admis qu'il avait recommencé à consommer depuis la fin du mois de juillet.

Heureusement, il a réalisé qu'il avait un problème et a voulu remédier à la situation.

Conduire au bout de la nuit

Voilà pour le contexte. Maintenant, lançons-nous à la poursuite de Rico et suivons-le pas à pas dans le plus grand *road trip* de sa vie.

8 octobre 2014

Rico doit passer la semaine à Seattle, mais la tension dans l'appartement de Jennifer est palpable. Il ne tient pas en place, il veut aller visiter sa nouvelle ville, seul. Jennifer, elle, va à la salle de sport pendant quelques heures.

20 h

Jennifer rentre chez elle et trouve l'appartement vide. Elle appelle son petit ami pour savoir où il se trouve et s'il compte rentrer bientôt. Il lui répond qu'il est sur la route, en Oregon, l'État entre Washington et la Californie. Il veut aller récupérer quelques trucs chez lui. Jennifer est un peu secouée d'apprendre que son petit ami est parti ainsi sans l'aviser. Rico la rassure en lui disant qu'il sera de retour pour le barbecue entre voisins, prévu vendredi à 19 h.

9 octobre, 2 h

Rico arrive chez sa mère, Margaret. Celle-ci, encore endormie, parle un peu à son fils. Elle s'inquiète de voir qu'il semble avoir bu mais ne lui dit rien pour ne pas le fâcher. Rico, lui, ne veut pas aller se coucher et reste réveillé toute la nuit. Il refuse de se reposer de la longue route qu'il vient de faire.

Un bien long *road trip*

La route séparant Seattle et Alhambra n'est pas qu'une simple distance de quelques kilomètres. C'est une route de près de 2000 kilomètres qui se boucle en 18 heures sans arrêt. Cela semble donc étonnant que Rico ait décidé de conduire cette distance de manière si impulsive le mercredi, en promettant à Jennifer d'être de retour le vendredi. En fait, c'est tout simplement impossible à réaliser!

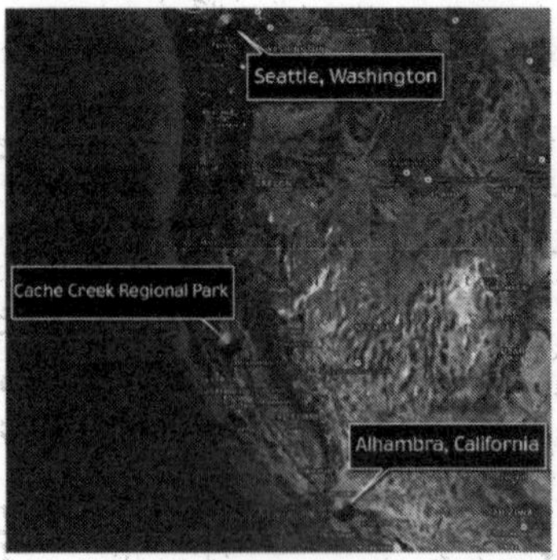

9 octobre, soir

Rico soupe avec son frère et lui fait cadeau d'un nouveau téléphone. Ils passent un bon moment avant que Rico ne décide de repartir pour l'État de Washington. Malgré l'insistance de sa mère, il refuse de rester plus longtemps car il veut absolument être de retour pour le barbecue du vendredi. Il souhaite aussi être bien préparé mentalement pour son entrevue du lundi. Margaret suggère donc à son fils de dormir un peu avant de partir. À ce stade, ça fait déjà plus de 24 heures que Rico est réveillé, il serait imprudent de prendre la route.

10 octobre, 1 h

Rico appelle sa mère. Elle répond: « Tu es où ? » Il lui apprend qu'il est parti depuis 22 h 30, mais qu'elle ne s'en est pas rendu compte. Ils parlent quelques minutes et Rico raccroche en promettant d'être prudent. Il appelle ensuite Jennifer pour lui dire qu'il est en route pour l'État de Washington. Surprise et inquiète, elle décide de rester au téléphone avec lui pour le maintenir éveillé. Ils discutent pendant au moins quatre heures. À la fin de leur conversation, elle réussit à le dissuader de s'arrêter dans les montagnes pour faire une sieste, et lui suggère d'aller plutôt dans une aire de repos, ce que Rico approuve.

8 h

Jennifer se réveille et appelle aussitôt Rico pour savoir où il en est. Il lui affirme qu'il est à Sacramento, qu'il s'est arrêté pour mettre de l'essence dans sa voiture. Jennifer entend la fatigue dans la voix de son conjoint ; son manque de sommeil commence à le rattraper. Peu après, Jennifer et Margaret tentent de rappeler Rico à plusieurs reprises, mais il ne répond pas. Les deux femmes s'inquiètent immédiatement.

10 h 44

Rico envoie un petit message texte à Jennifer : « Désolé d'avoir manqué ton appel, je vais bien. Je pense à toi. »

11 h 15

Rico éteint son téléphone.
La journée passe… Jennifer s'inquiète mais elle laisse à Rico l'espace dont il semble avoir besoin. De toute façon, elle le verra en soirée.

19 h

Pas de Rico à l'horizon.

19 h 30

Toujours rien.
Jennifer l'appelle. Pas de réponse.

20 h

Rico n'est toujours pas là. Il y a quelque chose qui cloche. Il devrait déjà être arrivé.
Jennifer appelle Margaret pour savoir si elle a eu des nouvelles de Rico. Margaret ne lui a pas parlé depuis le matin. Toutes deux sont

terriblement inquiètes mais décident d'attendre encore avant de paniquer. Elles se disent que Rico s'est peut-être arrêté dans un motel et qu'il finira par rentrer.

13 octobre 2014
Un policier du comté de Yolo fait une inspection de routine dans le stationnement d'une aire de repos située sur le bord de l'autoroute 16. Tout est relativement tranquille, comme à l'habitude, quand il aperçoit une Nissan Maxima noire abandonnée. Le policier vérifie le numéro de plaque et se rend compte qu'il appartient à un certain Rico Harris. Il contacte le Service de police d'Alhambra. Quand les autorités avisent la famille de Rico que sa voiture a été trouvée mais qu'il n'y a pas de traces du conducteur, Margaret leur répond qu'elle n'a pas de nouvelles de son fils depuis maintenant deux jours. Un rapport de disparition est immédiatement rédigé.

Les recherches officielles commencent.

California State Route 16

Continuons notre course effrénée pour suivre le travail des enquêteurs. D'emblée, les policiers envisagent la possibilité d'un cambriolage. Pourquoi ? Parce que la voiture est dans un état plutôt inquiétant... La batterie est à plat et il n'y a plus d'essence dans le réservoir. Et puis, la Nissan est sens dessus dessous. Tous les effets personnels de Rico sont sur le plancher de l'auto : ses disques compacts, plusieurs factures déchirées, même son permis de conduire et sa carte de crédit ont été délaissés, négligés. Selon les données de géolocalisation, le téléphone cellulaire de Rico a émis des signaux pour la dernière fois à Redwood Valley, soit à une centaine de kilomètres de l'endroit où sa voiture a été trouvée. La première réaction des enquêteurs est alors de penser que la voiture de Rico a été volée et que les cambrioleurs l'ont ensuite abandonnée sur le bord de la route. Mais qu'auraient-ils fait de Rico ?

Tournons-nous vers les témoignages. Trois personnes rapportent avoir vu un homme afro-américain très grand dans le comté de Yolo. Une l'aurait aperçu le 10 octobre sur le bord de l'autoroute, sagement assis sur la rambarde. Un deuxième témoin l'aurait vu le 11 octobre, à 5 h 30 du matin, alors qu'il marchait au sud de la route 16, qui traverse principalement la vallée de Sacramento. Le 12 octobre, toujours dans le comté de Yolo, un couple l'aurait vu marcher autour d'une voiture noire. Il avait l'air confus.

Les enquêteurs ont inspecté les environs de l'aire de repos où la voiture a été retrouvée. Le stationnement se trouve près d'un petit parc national nommé Cache Creek Regional Park. Dans cette région boisée, on peut trouver une rivière, une forêt et quelques animaux sauvages inoffensifs. Comme je l'ai mentionné au début du chapitre, durant les recherches, de grandes traces de pas ont été observées près du ruisseau. Les policiers ont de bonnes raisons de penser qu'elles auraient pu être celles de Rico, mais ne peuvent le confirmer.

Dès les premiers jours de l'enquête, un homme qui était dans le secteur de Redwood Valley avec sa femme et son petit-fils a trouvé un sac à dos noir, abandonné sur le bord d'une route isolée. Le sac contenait un téléphone portable, des câbles d'alimentation, des vêtements et deux bouteilles d'alcool, mais aucune pièce d'identité ; l'homme a décidé de le rapporter à la police. Grâce au téléphone, les autorités concluent que le sac appartient bien à l'homme disparu.

Or, ce que les policiers trouvent dans les dernières vidéos et photos de Rico brouillera encore plus les pistes.

Petit retour en arrière.

10 octobre 2014, soir
Lower Site, comté de Yolo, Californie

Rico Harris est dans sa voiture stationnée dans l'aire de repos, près de l'autoroute 16. Son téléphone est en mode vidéo et filme son propriétaire à son insu. On peut ainsi voir le trentenaire écouter de la musique et chantonner au rythme des paroles de la chanson ; il semble en pleine forme. Il est en train de faire le ménage de sa voiture : il déchire des factures, fait le tri de ses disques compacts, etc. Sauf que ses gestes sont assez désordonnés. Par exemple, au lieu de vraiment trier ses papiers, il les jette sur le plancher de sa Nissan.

En voyant cette courte vidéo, les policiers comprennent que Rico Harris ne s'est pas fait cambrioler, mais qu'il a lui-même saccagé sa voiture. Dans quel état d'esprit était-il ce soir-là ? Pourquoi agit-il ainsi ? Il doit bien se douter que Jennifer est morte d'inquiétude à la maison !

En continuant à parcourir le téléphone, les policiers du comté de Yolo trouvent quelques égoportraits que Rico a pris devant le panneau de bienvenue « Welcome to Yolo County ». Sur les clichés, il prend des poses rigolotes. *Yolo* en anglais veut dire : *You Only Live Once*, ce qui est plutôt ironique, vu la situation.

Tous les moyens ont été déployés pour trouver Rico. Les policiers ont envoyé des chiens pisteurs, des hélicoptères et plusieurs volontaires pour fouiller les lieux dans un rayon de huit kilomètres. Mais rien de substantiel n'a été trouvé. Dean Nyland, le détective du comté de Yolo, ne comprend pas comment un homme de la stature de Rico Harris peut disparaître : « Pourquoi cet homme n'est-il toujours pas réapparu ? Je veux dire... Des gars de cette taille doivent manger trois ou quatre fois par jour... Je comprends que des gens qui passent plus inaperçus peuvent disparaître, mais ce gars ne passe pas inaperçu. »

Sans nouvelles pistes depuis les traces de pas trouvées à Cache Creek le 19 octobre, la police décide de cesser les recherches officielles le 22 octobre. Elle ne ferme pas encore l'enquête, mais retire ses hommes du terrain.

C'est avec ces quelques indices seulement que les policiers ont tenté de retrouver Rico. Maintenant que nous avons les mêmes informations que les enquêteurs, nous pouvons nous faire notre propre idée de ce qui a bien pu se passer. Si vous êtes comme moi, quelques théories doivent commencer à se former dans votre esprit : est-ce que Rico a eu un accident ? S'est-il perdu ? A-t-il été victime d'un crime ?

Toutes ces hypothèses semblent possibles… mais sont-elles probables ?

Rico Harris, autosaboteur ou victime ?

Mais que s'est-il passé ici ? Comment est-ce que Rico a bien pu se volatiliser ? Ni la famille ni les enquêteurs n'ont la moindre idée de l'endroit où pourrait se cacher le disparu. Les policiers du comté de Yolo n'arrivent pas à comprendre pourquoi la voiture a été trouvée près de la route 16, plutôt éloignée de l'autoroute principale qui le menait à Seattle. Pourquoi avait-il fait un si grand détour ? Voici leur hypothèse… Puisqu'on sait que depuis juillet-août, Rico avait recommencé à consommer et que, lors de son bref passage à Alhambra, Margaret sentait que son fils avait bu, est-il possible que Rico ait sombré à nouveau ? Il y a de bonnes raisons de le croire, puisque deux bouteilles d'alcool vides ont été retrouvées dans son sac à dos. Aurait-il fait un détour à Sacramento afin de se procurer une drogue quelconque ? Les enquêteurs croient que ça pourrait être une possibilité. Entre le 8 et le 10 octobre, Rico a passé deux jours sans dormir. Il n'est pas déraisonnable d'imaginer qu'il a pu avoir recours à une drogue pour l'aider à rester éveillé durant le trajet. Aurait-il fait une mauvaise rencontre ? Il semble difficile à croire qu'un homme aussi grand et baraqué que Rico puisse être une victime, mais personne n'est à l'abri d'une arme à feu ou d'un gang dangereux. Pourtant, quand la voiture de Rico a été fouillée par des chiens renifleurs de drogues, rien n'a été trouvé…

Peut-être vous demandez-vous si Rico souffrait de troubles de santé mentale. En effet, c'est une autre possibilité, amenée par ses proches : Rico aurait pu être en épisode de manie bipolaire. Plusieurs années plus tôt, alors qu'il jouait toujours au basketball, on lui a diagnostiqué un trouble bipolaire, mais il avait cessé sa médication quelques mois après son diagnostic car il n'aimait pas ses effets secondaires. Est-il possible que son manque de sommeil et les récents changements dans sa vie aient déclenché un épisode ? Cette théorie est assez logique – elle expliquerait sa capacité à rester éveillé pendant près de 50 heures sans être fatigué –, mais elle est aussi très inquiétante. Le 10 octobre à 10 h 45, Jennifer a trouvé que Rico avait une voix plutôt fatiguée au téléphone. S'il était réellement en plein épisode bipolaire, on pourrait supposer qu'il commençait à redescendre de sa phase maniaque. Espérons seulement qu'il ne soit pas redescendu trop bas.

Est-il possible qu'après trois jours sans dormir, il ait commencé à perdre le nord ? Quand il a été aperçu en train d'errer autour d'une voiture, peut-être cherchait-il la sienne ? Il devait être terriblement désorienté... Maintenant, pensez à une autre hypothèse que vous devez bien connaître, si vous avez lu le reste de ce livre : *death by exposure*. Rappelons-nous que le sac à dos de Rico a été retrouvé dans le secteur de Redwood Valley, à une centaine de kilomètres de Cache Creek. Si on consulte Google Maps, on calcule environ 25 heures de trajet pour quelqu'un qui voudrait faire à pied la distance séparant les deux parcs nationaux. Est-ce que Rico aurait pu effectuer cette randonnée ? Certainement. Il aurait pu faire de l'auto-stop une partie du trajet et le reste à pied. N'oublions pas que cet ancien athlète est très grand et bâti, il aurait pu se rendre jusqu'à Redwood Valley en quelques jours. Mais ensuite ? A-t-il manqué d'endurance en continuant son chemin ? A-t-il fini par se sentir mal ? Si, malheureusement, Rico est mort d'hypothermie, il est possible qu'on ne le retrouve jamais. La Californie est un État immense, ses ossements peuvent être bien cachés et jamais retrouvés...

Un mois après la disparition de Rico, des chiens entraînés pour sentir l'odeur de cadavres ont été amenés dans le boisé de Lower

Site (rappelez-vous, l'endroit où les enquêteurs ont vu des traces de pas près du ruisseau), et ont eu une forte réaction près d'un étang. Des plongeurs ont ratissé l'étang pendant plusieurs heures, mais, malheureusement, rien n'a été trouvé.

Voici finalement la dernière hypothèse, celle qui me plaît le plus (j'imagine qu'à vous aussi !) : est-ce que Rico serait toujours en vie ? Aurait-il sciemment orchestré sa disparition ? Imaginons que l'ex-basketteur n'ait plus eu envie de vivre à Seattle. Qu'il y ait vécu trop de pression. Serait-il allé dire adieu à sa mère à Alhambra avant de la quitter pour de bon ? Si on y pense bien, ce n'est pas totalement insensé. Durant les derniers moments où Rico a été aperçu, il faisait le ménage de sa voiture et déchirait des papiers. Ensuite, il a laissé sa pièce d'identité et sa carte de crédit à l'intérieur. Il aurait pu monter à bord du véhicule de quelqu'un, un ami ou un inconnu, qui l'aurait amené dans une autre ville. En route, il aurait abandonné son sac à dos sur le bord de la route, laissant en même temps son téléphone cellulaire et toute chance de le retracer. Mais pourquoi aurait-il fait ça ?

Certains de ses amis affirment qu'il avait tendance à s'autosaboter. Je m'explique... Rico était sur le point d'avoir une vie presque parfaite ; une conjointe aimante qui deviendrait peut-être sa future femme, une entrevue pour un emploi qui le passionnerait, une nouvelle vie à Seattle. Est-ce que c'était trop de pression ? Il avait déjà saboté sa carrière dans le basketball. De plus, lorsqu'il était gardien de sécurité, il lui arrivait d'aller travailler en état d'ébriété et ses patrons l'avaient déjà menacé de renvoi. Rico connaissait ce schéma dangereux. Était-il en train de retomber les deux pieds dedans ?

Mais d'un autre côté, au risque de me répéter, un homme comme Rico Harris *ne passe pas inaperçu*. Il est porté disparu depuis 2014. S'il vivait ailleurs aux États-Unis, sous un autre nom, ça se saurait, non ? Il me semble qu'on l'aurait vu... Depuis sa disparition, quelques témoins disent l'avoir aperçu dans certains villages avoisinant le comté de Yolo. Dans un reportage de Fox Sports, un témoin dit avoir vu Rico Harris traîner dans un centre pour toxicomanes. Bien sûr, toutes les signalisations ont été vérifiées à maintes reprises et aucune d'elles n'a pu ramener Rico à la maison.

* * *

L'affaire Rico Harris est l'une des rares qui, je crois, pourrait être résolue prochainement. Après tout, le cas est simple : un homme se lance dans un *road trip* entre la Californie et l'État de Washington. Sa voiture est intacte, mais lui s'est volatilisé. Trouvez l'erreur. D'ailleurs, retrouvons le détective Nyland, que nous avons accompagné au tout début de ce récit. Quelle est sa théorie à lui ? Eh bien, il n'est pas sûr non plus qu'à l'heure actuelle, Rico soit décédé. Lorsqu'il tente de se mettre dans la peau du disparu, plusieurs questions lui viennent en tête. Est-ce que Rico avait envie, lui aussi, de recommencer à vivre intensément ? Et s'il s'était bel et bien arrêté à l'aire de repos pour dormir un peu ? À son réveil, il se serait retrouvé devant le paysage enchanteur de Lower Site : le chant des oiseaux, les grands arbres, le ruisseau déchaîné, la nature... Il aurait pris une grande bouffée d'air et, à ce moment précis, il aurait subitement eu envie de s'évader.

Et si, en fait, Rico avait juste besoin de liberté ?

CONCLUSION

Nous sommes déjà à la fin… Ce fut une lecture chargée en émotions, n'est-ce pas ? J'espère que, grâce à mon livre, vous en avez appris plus sur le monde sombre et tordu du *true crime*. Je trouve important de prendre un moment dans la conclusion pour rendre hommage à Karlie, Peter, Takaya, Bobby, Sherilynn, Madyson, Bella, Pauline, Lois, Little Miss Nobody, Joanne, Chantal, Claudette, Johanne, Sharron, Debbie, Louise, Hélène, Lison, Theresa, Théo, Jesse, Tiphaine, Emanuela, Mirella, Michael, Roy, Paulette et Rico. Hélas, ça commence à faire beaucoup… J'espère du fond du cœur qu'on les retrouvera ou qu'on inculpera ceux qui leur ont fait du mal, pour que justice soit rendue.

REMERCIEMENTS

Tout d'abord, j'aimerais remercier les familles qui ont accepté de collaborer à la rédaction de ce livre, particulièrement celle de Théo Hayez, qui a été très généreuse de son temps. J'espère que ce livre donnera une plus grande visibilité à sa disparition. Merci à Henrik Teton, le père de Takaya, qui a su répondre à toutes mes questions avec beaucoup de sensibilité. Merci à Marya Fredette, la mère de Michael Carreau, de m'avoir confié l'histoire de son fils, et à Colette Dorion de m'avoir permis de parler du meurtre de Joanne. Un merci spécial au réalisateur Stephan Parent, qui m'aide toujours lorsque j'en ai besoin.

Merci aux Charltonistes, parce que sans vous, je ne pourrais pas avoir autant de belles opportunités, comme celle d'écrire un tome 2 ! Vous me faites grandir chaque jour, et votre appui et votre amour sont ce que j'ai de plus précieux !

Merci à mon mari César de toujours être à mes côtés, beau temps mauvais temps, et de me permettre de réaliser de belles choses. Merci à mes parents et à ma sœur Paméla, des êtres exceptionnels qui me poussent toujours à donner le meilleur de moi-même.

Merci à Caroline, mon éditrice et alliée, sans qui ce livre ne serait pas ce qu'il est. Je remercie également Les Éditions de l'Homme, qui me font entièrement confiance et sautent à pieds joints dans mes idées de projets. Merci à Nicolas d'être aussi passionné et à l'écoute. Merci à Melik et à son caractère de pitbull (hi ! hi ! hi !), tu m'impressionneras toujours. Merci aux filles de l'agence : Sonia, Marie-Pier, Elisabeth et Marie-Hélène, des femmes fortes qui sont toujours derrière moi pour m'appuyer !

TABLE DES MATIÈRES